時は殺人者　上

ミシェル・ビュッシ
平岡　敦 訳

集英社文庫

目次

主な登場人物

クロチルド（クロ）……………弁護士
フランク・バロン…………………クロチルドの夫
ヴァランティーヌ（ヴァル）……クロチルドの娘
カサニュ・イドリッシ……………クロチルドの祖父、アルカニュ牧場の主
リザベッタ…………………………カサニュの妻
スペランザ…………………………アルカニュ牧場の家事手伝い
オルシュ……………………………キャンプ場の従業員、スペランザの孫
カドナ大尉…………………………カルヴィの憲兵

【一九八九年】

ポール・イドリッシ……………………クロチルドの父、カサニュの息子
パルマ…………………………………クロチルドの母
ニコラ（ニコ）………………………クロチルドの兄
バジル・スピネロ……………………キャンプ場支配人
ヤコブ・シュライバー………………キャンプ場の常連客
セザルー・ガルシア…………………カルヴィの憲兵隊曹長、〝軍曹〟
ナタル・アンジェリ…………………漁師
マリア＝クジャーラ・ジョルダーノ…イタリアの富豪の娘
セルヴォーヌ・スピネロ……………バジルの息子
オーレリア・ガルシア………………セザルーの娘
ヘルマン・シュライバー……………ヤコブの息子

時は殺人者　上

青春時代を共にした、一生の友人たちに

謝辞

リュック・ベッソン氏とゴーモン社に

1

アルカニュ牧場　一九八九年八月二十三日

「クロ？　おい、クロ？」

おまえはおれに、生きる苦しみを味わわせる《トゥ・ム・エスタス・ダンド・マラ・ビーダ》

「クロ？」

クロチルドは耳にあてたヘッドフォンを、ゆっくりとずりさげた。うるさいなあ。石は熱気を帯び、あたりは静まり返っている。ヘッドフォンから漏れるマヌ・チャオの歌声と《マノ・ネグラ》のホーンの音が、そのなかでシャカシャカと鳴っていた。牧場を囲む塀の陰から聞こえるコオロギの鳴き声より、ほんの少し大きいくらいに。

「何？」

「もう行くぞ……」

クロチルドは丸太を二つに割ったベンチに腰かけたまま、ため息をついた。ざらざらした表面がお尻に痛かったけど、そんなことかまわない。彼女はだらしなく手足を伸ばしたこのかっこうが好きだった。硬い石によりかかっていると、キャンバス地のワンピースのうえから背中に跡がついた。《マノ・ネグラ》のブラスに合わせて脚をゆすると、丸太の樹皮と棘《とげ》が太腿《ふともも》を引っ掻《か》いた。ノートを膝にのせ、ペンを握ってうずくまる。すると心はどこか別の場所へ、自由に羽ばたいた。コルシカの堅苦しい大家族とは、まるで違うところへ。クロチルドはボリュームをあげた。

おれの心はそれを呑みこむ《ス・ラ・トラーガ・ミ・コラソン》

彼らの音楽、最高！　クロチルドは目を閉じ、口を半開きにした。《マノ・ネグラ》のコンサートの最前列にテレポートできたら、もうなんだってあげちゃうのに。ついでにその一瞬で三つ歳をとり、背が三十センチ伸びて、ブラジャーのカップがスリーサイズ大きくなってくれたら。熱狂したギタリスト。汗に濡《ぬ》れた黒いTシャツ。その下で豊満な胸をぶるぶる揺らすんだ。

目をあけると、兄のニコラがうんざりしたような顔で、まだ前に立っていた。

「クロ、みんな待ってるんだぞ。パパだって、いいかげん……」

ニコラは十八歳で、クロチルドより三つ年上だった。将来は弁護士か組合運動の責任者か。あるいは、対テロ特殊部隊の交渉人《ネゴシエーター》かも。銃を持って銀行に立てこもっている強盗を説得して、人質をひとりひとり解放させるなんてぴったりじゃない。ニコラは鉄床《かなとこ》役が好きなんだ。うえからがんがんたたかれて、ショックに耐えるのがね。それでみんなより強い男だって気分に浸ってる。みんなより責任感にあふれ、信頼される男だって。きっと一生、それでやっていけるんでしょうね。

クロチルドはふり返り、ルヴェラタ岬の沖に浮かぶ二つの月にちらりと目をやった。ひとつは暗い空にかかる月、もうひとつは水面《みなも》に映る月。半島の先端に立つ灯台の光に追われ、月はときおり姿を消した。ひとつは怯《おび》えたように、もうひとつはゆらゆら揺れながら。クロチルドはまた目を閉じるのをためらった。考えてみれば、別の星へテレポートするなんて簡単なことだ。

両方の瞼《まぶた》をいっぺんに動かすだけ。

一、二、三……幕をおろせ！

だめだめ、目をあけておかなくちゃ。まだあと数分ある。そのあいだに、膝にのせたノートに書きつけるんだ。夢が飛び去る前に、白いページに言葉を刻む。さあ、大急ぎで。

夢の舞台はすぐこの近く、オセリュクシア海岸だった。でも、時はずっと未来。岩も、砂も、湾の形も昔のままだ。それらはなにも変わらないけれど、わたしはすっかり年老いていた。もう、おばあちゃんだ。

どれくらいたっただろう？　二分ほど？　そのあいだに、クロチルドはさらに十行ほど書き、『ロック・アイランド・ライン』を聴き終えることができた。《マノ・ネグラ》の曲は、どれもあまり長くないから。

父親はそれを挑発と受け取った。本当は、そんなことなかったのだけれど。ともかく、今回に限ってはそうじゃない。父親は娘の腕をつかんだ。

クロチルドがはっとしたとたん、ヘッドフォンが吹き飛んだ。右の耳あては、ジェルで固めた黒髪にまだ引っかかっている。ペンが地面に落ち、ノートはベンチのうえに置き去られた。あわててバッグに滑りこませる暇もなかった。せめてどこかに隠しておきたかったのに。

「パパ、やめて、痛いよ……」

父親はすぐに手を緩め、いつものように穏やかで、冷静な態度に戻った……地中海に流れ着いた流氷のかけらのように。

「ほら、急いで、クロチルド。プレッズナに出かけるぞ。みんな待ってるんだ」

父親は毛むくじゃらの手でクロチルドの手首を握り、引っぱった。剝《む》き出しの太腿が木のベンチにこすれた。こうなったら、リザベッタお祖母《ばあ》ちゃんに期待するしかない。ノートを拾って、あたりに散らばったペンやなにかといっしょに片づけておいてくれるはずだ。もちろん、なかをあけて読んだりしないで。そして明日、返してくれる。クロチルドは祖母を信頼していた。

彼女だけを……

父親はクロチルドを何メートルか引っぱっていくと、ひとりで歩き始めた幼児の手を離すように前に押しやった。そして彼女の数歩うしろで、腕をぐっと突き出した。牧場の中庭では大きなテーブルのまわりについた聖家族が、蠟《ろう》人形さながら顔を凍りつかせ、みんなクロチルドを見つめている。ワインのボトルは空っぽで、黄色いバラの花束はぐしゃぐしゃだった。カサニュお祖父《じい》ちゃん、リザベッタお祖母ちゃん、そして一族の者たち……まるでグレヴァン蠟人形館の別館だ。コルシカ館、ナポレオンの知られざるいとこたち、なんてね。

クロチルドは笑いださないよう、必死に我慢した。

パパはめったなことで手をあげたりしないけど、バカンスはまだ五日残っている。ウォークマンやヘッドフォン、カセットをルヴェラタ岬の沖に捨てられたくなかったら、あんまりつっぱって余計なトラブルは起こさないほうがいい。ノートを取り戻したかったら。ナタルに再会し、オロファンとイドリルと、その赤ちゃんイルカに出会いたかったら。ニコラやマリア＝クジャーラのグループを、思う存分見張っていたかったら……

父の言いたいことはわかった。だからクロチルドは、自分から走って車にむかった。つまり計画を変更して、プレッズナに行くことになったたってことね。オーケー、雑木林《マキ》の奥の礼拝堂でひらかれる多声合唱《ポリフォニー》のコンサートを、パパ、ママ、ニコラといっしょにおとなしく聴くわ。ひと晩、無駄にするのはかまわないけれど、無理やり車に乗せられるなんて、みっともないまねはしたくない。

カサニュお祖父ちゃんが立ちあがり、パパをじっと見つめた。パパは大丈夫と身ぶりで答えた。お祖父ちゃんは、なんだかとても怖い目をしていた。いつもは、あんなじゃないのに。

ルノー・フエゴは少し下の、ルヴェラタ岬へ下る道に停めてあった。ママとニコラはもう乗っている。後部座席のニコラは共犯者じみた笑みを浮かべ、詰めてクロチルドを隣にすわらせた。兄もうんざりしているのだ。パパは雑木《マキ》林の教会で行われるコンサートに、ここまでご執心だったのかって。

ニコラはクロチルドより、ずっとあきれているはずだ。だけどとてもタフなので、少しも顔に出さない。鉄床の訓練を終えたあかつきには、大統領にだってなれるかも。ミッテランみたいに七年間、なにを言われても平然とやりすごし、楽々と再選されたあとは……また喜んで七年間、批判の嵐に耐えるんだ。

パパは車を飛ばした。赤いフエゴを買ってからは、しょっちゅうだ。とりわけ、苛《いら》ついているときには。内にこもった怒りってやつね。ときどきママは、パパの膝に手をあてた。パパがシフトアップすると、なだめるようそっとその指を押さえた。こんなろくでもないコンサートに行きたがっているのは、パパひとりだった。きっと頭のなかには、いろんな思いが渦巻いているんだろう。親不孝者の子供たち、その味方をする妻、忘れられた島の絆《きずな》、文化や尊ぶべき名前、寛容、忍耐。《たった一回のことじゃないか》《ひと晩だけなんだから、つき合ってくれたっていいだろうに！》

急カーブが続いた。クロチルドはまたヘッドフォンを耳にあてた。コルシカの道路は、昼間でも少し怖かった。むしろ明るいうちのほうが、大きな車やキャンピングカーとすれ違うときにはらはらする。まったくどうかしてるよ、この島の絶壁道は。いらいらしているせいなのか、コンサートに遅れたくないからか、栗《くり》の木に囲まれた礼拝堂の最前列を確保したいからか、ともかくこんな猛スピードで走ってたら、山羊《やぎ》だか猪《いのしし》だか、小さな動物が一匹飛び出してきただけで、一巻の終わりだ……

動物の姿はまったくなかった。少なくとも、クロチルドは一匹も見かけなかった。動物のものらしい足跡も、まったく見つからなかった。憲兵隊はその可能性も、いちおう検討したけれど。

それはルヴェラタ半島をすぎ、長い直線道路が続いた先の狭いカーブだった。すぐ脇は、ペトラ・コーダと呼ばれる高さ二十メートルの断崖になっている。

昼間、そこから下を見たら、目がくらむだろう。

フエゴは木の柵に真正面からぶつかった。

道路と断崖を隔てる三枚の板は、それでも最善を尽くした。衝突のショックで板はたわみながらも、フエゴのヘッドライトを二つとも弾き飛ばし、バンパーを掻きむしった。

そして、ついに力尽きた。

ガードレールのおかげで、車は多少スピードを減じたかもしれない。けれどもそれは、ほんのわずかだった。車はガードレールを突き破り、そのまままっすぐ走り続けた。ちょうどアニメで崖に飛び出した登場人物が、まだ宙を駆けているみたいに。そしてふと足もとに目をやり、びっくり仰天して落っこちていく。

クロチルドはそんな感じがした。フエゴはもう地についていない。現実世界が失われ、理性に亀裂が入った。起こるはずのないことが起きている。わたしたちの身に、わたしの身に、起こるはずのないことが。

そう思ったのもつかの間、現実が吹き飛んだ。フエゴは真っ逆さまに落ちて岩に激突し、それから二度跳ね返った。

最初の衝撃で、パパは胸と頭をハンドルに打ちつけた。次に車が横転し、岩にぶつかった衝撃で、ママは頭をつぶされた。岩がドアを突き破るほどの勢いだった。第三の衝撃で、車の屋根が大口をあけるみたいにめくれた。

そして最後の衝撃があった。

フエゴは穏やかな海から十メートルうえで止まり、なんとかバランスを保った。

あたりが静まり返った。

ニコラはまだ、すぐ脇にいる。シートベルトに固定された体を、ぴんと伸ばして。

大統領にはなれっこない。オンボロ会社の労組代表者だって無理だ。つぼみのうちに摘み取られた命。鉄床だなんて、とんでもない。砕けた玉子の殻か、怪物に咥《くわ》えられた小鳥だ。

操り人形のような体は、ぎざぎざに吹き飛んだ屋根のせいで傷だらけだった。

閉じた瞼。ニコラはどこか別の世界へ飛び去った。永遠に。

一、二、三。幕をおろせ！

奇妙なことに、クロチルドはどこにも痛みを感じなかった。あとで憲兵が説明したところでは、車は三度横転し、そのつどひとりずつ、衝撃の犠牲となっていったのだそうだ。リボルバーの弾倉に三発しか弾を込めていなかった殺し屋みたいなものだ。

クロチルドは体重が四十キロもなかった。彼女は割れた窓から抜け出した。ガラスの破片で腕や脚、ワンピースが切れているのも気づかなかった。つるつるした岩のうえに赤い血の跡を残しながら、フエゴの数メートル脇を無我夢中で這《は》っていった。

彼女はそれ以上遠くまでは行けなかった。あとはただ茫然《ぼうぜん》とすわりこみ、死体から流れ出る血と車体から滴り落ちるガソリンが混ざった水たまり、死体の頭から飛び出した脳味噌《みそ》を見つめていた。そこに二十分後、憲兵、救急隊員、さらにレスキュー隊員が十名ほど駆けつけ、クロチルドを見つけたのだった。

彼女は手首を骨折し、三本の肋骨《ろっこつ》にひびが入り、膝に打撲傷を負っていたけれど……あとはなんともなかった。

奇跡的に。

「なにも心配はいらないから」と老人の医者は、クロチルドのうえに身を乗り出して言った。回転灯の青い光が、あたりを照らしていた。

なにも。

たしかにそのとおりだわ。

わたしにはもう、なにも残されていない。

パパ、ママ、ニコラの遺体は、白い大きなビニール袋に入れられた。まだ何人もの人々が、赤い岩のあいだをうつむいて歩きまわっている。あたりに散らばった死体の破片を、捜しているかのように。

「つらいでしょうが、気をしっかり持って」と若い憲兵隊員が、クロチルドの背中にエマージェンシー・ブランケットをかけながら言った。「亡くなった家族のために生きるんです。みんなのことを忘れないために」

クロチルドは警官を見つめた。馬鹿じゃないの。まるで天国の話をする司祭だ。しかし、彼の言うとおりだった。どんなにつらい思い出も、いつかは忘れるものだ。ほかのたくさんの思い出が、積み重なっていくうちに。たとえ心をずたずたにし、正気を失いそうになるような思い出でも。もっとも私的な思い出でも。いや、もっとも私的な思い出こそ。

なぜならそれは、ほかの人々の目に触れないから。

二十七年後

I　ルヴェラタ

2

二〇一六年八月十二日

「ここよ」

クロチルドは薄紫色のジャコウソウを小さく束ね、鉄製ガードレールの脇に置いた。ヘアピンカーブの途中で何度かフランクに車を止めてもらい、ペトラ・コーダ断崖の岩間に生えるエニシダのなかから摘んでおいたのだ。

三人分あるわね。

フランクも同じように花を捧《ささ》げたが、道からは一瞬も目を離さなかった。ハザードランプを点滅させたフォルクスワーゲン・パサートが、道路の端に停めてある。

最後にヴァランティーヌが、わざとかったるそうに身をかがめた。百七十センチの体を曲げるのは、ひと苦労だと言わんばかりだ。

こうして三人は、高さ二十メートルの断崖の前に立った。暗礁のあいだで泡立つ波は、赤い岩を飽くことなく紫色に染めている。岩の裂け目にこびりつく茶色い藻は、皺《しわ》だらけの老人の肌に浮き出た染みのようだ。

クロチルドは娘をふり返った。十五歳のヴァランティーヌは、すでに母親の背を十五センチも追い越していた。膝のうえでちょん切ったジーンズに、『ハウス・オブ・カード』のTシャツ。霊廟《れいびょう》に詣でて、花束と黙禱《もくとう》を捧げるのにふさわしいかっこうとは言いがたい。

けれどもクロチルドは大目に見ることにした。彼女は声を和らげた。

「ここよ、ヴァランティーヌ。ここでお祖父ちゃん、お祖母ちゃんが亡くなったの。それにニコラ伯父さんも」


ヴァランティーヌはもっと遠くを、もっとうえを見つめていた。ルヴェラタ岬の沖を突っ走るジェットスキーのほうを。フランクはガードレールに寄りかかり、断崖とパサートのハザードランプを順番に眺めた。

猛暑で疲れきったかのように、時間はだらだらと流れた。日差しで溶けだした一秒一秒が、滴り落ちていく。一台の車が熱気のなかで、彼らのすぐ脇をかすめていった。上半身裸の運転手が、驚いたような目をむけた。

一九八九年の夏以来、ここに戻ってくるのは初めてだった。

けれどもこの場所のこと、今この瞬間のことは、何千回となく考えた。わたしは虚空を前にして、何を言い、何を思うだろう？　ふとした拍子に甦《よみがえ》る記憶のことや、この巡礼をどうとらえたらいいのかも考えた。過去への供物として？　ともに分かち合うものとして？

けれども夫と娘は、すべてを台なしにしてしまった。

クロチルドは思いやりや優しい問いかけを想像していた。きっとフランクとヴァランティーヌは、わたしの気持ちを理解してくれるだろうと。みんなが、ひとつになれるだろうと。なのに二人は陽光を浴びながら、ガードレールにじっともたれかかっている。まるでパサートのタイヤがパンクしてしまい、うんざり顔でレッカー車を待っているかのように。ときおり腕時計に目を落としたり、空を見あげたりするけれど、血の色をした噴石に目をとめることは決してない。

クロチルドは娘にむかって、くどくどと続けた。

「お祖父ちゃんの名前はポール、お祖母ちゃんの名前はパルマ」

「わかってるよ、ママ……」

だったらいいけど、ヴァランティーヌ。そんなにしらけた顔しないで。

娘は《わかってるよ》のひと言で、なんでもすませてしまう。母親が毎日、細々と注意することにも、返答はいつも決まってそれだけだ。

服を片づけて。携帯電話ばかり見てないで。さあ、立って。

すると最低限の妥協だと言わんばかりに、口をひらく……

わかってるよ、ママ……

オーケー、ヴァル、とクロチルドは思った。オーケー、せっかくのバカンスだっていうのに、つまらないわよね、こんなこと。オーケー、うんざりさせてごめんなさい、三十年近くも昔の出来事で。でもね、ヴァル、あなたをここへ連れてくるのに、十五年も待ったのよ。何があったのか理解できるくらい、大きくなるまでと思って。あの事件の話で、幼いあなたを怖がらせたくなかったから。

ジェットスキーは走り去っていた。さもなければ、波に呑《の》まれてしまったのかもしれない。

「もう、行かない？」とヴァランティーヌが言った。

今回は、最低限の妥協すらする気がないらしい。浮かない表情の下に、退屈を隠そうともしない。

「まだよ！」

思わず声が大きくなった。フランクは初めて車から視線をそらせた。パサートは神経質な瞬《まばた》きをするように、ハザードランプの点滅を続けている。

まだよ、とクロチルドは頭のなかで繰り返した。だってヴァル、わたしはこの十五年間、じっと苦しみに耐え、心の底に埋まった地雷を取り除いてきたのだから。だってフランク、わたしはこの二十年間、物静かな恋人、穏やかな妻を演じてきたのだから。文句ひとつ言わず、いつも馬鹿みたいな笑みを絶やさない、能天気なお調子者を。なにがあってもうまく対処し、あなたに心配かけないよう、鼻歌まじりに日々の舵《かじ》取りをしてきたのよ。その代わりに、わたしが何を求めたっていうの？　十五分。十五日間もあるバカンスのうち、たった十五分じゃない。あなたが今日まですごした十五年のうち十五分よ、ヴァル。わたしたちが愛し合った二十年のうち十五分よ、フランク。

わたしの少女時代はここで押しつぶされ、めちゃめちゃになってしまった。ほんの十五分だけ、ともに思いを馳《は》せてくれてもいいじゃないの。あの岩はすべて忘れてしまったかのように、素知らぬ顔をしている。きっと千年後にも、ああしてあそこにあることでしょう。長い、長い時間のなかの十五分。一生のなかの十五分。それが求めすぎだっていうの？

結局、クロチルドに与えられたのは十分だった。

「行こうよ、パパ」ヴァランティーヌがまた言った。

フランクがうなずくと、ヴァランティーヌはビーチサンダルをペタペタと鳴らしながら、ガードレールに沿って車にむかった。そして上方に続く三つのヘアピンカーブを目で追った。岩だらけのこの景色に、生き物の気配を探すかのように。

フランクはクロチルドをふり返り、例によって分別臭い口調で言った。

「わかるよ、クロ。きみの気持ちはわかる。でも、ヴァルのことも、わかってあげなくちゃ。あの子はきみの両親を知らないんだ。ぼくだって知らない。二十七年も前に、亡くなってしまったんだから。ぼくらが知り合う十年近く前、ヴァルが生まれる十二年前に、きみの両親は亡くなったんだ。ヴァルにとって彼らは……（そこでフランクはためらい、手の甲で額を拭った）、彼らは人生の一部ではないんだ」

クロチルドは答えなかった。

いっそなにも言わずに、最後の五分間を静かに味わわせてくれたほうがよかったのに。すべて、台なしだわ。クロチルドは頭のなかで、フランクの両親、ジャンヌお祖母ちゃん、アンドレお祖父ちゃんと、つまらない比較をしないではいられなかった。あの二人のところへは、月に一回週末に訪ねている。ヴァルは十歳になるまで、水曜日ごとにむこうの祖父母の家ですごし、今でもなにかわがままが通らないと、お祖父ちゃんお祖母ちゃんに泣きつくことがある。

「まだ子供だから、理解できないのさ、クロ」

まだ子供だから……

クロチルドは、そうよね、というようにうなずいた。

あなたの言い分には、耳を傾けているわ。いつものように。でも、だんだんうんざりしてきた。
どんなときも、あなたは答えを用意してある。それを受け入れるわ。
フランクはうつむいて、車のほうへ歩き始めた。
クロチルドは動かない。あと、もう少し。

まだ子供だから……

本当にそうだろうか、クロチルドは幾度となく考えた。なにも言わないほうがいい、昔の事故の話に、娘を巻きこまないほうがいいのでは？　あのことは、自分の胸のうちに収めておくべきだ。それならそれで、かまわない。つらい思い出をひとりで反芻《はんすう》するのは、もう慣れているから。

けれどももう一方で、心理学者の意見や女性雑誌の記事、信頼できる友人たちのアドバイスにも耳を傾けた。いわく、現代の母親は率直にふるまわねばならない。家族の秘密をさらけ出し、タブーを打破しなければならない。あれこれ思い悩まずに、すべて打ち明けねばならない。

わかる？　ヴァル。わたしは今のあなたと同じ歳だったとき、とても大きな事故に遭ったの。ママの立場になって、ちょっと考えてみて。わたしたちが三人とも崖から転落し、パパとママは死んでしまい、あなたひとりが生き残った。そう、想像してみて。

ちょっと、考えてみて、ヴァル……そうすれば、あなたのママがどういう人間なのかわかるはずよ。どうしてママがそれ以来、できるだけ人生を無難にすごそうとしているかがわかるでしょう。

もしあなたに、関心があるなら。

クロチルドは最後にもう一度、ルヴェラタ湾と、薄紫色をした三つの小さな花束を眺めた。そして意を決し、車に引き返した。

フランクはもう運転席についていた。カーラジオは切ってある。ヴァランティーヌは窓ガラスを下までさげ、『バックパッカー旅ガイド』で顔をあおいでいた。クロチルドがふざけてヴァランティーヌの髪をくしゃくしゃっと撫《な》でると、娘ははしゃぐような悲鳴をあげた。

クロチルドは無理に笑って、夫の脇にすわった。

シートは焼けるように熱かった。

クロチルドはすまなそうに夫に笑いかけた。ニコラ譲りの交渉人の顔だ。兄が彼女に遺《のこ》したのは、それだけだった。あとは鉄床の心と、むくわれない愛の物語と。

車が動き出した。クロチルドはフランクの膝に手をあてた。ショートパンツの裾あたりに。

パサートは海と山のあいだをゆっくりと進んだ。天頂の太陽に照らされ、まるで昔の絵葉書のように、あたりはけばけばしいまでに強烈な色彩を放っている。

パノラマ・スクリーンに映し出された夢のバカンスだ。もう、すべて忘れ去られていた。夜が終わるまで、風はジャコウソウの花束に吹きつけるだろう。

ふり返ってはいけない、とクロチルドは思った。前に進むんだ。人生を愛そう。わたしの人生を愛そう。

彼女は窓ガラスをさげ、長い黒髪を風に吹かせた。太陽の光が剝き出しの脚を優しく撫でた。

理性的に考えよう。雑誌に書いてあるように、友人たちが言うように、手軽な自己啓発本が主張するように。

しあわせになるのは簡単だ。それを信じるだけでいい。

バカンスはそのためにある。雲ひとつない空、海、太陽は。

それを信じるんだ。

残りの一年間、山ほど幻想を抱いて。

クロチルドはフランクの太腿のあたりまで手を動かした。うなじを少し曲げ、首を空にむける。絵に描いたように真っ青な空に。あれはスクリーンだ。嘘《うそ》つきの神様が広げたカーテンだ。

フランクがぶるっと体を震わせると、クロチルドは目を閉じた。あとは無意識にまかせよう。彼女はなにも考えず、指を動かした。

せっかくのバカンスだもの。

日焼けした肌、裸の体、熱い夜。

欲望の幻想を失うまい。

3

一九八九年八月七日月曜日　バカンス初日　夏の青空

わたしはクロチルド。

自己紹介するね。だってそれが、最低限の礼儀でしょ。あなたのほうは、礼儀を返してくれないけど、それはまあしかたないか。この日記を読んでいるあなたが誰なのか、わたしにはわからないんだから。

たぶん、何年もあとのことでしょうね。そのときまだ、わたしが元気ならだけど。ここに書くことはすべてトップ・シークレットだから、他言は無用。あなたが誰であれ、あらかじめ警告しておかなくちゃ。そもそも、あなたは誰？　わたしが注意深く隠したこの日記を読んでいるあなたは？

恋人かな？　わたしが生涯の伴侶に選んだひと？　初体験の朝、少女時代の日記を見せているとか？

それとも、たまたまこれを見つけたどこかのお馬鹿さん？　わたしってけっこうだらしないから、そんなこともあるかもね。

文学の新たな若き天才（わたしのこと！！！）の傑作に飛びついた、熱狂的ファン？　あるいは、わたし自身……十五年後の、大人になったわたし……もしかしたら三十年後の、すっかりオバさんになったわたしかも。この日記を引き出しの奥から見つけて、タイムマシーンに乗るみたいに読み返してる。若返りの鏡を見るみたいに。

いくら考えたって、わかりっこないか。だからそのまま、あてずっぽうに書いていくね。このノートが誰の手に落ちるのか、誰の目に触れるのかわからないままに。

やれやれ……

未来の読者さん、あなたはきれいな目をしてることでしょう。きれいな手と、きれいな心を。がっかりさせないで、約束ね。

じゃあ、まずは自己紹介に、少し自分のことを書くことにする。お互い知り合う時間もあるでしょうから、未来の読者さん。

そう、名前はクロチルド。特徴は三つ。

その一　年齢。もう、いい歳なの……十五歳。わー、めまいがしそう！

その二　身長。まだちっちゃくて……一メートル四十八センチ。ああ、嫌だ！

その三　外見。死人みたいだってママは言うけど、それもそのはず、『ビートルジュース』のリディア・ディーツの線を狙ってるんだから。彼女のゴシック・ルックがどんなものか、とっさに思い浮かばなくても、焦らないで、火星の読者さん。このノートで三行に一度、リディア・ディーツの話を持ち出して、あなたをうんざりさせるから。だってわたし、あの子の大、大、大ファンなんだもの。はっきり言って、最高クールだよ、彼女。黒いレース、ドラゴンの歯みたいな前髪、黒く縁どった目……おまけに、幽霊と話ができるんだ。ついでに言えば、どこかの誰かさん、演じたウィノナ・ライダーは当時十八歳にもなっていなかったけど、世界一の美人女優だよ。部屋に張ってあるポスターを、全部はがして持ってきたかった。でも、ママにだめだって言われちゃった。バカンスちゅうに泊まるバンガローの壁に、画鋲《がびょう》を刺しちゃいけないって。

わかったって、読者さん、その三が長すぎたね。それじゃ、バカンス初日の話に戻りましょう……赤いフエゴに乗った、トゥルニーのイドリッシ家の大冒険。念のために説明しておくと、トゥルニーっていうのはヴェクサン地方の平野のこと。パリとノルマンディのあいだね。ビーツ畑が広がってて、エプト川っていうちっちゃな川が流れてて。でも、地元の口達者に言わせると、その川のせいで何度も戦争が起こり、たくさんの人が死んだんだって。ライン川以上に。わたしたちはその北にある、ちっぽけな丘のうえに住んでるの。地元の気取り屋は、その丘を《猫背のヴェクサン》なんて呼んでいるんだけど、ぴったりの表現でしょ。

コルシカ旅行出発のことを、あなたにどう話したらいいかって、ずっと迷ってた。まだ暗いうちに、ノルマンディで車のトランクに荷物を詰めこむ。ニコといっしょに後部座席にすわり、えんえんと走り続ける。ニコときたら退屈したようすも見せず、十時間も車列や木々、標示板を眺めていられるの。モンブランの下を通るトンネルを抜けて、シャモニーでいつもどおりサラダ・タルトを食べ、イタリアに入る。だってパパに言わせると、ジェノヴァはニースやトゥーロン、マルセイユと比べてさほど遠いわけじゃないし、イタリア人は決してストライキをしないんだって。とまあ、あれこれ話せばきりがないけれど、ここは大事な一点に絞ることにする。物語上の選択ってやつね、銀河の読者さん。

というわけで、フェリーの話。

島にむかうフェリーに乗ったことがない人には、バカンスの初日がどんなものかわからないでしょうね。

リディア・ディーツにかけて本当の話。

四大元素による試練が待っているんだから。

まずは水。

ムーア人の頭（コルシカの島旗の絵柄ね）を掲げた、黄色と白の巨大なフェリー。ひと目見て圧倒されるけど、口をあけると案外つまんない。

少なくともパパにとっては。十時間も運転し続けたあげく、やっと着いたっていうのに、カッカしているイタリア人乗務員に罵られるんだから、頭に来るのも無理ないけど。

右《デストラ》

左《シニストラ》

イタリア人が声を張りあげ、腕をふりまわす。まるでパパが運転講習を受け始めたばかりみたいに。

前に《アヴァンティ》、前に《アヴァンティ》、前に《アヴァンティ》

パパは焦りまくった何十人ものドライバーたちに混ざって、車を操作している。トレーラー、ジェットスキーを屋根に積んだ車、サーフボードがはみ出したスポーツカー。ルノー・エスパスにいたっては、浮き袋やエアマット、タオルを山ほど詰めこんで、うしろが見えないくらい。

寄って《アヴィチーナ》、寄って《アヴィチーナ》

トラック、小型車、キャンピングカー、バイク。それが最後には、全部収まる。一センチの隙間もあけずに。これがバカンスの第一の奇跡。

ストップ、ストップ、ストップ。

フェリー会社のイタリア人って、きっと子供のころ《はめ込みゲーム》の名人だったんだね。三千台の車をものの一時間で船に積むなんて、巨大なレゴ遊びみたいなもんじゃない。

完璧《ベルフェット》だ

イタリア人はにっこり笑って親指をあげる。

こうしてパパのフエゴも、三千ピースのパズルに加わった。パパは左のコルサにぶつからないよう、そっとドアをあけ、お腹を引っこめながらわたしたちのところへやって来る。

次に土。

自宅を出発してえんえん車を走らせ、ようやくキャビンで横になったあと、四、五時間して起きるまでのあいだに、劇的な変化が起きる。それは脱皮、つまり蛇が皮を脱ぎ捨てるみたいなもの。

たいていわたしは真っ先にビーチサンダル、ショートパンツ、《ヴァン・ヘイレン》のTシャツに着替え、サングラスをかけて甲板にむかう。

陸地だ、陸地だ！

早くもみんな、手すりから身を乗り出して、ビグーリア池からコルス岬まで続く海岸線を眺めている。ぎらぎら輝く太陽は、日陰の外で蠢《うごめ》く者たちを容赦なく痛めつけ始めた。わたしは船の廊下に逃げこみ、初めて嗅ぐ匂いに鼻を鳴らした。リュックサックのうえに寝そべって、まだむにゃむにゃ言ってる金髪の大男をまたぐ。すごい！　背中を剝き出しにした女が、彼に抱きついて眠ってる。髪はぼさぼさ。手はスウェーデン人らしい男のはだけたシャツの下をまさぐっていた。

わたしもいつか、背中を剝き出しにした娘になるんだ。無精ひげを生やしたバックパッカーをつかまえて、マットレス代わりにするんだ。ブロンドの胸毛は、さしずめぬいぐるみってところね。

がっかりさせないで、わが人生さん。約束だよ。

とりあえずは、地中海の潮の香りで我慢しとく。一メートル四十センチちょいの体を手すりにもたせかけて。

　つま先立ちで、自由を胸いっぱい吸いこみながら。


やれやれ、今度は火。

乗客の皆様、車にお戻りください。


　さあ、地獄の業火の始まりだ！

　銀河界隈《かいわい》の読者さん、地獄はあんなところに違いないって、本気で思う。気温は少なくとも百五十度になるけれど、みんな早く下までたどり着こうと、階段に殺到する。まるで地上で同じ時間に死んだ人間が、火を噴く火口の奥へ列をなして下っていくみたいに。地獄行きの地下鉄《サブウェイ・トウ・ヘル》ね。

　あっちからもこっちからも鎖の音、金属を鳴らす音が聞こえる。イタリア人乗務員が戻ってくる。彼らだけはズボンと上着で正装し、汗ひとつかいてない。バカンス客のほうは短パン、Tシャツ姿で、汗だくなのに。

　猛火のなかで、永遠の時がすぎた。みんなそこで足止めを喰《く》らったまま。というのも、扉の真ん前に駐車した客が、寝坊していたから。昨日、最後に着いた男。もしかしたら、あの金髪のスウェーデン人かも。やるじゃん。わたしも将来、あんな恋人が欲しいな。

　イタリア人乗務員の形相たるや、まさしく地獄の悪魔だった。足りないのは鞭《むち》だけね。そこに罠《わな》が待っていた。一酸化炭素中毒で、危うく一巻の終わりだった。どこかの馬鹿がエンジンをかけたもんだから、ほかのみんなも右へならえ。まだ一台も動かないうちに。ようやくフェリーの扉が、ものすごい金属音とともにさがって、跳ね橋が降ろされた。そして生きる屍《しかばね》の一群は、天国にむかって走り出した。われに自由を！

最後に風。

イドリッシ家の伝統、それはバスティア港前のサン＝ニコラ広場でとる朝食だ。毎年、椰《や》子《し》の木陰のテラスと決まっている。

パパはクロワッサンにフルーツジュース、マロンペーストのセットをとってくれた。なんだか急に、家族らしくなった気分だ。わたしはハリネズミみたいに髪を逆立てた、ゴシック・ファッションだったけど。ニコだってそう、出発する前は、キャンプ場に集まっている女の子のことで、頭がいっぱいだったんだ。地球儀をまわして適当に指で止め、あたった国の女の子とデートしようなんて言ったりして。

そう、これから三週間、二十一日、家族で楽園を満喫する。

ママ、パパ、ニコラ。

そしてわたし。

この日記では、特にわたしのことを書くので、それは今から言っておくね。

ちょっと失礼、水着に着替えるから。

すぐまたあとで会いましょう、星の読者さん。

＊　＊　＊

彼はそっと日記を閉じた。

戸惑いながら。

もう何年ものあいだ、ひらいたことがなかった。

不安だった。

こうして、彼女は戻ってきた……

二十七年後に。

何のために？

決まってるじゃないか。過去をほじくり返すためだ。ほじくり返して、ここに残していったものを捜すため。もうひとつの人生のなかに、残していったものを。

彼はそのために備えていた。何年も前から。

その問いに対する答えが見つからないまま。

彼女はどこまで突き進むつもりだろう？　どこまでどぶを浚《さら》い、イドリッシ家の秘密に通じる腐った地下道に、どこまで深く入りこむつもりなのか？

4

二〇一六年八月十二日　午後十時

「父はハンドルを切らなかったの」

　クロチルドは本を置き、椅子に腰かけた。爪を赤く塗った裸足《はだし》の足が、砂や草の混じった地面をつついている。オリーブの枝に吊《つ》るした携帯用ランプが、プラスチック製のガーデンセットのうえから、夜の闇をゆらゆら照らしていた。彼らが借りた敷地は縦十五メートル、横十メートルの広さがあって、ほかから少し引っこんで木陰も多かった。だから近くにトイレ・シャワー・ルームがない点や、大人三人が暮らすには狭いバンガローも大目に見ることにした。ここでは皆さん、屋外ですごしますからね、マドモワゼル・イドリッシ、とユープロクト・キャンプ場の支配人セルヴォーヌ・スピネロは、クロチルドが冬に予約をしたとき慇懃《いんぎん》無礼に断言した。セルヴォーヌは昔と変わってない。

「えっ、何？」とフランクは訊《き》き返した。

　ちょうど不安定な体勢だったので、彼はふり返りもしなかった。新聞紙を後部座席に広げて、そのうえに裸足の両足を乗せ、左手で車の屋根に取りつけた枠につかまり、右手でルーフボックスのボルトをはずそうと苦心している。

「父はペトラ・コーダ断崖のカーブで、ハンドルを切らなかったの」とクロチルドは繰り返した。「わたしの記憶に間違いないわ。まずは長い直線道路があって、それから急カーブに差し掛かった。なのに父は、まっすぐ木の柵に突っこんでいったのよ」

フランクは首だけ少しまわしたけれど、手はスパナで闇雲にボルトをはずし続けている。

「どういう意味なんだ、クロ？　はっきり言えよ」

クロチルドはすぐには答えず、フランクのようすをうかがった。バカンス初日の晩に夫が真っ先にするのが、車の屋根からルーフボックスと枠をはずすことだとはね。せっせとことにあたっているわけを説明する合理的な根拠を、彼は山ほど用意しているだろう。余分にガソリンを食わないように、風の抵抗を弱めるため、枠の台座が車体に跡をつけてしまうから……そもそもそんなもの、ただの場所ふさぎだわ、とクロチルドは思っていた。せっかくのバカンスだっていうのに。取りつけて、はずして、防水シートでくるんでと、ルーフボックスなんて手間がかかるだけだ。まったく馬鹿げてる。見ているだけで、うんざりだ。小さなビスをひとつひとつはずし、穴に対応する番号をふって小袋にしまっていくなんて。

こういうとき、ヴァルは仲裁役になってくれない。娘はさっさとキャンプ場の探索に出かけてしまった。バカンス客の年齢層や、どんな国々から集まってきているのか見てこようと。

「なんでもないわ、フランク。意味なんてない。わからないのよ」

クロチルドは少し疲れたような声で答えた。フランクは次の穴に移って、ボルトをきつく締めすぎた間抜けに毒づいた。

つまりは、昨日の自分に。

フランク流のユーモアだ。

クロチルドは前に身を乗り出し、フレッド・ヴァルガスの新作『氷河の季節』をぱらぱらとめくった。もうちょっと気の利いた、夏のベストセラーむきのタイトルはなかったかしらね。例えば『氷菓子の季節』とか。

クロチルド流のユーモアだ。

「自分でもわからないの」と彼女は続けた。「ただ、妙な感じがして。さっき、あの道を見て思ったわ。たしかにもう暗かったし、スピードも出しすぎていたけれど、父がブレーキを踏んでハンドルを切る暇はあったはずだって。それはあの事故以来、わたしが頭のなかで何度となく反芻した記憶とも一致しているわ」

「きみは十五歳だったんだよ、クロ」

クロチルドは黙って本を置いた。

わかってるわ、フランク。

それが一瞬の印象にすぎないことはわかってる。すべてはほんの二、三秒のうちに起きたことなのだから……でも、よく聞いて、フランク。わたしの話に耳を傾けて欲しいの。そして自分の頭で、しっかりと考えて。もしまだ、わたしの目の奥にあるものを読み取ることができるなら。

間違いない。絶対に間違いない。

パパはハンドルを切らなかった。まっすぐ断崖に突っこんでいった。わたしたちみんなを、
車に乗せて。

クロチルドは、頭のうえでゆっくり揺れているランプにちらりと目をやった。蛾《が》が群がって、電球の熱ではかない命を焼き尽くそうとしている。

「それだけじゃないわ、フランク。事故のとき、パパはママの手を握った」

「カーブに差し掛かる前に？」

「ええ、すぐ前に。柵にぶつかる直前だった。まるで虚空に飛び出すのを覚悟したみたいに。もう避けられないと、わかったかのように」

軽いため息とともに、三つ目のボルトがはずれた。

「だから、何を言いたいんだ、クロ？　きみのお父さんは自殺をしたと？　きみたちみんなを車に乗せて？」

クロチルドは間髪を容れずに答えた。少し間《ま》を置くべきだったかもしれない。

「いいえ、フランク。もちろん、そうじゃないわ。パパは遅れそうになって、かりかりしていたの。わたしたちをコルシカの多声合唱コンサートに連れていこうとして。その日はパパとママが出会った記念日でもあった。だから家族みんなで、まず一杯やってた。パパの両親、

いとこたち、近所の人たちと。いいえ、自殺なんて、もちろんあり得ないわ……」

フランクは肩をすくめた。

「それなら、一件落着。事故だったってことだ」

彼は十二ミリスパナに持ち替えた。

クロチルドは隣人の目を覚ますまいとするかのように、声を潜めた。隣の敷地から、テレビの音が微《かす》かに聞こえてくる。イタリア語の連続ドラマらしい。

「ニコラの視線も気になるの」

フランクが手を止める。クロチルドは説明を続けた。

「なんだかニコラは、驚いていないようだった」

「どういうことなんだ？」

「車が柵を突き破る直前、その一瞬前、もうだめだ、フエゴを止めようがないんだってわかったとき、兄の目に奇妙な表情が浮かんだのに気づいたの。わたしが知らないなにかを、知っているみたいな、だからあんまり驚いていないような。まるで兄は、みんなが死のうとしているわけを理解しているようだったわ」

「でも、きみは死ななかったじゃないか、クロ」

「ええ、かろうじて……」

クロチルドはプラスチックの椅子を揺らし、少しうしろにずらした。フランクが車から降りて、抱きしめてくれればいいのに。しっかり抱いて、なにか言葉をかけてくれれば。さもなければ、黙ってわたしを安心させて欲しい。

フランクは四本目のボルトを抜くと、空のルーフボックスを背中に担いだ。

まるで漫画『アステリックス』の、巨石《メンヒル》を担ぐオベリックスだわ、とクロチルドは思った。

そんな想像をしたら、思わず笑ってしまった。いつも、つい冗談めかしちゃうのよね。

そう、上半身は裸で青いキャンバス地のズボンをはき、プラスチック製の巨石《メンヒル》を担いだフランクは、オベリックスにそっくりだった。

お腹はまだ、あんなに出てないけど。

フランクは四十四歳の今も、まだハンサムだった。がっしりした上半身。引き締まった筋肉。二十年近く前、クロチルドは彼のくったくのない笑みや、頼もしい、自信たっぷりの態度に引きつけられた。それに、水泳で鍛えた肩幅にも。だからこそクロチルドは彼を愛し、結婚相手に選んだのだ。もっとひどい男は、たくさんいた。

あれからフランクは年々、少しずつ太って、ウェストもたるんできた。いくらハンサムな男でも、いつかはあんなお腹になってしまうものだ。しかしクロチルドは、あまり気にしていなかった。フランクはおへそのあたりが小山のように（それが言いすぎなら、少なくとも丘のように）、ぽっこり盛りあがってきたけれど、それもしかたないだろう。

オベリックスは巨石《メンヒル》をそっと下に置いた。

「クロ、そんな昔の話で、バカンスを台なしにしないほうがいい」

つまり、こう言いたいのね。

きみの昔話で、ぼくたちのバカンスを台なしにしないでくれって。

クロチルドはちらりと笑みを浮かべた。結局、フランクの言うとおりだ。家族みんなで、わたしの巡礼につき合ってくれたんだから。

気が進まなかったでしょうけど。

だから、もう終わり。

忘れましょう。

それでもクロチルドは、最後にもうひと言、訊いておくことにした。少なくとも、そこはフランクのいいところだ。彼とは子供の教育について、徹底的に話ができる。つまり、ヴァランティーヌの教育について。

「あの話をヴァルにするべきじゃなかったと思う？　事故のあった場所を見せるべきじゃなかったって？」

「いや、もちろんこれでよかったさ。あの子の祖父母のことなんだから。当然、ヴァルだって……」

フランクはロープにかけてあったタオルを取り、手を拭きながらクロチルドに近寄った。

「クロ、きみは立派だと思うよ。あんな出来事があったっていうのに、がんばってきたんだから。きみがどうやって生きてきたのか、ぼくだってよくわかってる。さあ、車のほうは一段落したので、そろそろ……」

彼は肩や脇の下、胸の汗を拭い、タオルを投げると、クロチルドのほうに身をのり出した。

おあいにくさま、とクロチルドは思った。もう遅いわ。

ちょっと前ならいざ知らず、今さら優しい言葉をかけたって、発情したオスの誘いとしか感じられない。車が傷まないようルーフボックスを片づけてから、いざメスに挑もうっていう文明人のオスね。

「そろそろ、何なの、フランク?」

フランクはクロチルドの腰に手をあてた。二人とも、ほとんど服を着ていないに近かった。手がクロチルドのシャツの下に滑りこむ。

「そろそろ……ベッドへ行こうか?」

クロチルドは立ちあがって、ゆっくり一歩あとずさりした。夫を傷つけないように。けれども、きっぱりあきらめさせるように。

「いいえ、フランク。あとにしましょう」

クロチルドもロープからタオルをはずし、洗面具入れを手に取った。

「シャワーを浴びなくちゃ」

彼女は小道に出る直前に、もう一度夫をふり返った。

「フランク……誰もあの事故で生き残った者はいない、わたしはそう思ってるの」

フランクは茫然と彼女を見つめた。水場から立ち去るガゼルを追いかけもせず、ただ眺めているだけのライオンのように。

今の言葉が二人の会話のなかで、どんな意味を持つのか理解できないまま。

夜になると、キャンプ場はほとんど真っ暗だった。B通路には半年前にしゃれたフィンランド風の山小屋が五棟建てられたので、街灯がひとつだけ灯《とも》っていた。クロチルドはB通路を抜け、テント専用地の前を通りすぎた。バイカーのグループがビール片手に、ガスランプのトーテムポールを囲んでいる。バイクはサラブレッドの群れよろしく、ずらりと木陰に並べてあった。

これこそ自由だと言わんばかりに。

メランコリーの強烈な香りが鼻をついた。

クロチルドが通ると、十人ほどの男たちが美人にくたびれた秋波を送ろうと、いっせいにふりむいた。スカートは太腿の下くらいまでしかなかったし、シャツの胸もとも大きくはだけている。

クロチルドは四十二歳になった今も、自分が魅力的だとわかっていた。

小柄で、きゃしゃな体つきをしているが、出るべきところは出ている。男たちがそうあって欲しいと望むところは。十五歳のときから、四キロしか太っていなかった。左右のバストに一キロずつ、左右のヒップに一キロずつだ。日々、美しさに磨きをかけている。少なくとも頭のなかではいつもそうだったし、まわりの目から見てもたいていそうだった。スタイルを維持するためにスポーツジムやプールに通う必要などなかった。日常生活のなかで、完璧なトレーニングを積んでいる成果にほかならない……健全な肉体に健全な母親が宿るのだ。買い物でいっぱいになったショッピングカートを押したり、学校の出口までダッシュしたり、食器洗い機や洗濯機、乾燥機の前で屈伸運動をしたり……

これで体は元気そのもの。

美容と実益を兼ねるってことね。どう、フランク。

数分後、クロチルドはバスタオルを体に巻いてシャワーから出てきた。トイレ・シャワー・ルームには彼女のほか、褐色の髪をした少女がひとりいるだけだった。電気捕虫器みたいな音をたてながら、シェーバーでせっせと脚のムダ毛を剃《そ》っている。セラミック製の仕切り壁のむこうからは、えんえんと続くテクノサウンドのリズムに合わせ、少年たちのにぎやかな笑い声が聞こえた。

クロチルドは壁一面に取りつけた大きな鏡に、ゆっくりと自分の姿を映した。胸まで届く長い黒髪を、丹念に撫でつける。このキャンプ場は、彼女を二十七年前に連れ戻した。十五歳のときと同じ鏡に、同じ体、同じ顔が映っている。

あのころは子供っぽい体つきを、足かせみたいに引きずっていた。あのころは奇抜な個性だけが男の子たちを引きつける切り札、たったひとつの武器だと思ってた。でも、ちゃちな武器だったわ……水鉄砲みたいに。

5

一九八九年八月九日水曜日　バカンス三日目　マリンブルーの空

ごめんなさい、銀河間を旅する謎の読者さん、二日間もほっぽらかしにしちゃって。忙しくて大変だったのなんて言いわけすることもできないや。だって一日中、なにもしてなかったんだから。これからは毎日、もっときちんときちんと書くって約束するね。目印をつけて測定し、観測して、自分の位置を定める時間が必要なの。女スパイみたいに。フィールドワーク中の人類学者、二〇二〇年から一九八九年に降り立ったタイムトラベラーみたいに。

こっちの正体がバレないようにして……

ハロー、銀河の皆さん、リディア・ディーツがお送りする、未知の惑星からの連続ライブ・レポートです。ここは日中、気温三十五度にもなり、原住民たちは半裸で歩きまわっています。

実を言うとあなたをちょっとなおざりにしていたのは、どこから始めたらいいのかわからなかったからなんだ。

ペンをまず、どこに立てたらいいのかな?

キャンプ場のなかに？　例えば物干し場に？　わたしが生まれて以来毎年借りているC29番バンガローのテラスに？

それとも、お祖父《パペ》ちゃんとお祖母《マミー》ちゃんの家に立てようか？　ムーア人の頭を掲げた旗みたいに。アルカニュ牧場の中庭に？

いっそパラソルよろしく、アルガ海岸に立てるのがいいかも？

よし……

じゃあ、アルガ海岸から始めましょう。まさに絵葉書そのものの景色ね。ヴェルノンの高層マンションに足止めされている友達をうらやましがらせるため、意地悪で出す絵葉書みたいな。

白い砂、青緑色の水、焼けた肌。

そこに小さな黒い点。

わたしよ、わたし！

小柄なリディア＝ウィノナちゃん。囚人服みたいなTシャツを着て、髪の毛をつんつんに突き立てて、ゾンビ模様のビーチサンダルを履いて。ビーチは気温四十度になるっていうのに、Tシャツを脱ごうとしないクレイジーな女の子。白状なさい。今、ママみたいなことを考えてるでしょ。この子はちょっとイカレてるって……

でも、あなたには、あなただけにはわかって欲しいの、秘密の告白相手さん。

笑わないでね、約束だよ。

背は百四十八センチだし、胸もぺちゃんこだから、水着を着ると十歳にしか見えないんだ。だからビーチでも、ゾンビ・Tシャツを着てるってわけ。少しでも大人っぽく見せるには、それしかないって思ったの。いっしょにお砂遊びをしましょうなんて言ってくるお子ちゃまたちを、遠ざけるためにね。わたしだって精一杯、十五歳らしくふるまってるつもりなのに、顔も心も体つきも、ちっとも十五歳らしくないみたい。

だから甲冑《かっちゅう》で身を固めることにした。

ほらほら、あなたの顔が目に浮かぶ、このわがまま娘って言いたいんでしょ。せっかく地上の楽園でバカンスをすごせるっていうのに、山やビーチや海を毛嫌いしているんだろうって。

はずれ。大はずれ。

大はずれもいいとこ。

みんな、大好き。ビーチも水も大好き。

ヴェルノンのプールでは、くたくたになって底に沈みこむくらい、コースを何度も往復したんだ。

水と言えば、あなたにひとつ告白しなくちゃ……数か月前から、わたしはティム・バートンの黒より、青が気になりだしたの。それは十か月前、偶然わたしの身に起きたことなんだけど。なんの前触れもなしに、映画館で。

『グラン・ブルー』。水面すれすれをコマ落としで撮った地中海。エリック・セラの音楽。

白と青緑色をしたギリシャの家々。

ズキッ！　ほんの二時間のうちに、わたしはイルカにすっかり心を奪われちゃった。それから、たぶん、イルカと友達になる人間のほうにも。眼鏡のシシリア人じゃなくて、深海のような目をしたダイバーのほう……

ジャン＝マルク・バール……

地中海に行けば、彼と同じ水を泳げるんだ。そう思っただけで、嬉《うれ》しくなる。映画はここ、ルヴェラタ岬の沖で撮影されたっていうし。

黒い甲羅をまとっているけれど、心のなかは青色でいっぱい。

でも、誰にも言わないでね、告白相手さん。大事なことなんだから。あなたを信頼してる。命をあずけるね。

わたしは今、砂浜で書いている。アルガ海岸の砂浜で。ここはまるで、月面の砂漠みたい。日が昇ったのに気づかず、まだ空に浮かんでいる三日月。ひたひたと押し寄せる蛍光ブルーの波間では、人々の手や足指のあいだを魚が泳いでいる。

イドリッシ・ファミリーのメンバーで、いっしょに砂浜にいるのはママだけ。パパはどこかへ出かけてしまった。おかしなことに、パパはここで家族や親類《ルーツ》と再会すると、お尻がむずむずしてくるらしい。でも、家ではそんな根っこ《ルーツ》と切り離されているのに。根が生えたみたいにソファにすわりこんでいるんだから。ニコは取り巻きの女の子たちと、そのへんを歩きまわっているんでしょう。わたしだって、いつまでものんびりしていられない。ようすを見にいかないと。兄が何をこそこそやってるのか、ちゃんと把握しておきたいから。

というわけで、わたしとビーチにいるのはママだけ。あとは知らない人たちが、たくさんまわりに群れている。わたしはこんなふうに浜辺でノートを広げながら、他人の観察をするのが大好き。ほら、例えばビーチタオル三枚分離れたところに、きれいな女のひとがいる。胸を露《あら》わにしているけれど、なにも見せびらかすためじゃない。お腹をすかせた赤ちゃんを、胸に抱いているんだ。ああいうのって、とっても感動的で、とっても下品だって思う。その両方が、奇妙に混ざり合っているような気がする。

ママも妬んでるみたいに、彼女を盗み見している。

ママのビーチタオルはわたしの隣だけど、それでもたっぷり五メートルは離れてる。まるでわたしが娘じゃないかのように。

まるでわたしのことを、恥ずかしがっているかのように。

まるでわたしが、完璧なママの唯一の欠点だとでもいうように。

ちょっと待って。ママが肩ごしに盗み読みできないように、体を曲げてついたて代わりにするから。じゃあ、ママのプロフィールを三点でまとめます。寛大なのから、手厳しいのまで。

第一点。ママの名前はパルマ。ハンガリー系の名前。ママのほうのお祖母ちゃんが、ハンガリー出身だから。オーストリア国境から数キロのところにある、ショプロンっていう町からきたの。わたしはときどきママのことを、パルマ・ママって呼んでるわ。

第二点。ママは背が高くて美人だ。すらっとして気品があるって言ってもいい……ビーチサンダルを履いてても、背はゆうに百七十五センチはある。パーティーでピンヒールを履いたらどうなるか、ご想像におまかせするわ。コウノトリみたいに長い脚、ハチドリみたいにくびれたウェスト、白鳥のようにすらりと伸びた首、フクロウのように大きな丸い目。

世の中には、隔世遺伝っていうのがあるらしいよね。

念のため。

わたしを診察した医者たちは、口をそろえて言ってたわ。わたしの成長はほとんど止まっている。背が一メートル五十五センチ以上に伸びることはまずないだろうって。そういう女の子はほかにも何百万、何千万人もいると、医者はわたしを慰めた。それから、こうつけ加えた。これは隔世遺伝というやつなので、もしいつか、わたしに娘ができたら、おそらくママみたいにぐんぐん背が伸びるはずだと。どうなることやら！　その話はこれくらいにして、さっさと第三点に移りましょう。

さあ、覚悟はいい？

ママにはうんざりさせられる。ママは意地悪だ。ママはうっとうしい。ママはわたしから五メートル離れたビーチタオルに寝そべり、レジーヌ・デフォルジュの『悪魔は二度笑う』を読んでいる。本当なら、ここにこっそり書きつけている言葉を、ママの顔に吐きかけてやりたい。マルコーヌ墓地に眠っているコルシカの先祖たちにかけて、あなたに誓うよ。アルガ海岸であなたに宣誓するので、証人になってちょうだい、未来の読者さん……

わたしは将来、ママみたいにはならない！

わたしはママみたいな母親にはならない。ママみたいな女には、ママみたいなオバさんにはね。

うわっ！

うっかりしたわ。わたしは顔をあげた。大丈夫、焦ることなかった。ママは腹ばいになって眠っている。背中を剝き出しにして。ホックをはずした緑色のトップを、つぶれた乳房がクラゲみたいにうえから押さえつけている。Tシャツのことでは、いつもわたしに文句を言ってるけど、ママだって同じ、そのかっこう。ママは体を起こすたび、誰かに胸を見られないようさりげなくホックをはめた。ママは本を置き、海にむかって小走りに駆けていく。あなたも来ない？　とママは言う。しばらくすると、びしょ濡れになって戻ってくる。気持ちいいわよ。暑くないの、Tシャツなんか着てて？　ママはまた横になり、本に没頭しているふりをする。どうせバカンスの終わりまでに、読み終えないくせに。そしてビキニのホックをはずし、前は隠して背中だけ焼く。

ママはストラップの跡がつくくらいなら、死んだほうがましだと思ってるんだ。わたしはTシャツの跡がくっきり残るから、新学期が始まると決まってからかわれるけれど。「あら、クロ、今年の夏はツール・ド・フランスに出場したの？」なんて。

さて、さて、今日はこのへんでやめにしておく。あなたが俗流心理分析をしようとしているのが、目に見えるから……ほら、白状しなさい。だって、そう思ってるんでしょ……

わたしは母親に嫉妬しているんだって！

ふん……勝手にそう思ってて。

この小さな黒髪の反逆者が何を言いたいのか、あなたにわかってもらえたら。彼女は馬鹿じゃない。自分なりの計画があり、誰にも騙《だま》されたりしない。一生、楽しくやっていける恋人を見つけ、子供が生まれたら嫌っていうほど笑わせるんだ。そして、戦い続ける仕事をする。ボクサー、熊の調教師、綱渡り芸人、悪魔祓《ばら》い師。

これがアルガ海岸の誓い。

もういい？　次回はパパのことを話すね。

じゃあ、このへんで。ストラップが緩んだ小さなビキニの下に、ママが胸を押しこんで、わたしのビーチタオルに近づいてくるから。笑顔で迎えようか、嚙《か》みつこうか、わたしは迷ってる。まだわからないけど、出たとこ勝負でいくわ。

バイバイ……

＊　＊　＊

彼はノートを閉じた。

たしかにパルマは美しかった。文句なしの美人だ。
彼女が死んでいいわけない。絶対、いいわけない。
けれども、最悪の罪が犯されてしまったのだから、そして彼女は生き返れないのだから、
誰にも真実を知られないようにするしかない。

6

二〇一六年八月十三日　午前九時

クロチルドは買い物に出かけた。バゲット一本、クロワッサン三つ、牛乳一リットルを詰めたバッグを片手にぶらさげ、もう片方の手でオレンジ・ジュース一リットルを抱えて帰る途中、脇道に入った。

わざとだった。

ヴァルはまだ眠っている。フランクはキャヴァロの信号所までジョギングに行った。

そういえば一九八九年の夏、クロチルドは朝食の買い出し係だった。毎朝、ぶらぶらと受付まで行って焼きたてのパンを受け取り、ユープロクト・キャンプ場の通路を歩きまわりながらまた帰っていく。誰かとすれ違わないかと期待したけれど、そんなに早起きする若者はひとりもいなかった。だからクロチルドは迷路のようなキャンプ場を抜ける複雑なコースを考えてバンガローまで戻った。今日は逆に、Ｃ29番バンガローの前まで行く最短コースをたどった。生まれてから十五歳まで、毎年夏をすごしたバンガローだ。

変わっていなかったのは、バンガローの大きさと敷地の広さだけだった。木々はすっかり大きくなり、ねじれたオリーブの幹が、バンガローのうえに天蓋を作っている。バンガローには新たな設備が整えられていた。電動ブラインド、テラス、バーベキューセット、ガーデンテーブルとガーデンチェア。ユープロクト・キャンプ場の二代目支配人セルヴォーヌ・スピネロの采配で、なにもかもが現代風になっている。セルヴォーヌは父親バジルからキャンプ場を受け継ぎ、鋭いビジネスセンスを発揮しているようだ。クロチルドはテニスコートやらウォータースライダーやら、新しい施設を見て、子供のころの野趣あふれるキャンプ場の名残りはほとんど残っていないと感じざるを得なかった。あのころは眠るためのベッド、体を洗うための水、身を隠すための木があるだけの、鬱蒼《うっそう》とした場所だったのに。

クロチルドはC29番バンガローを眺めているうち、ふと思った。そういえばあの事故以来、ここに来るのは初めてだった。悲劇のあった数日後、バジル・スピネロはここにあった彼女の持ち物をカルヴィの病室に届けてくれた。服が詰まった大きなバッグ、カセット、本。私物はすべて戻ったけれど、ひとつだけ、もっとも大事にしていたノートがなかった。クロチルドは青いノートに、あの夏の一か月、自分の心の内を書き綴《つづ》っていた。アルカニュ牧場のベンチに置きっぱなしにしたノートに。

バジルは持ってくるのを忘れたか、バラーニュの救急医療センターの廊下にでも置いてきてしまったのだろう。クロチルドはあえてたずねなかった。医療センターからパリへむかう飛行機のなかで、あのときのことを何度も考えた。退院したあと、彼女はコンフランで暮らす母方の祖父母ジョゼフとサラのもとで、成年に達するまで育てられた。年を経るにしたがい、あのノートのことは記憶から薄れていった。でも、もしかしたら、どこかでまだ自分を待っているかもしれない。ふとそんなふうに思うと、可笑《おか》しかった。三十年近く前から、洋服ダンスの引き出しか家具の裏、本棚に並ぶ黄ばんだ本に埋もれてずっとわたしを待っているのかも。

クロチルドは、テラスの正面に植わった木々より低いオリーブの枝を掻き分け、C29番バンガローに近づいた。たしか一九八九年にも、同じ高さのオリーブが、窓の前に一本生えていたはずだ。セルヴォーヌは古い木を抜いて、新たな木を植えたのだろうか？

「なにかお探しですか？」

男がバンガローから出てきた。ニューヨーク・ジャイアンツのキャップを、白髪交じりの鬢髪《びんぱつ》のうえまで目深にかぶり、手にコーヒーカップを持っている。愛想はいいが、驚いているようだ。

クロチルドはキャンプ場の気が置けない雰囲気が好きだった。柵も垣根もバリケードもない。個人の家が並んでいるというより、なんとなく全体がみんなの家という感じだ。

「いえ、別に……」

少し離れた通路で、男の子が二人でサッカーごっこをしている。

「ボールがバンガローの下に入ってしまったとか？」

男の笑い顔から、クロチルドはぴんときた。こいつめ、わたしがテラスの前で四つん這いになり、ぴちぴちのレギンスに包まれたお尻をくねらせてバンガローの下にもぐりこむところを想像して、にやついているんだわ。よく考えたら、キャンプ場のこういうところが嫌だった。バリアがなくなったぶん遠慮もなくなり、欲望が剝き出しになる。

「いえ、ちょっと懐かしかったもので。前にバカンスで、このバンガローに泊まったことがあったんです」

「本当に？　だったら、ずいぶん前のことでしょうね。わたしたちは八年前から、毎年このバンガローを借りてますから」

「二十七年前です……」

男はびっくりしたような目をした。そこには無言の讃辞が含まれていた。**そんなお歳には見えませんね。**

彼のうしろから、紅茶のマグカップを二本指で持った女があらわれた。カールした髪を木のクリップで留め、たるんだ腰に色鮮やかな布を巻きつけている。彼女もにこやかだった。

女は夫の脇に立ち、クロチルドに言った。

「二十七年前？　じゃあ、このC29番バンガローは、あなたの昔の住所ってわけですよね。すみません、だったらもしかして、あなたはクロチルド・イドリッシさんでは？」

とっさにクロチルドは、なにも答えられなかった。馬鹿げた考えが、頭のなかで渦巻いた。まさかこのバンガローに、記念プレートが貼ってあるわけじゃないでしょうに。《ポール・イドリッシ、パルマ・イドリッシ夫妻が暮らした家》とかなんとか。両親の事故について、何十年にもわたりキャンパーのあいだで語り継がれてきたとも思えないし。

呪われたバンガロー……

女はふうふうとカップを吹き、夫のTシャツの下に手を滑りこませた。無意識《サブリミナル》だが明らかなメッセージだ。

この男はわたしの夫よ。

ひと夏の開放的な雰囲気のなかで暮らす人々の、世界共通のボディ・ランゲージ。見たり見せたり、すれ違ったり……けれども触ってはいけない。たとえ手の届くところにあっても……

女はゆっくりと紅茶を飲み、はずんだ声で言葉を続けた。謎めいたメッセンジャー役を楽しんでいるかのように。

「あなた宛ての手紙があるの、クロチルドさん。しばらく前に届いたんだけど」

クロチルドは危うくその場に崩れ落ちそうになった。ほんの一分もしないあいだに、これで二度目だ。彼女はオリーブの高い枝につかまった。

「しばらくって……二十七年前に？」クロチルドは口ごもった。

女は吹き出した。

「まさか、そうじゃないわ。昨日、受け取ったのよ。フレッド、あの手紙を持ってきて。冷蔵庫のうえにあるから」

男はなかに入り、封筒を手に戻ってきた。女は宛名を読みあげながら、また夫に張りついた。

クロチルド・イドリッシ
C29番バンガロー、ユープロクト・キャンプ場
20260、ラ・ルヴェラタ

クロチルドはこれで三度目、胸の鼓動が速まるのを感じた。前の二回よりも強烈で、つかまっていたオリーブの枝が折れたほどだった。

「身分証の提示はけっこうですよ」と男は笑いながら言った。「受付に持っていこうと思っていたんですが、ちょうどあなたがいらしたので……」

クロチルドは汗ばんだ指で手紙をつかんだ。

「ありがとうございます」

砂道の通路に戻っても、まだ足がふらふらしていた。凍った湖を滑るスケーターのように、フラットシューズが曲がりくねった足跡を残した。クロチルドは封筒に書かれた自分の名字、名前を見つめた。見覚えのある筆跡だった。でも、そんなはずはない。絶対にあり得ないと、彼女にはわかっていた。

クロチルドは無意識のうちにキャンプ場を通り抜けていた。この手紙は、誰にも見られないところでひらかなくては。それに適した秘密の場所は、ひとつしかない。人目につかない神聖な場所。海豹洞窟《あざらし》だ。断崖にあいた洞穴で、海から近づく以外にも、キャンプ場から小道を下って行くことができる。クロチルドは少女時代、幾度となくそこで本を読んだり夢想にふけったり、日記をつけたり泣いたりしたものだ。彼女は若いころ、文章を書くのが好きだった。才能があると先生やまわりの人たちにも言われた。ところが、突然言葉が湧いてこなくなってしまった。あの事故をきっかけに、文才は涸《か》れてしまった。

クロチルドは難なく隠れ場所まで降りていった。砂と小石の道は、セメントで固めた石の階段に変わっていた。海豹洞窟のなかは、ハートマークの悪戯《いたずら》書きや卑猥《ひわい》なスプレー書きでいっぱいで、ビールと小便の臭いがした。かまわないわ。洞窟のなかから見た地中海の光景は昔と変わらず、目がくらむようだ。海面に浮かんだ獲物に翼の一撃で襲いかかる海鳥になったような錯覚を与えてくれる。

クロチルドは買い物袋を置いて少し奥まで行き、湿った冷たい岩に腰かけてゆっくりと封筒をあけた。ラブレターの封を切るときみたいに手が震えたけれど、覚えているかぎり手紙で情熱的な告白を受けたことはなかった。生まれるのが何年か、遅すぎたのだろう。彼女に恋する男たちは、みんなメールで言いよってきた。デジタル式の告白も当時は目新しくエキサイティングだったけれど……今ではもう、なにも残っていない。手紙の一行も、本に挟んだ紙切れ一枚も。

クロチルドは四つにたたんだ小さな白い紙を、親指と人さし指で封筒から引っ張り出して広げた。歳をとった女教師のように几帳面《きちょうめん》そうな字で書かれた、短い手紙だった。

わたしのクロ、
あなたは小さかったころみたいに、今でも偏屈で強情っぱりかしら。でも、あなたにお願いしたいことがあるの。

明日、アルカニュ牧場のカサニュとリザベッタの家に行ったら、日が暮れる前、柏《かしわ》の木の下に何分間か立っていてちょうだい。わたしがあなたの姿を見られるように。

きっとわたしには、あなただってわかるでしょう。

あなたの娘もいっしょだと嬉しいわ。

ほかにはなにも頼みません。それだけです。

ただ空を見あげ、オリオン座のアルファ星ベテルギウスを眺めてくれたなら。クロ、わたしもあなたのことを思いながら、いく晩それを眺めたことか。

わたしの人生は、いつもずっと暗い部屋です。

キスを送ります。

P

波が洞窟の入口に打ち寄せていた。波しぶきがかかるけれど水浸しにはならない、ちょうどいい高さに、神様がこの洞窟を作ったかのように。クロチルドの手のなかで、手紙は双胴船の主帆よりも大きく揺れていた。

けれども風のない、穏やかな朝だった。すでに暑くなり始めている。太陽は洞窟のいちばん奥まで、詮索するような目をそっと差しこんだ。

キスを送ります。

それはたしかに母親の筆跡だった。

P

これは母親のサインだ。

《わたしのクロ》と彼女を呼ぶ者が、母親以外にいるだろうか？　ゴシック・パンク・スタイルで決めていたころのことを覚えている者が、ほかにいるだろうか？　事故以来、あんなかっこうは二度としなくなったのに。

それに、『ビートルジュース』のことを？　ベテルギウスはあの映画に出てくるビートルジュースの本名なのだから。クロチルドはあのころ、部屋にポスターを貼っていた。それは十四歳の誕生日プレゼントに、ママがくれたものだった。ママはケベックから直接取り寄せたのだ。カナダ・バージョンはアメリカ・バージョンよりずっとしゃれていた。

クロチルドは前に乗り出し、海に降りる小道を眺めた。うえに目をやると、断崖沿いにアルガ海岸とオセリュクシア海岸に続く道が見えた。小道の先に少女がひとり、携帯電話を手に歩いていた。ネットがつながる場所を探しているのだろう。あるいは、親に覗《のぞ》かれずに、こっそりメッセージを読もうとしているのかもしれない。

クロチルドはまた手紙に目を落とした。

『ビートルジュース』のなかで、リディア・ディーツが口にするあの言葉を覚えている者が、母親以外にいるだろうか？　大好きな映画の大好きなせりふ。クロチルドはある晩、激しい言い争いの末、母親にそれを投げつけた。うるさく干渉されるのが嫌だったから。ほかに誰もいなかったはずだ。

母と娘のあいだの秘密だ。

母親は明日、いっしょに町へ行き、ちゃんとした服を買おうと言った。もっと女の子らしい、かわいらしい色をした快適な服を。クロチルドは母親の目の前で、ドアをばたんと閉めた。リディア・ディーツから借りてきた、絶望に満ちた言葉を投げつけて。クロチルドの青春をひと言であらわすせりふ。

わたしの人生は、いつもずっと暗い部屋なのよ。大きな……暗い部屋なの。

7

一九八九年八月十一日金曜日　バカンス五日目　アルファルファみたいな青空

父のことは好き。

父を好きだっていう人間がたくさんいるか訊かれたら、正直ちょっとわからない。でも、わたしは好きだな、本当に。

怖そうなお父さんだって言う友達もいるけど、彼女たちだって父がハンサムだと思っているはず。黒い瞳。髪はからすの濡れ羽色ってやつね。四角いあごに生えたひげを短く刈りそろえている。でも自信たっぷりなようすが、かえって人を遠ざけているのかも。

わかる？　わたしの言いたいこと。

父は何事にも信念を貫き、意見を言うときはぴしっとひと言で決める。好意を示すときは二言、それを撤回するときは三言。相手をひとにらみで震えあがらせ、決して容赦はしない。怖い先生、恐ろしい上司。尊敬されると同時に忌み嫌われるタイプ。父は誰に対してもそんな態度だけど……わたしにだけは別だ。

わたしはパパのかわいい娘。だからほかのみんなにはうまく行く手練手管も、自分のペースで人々を動かす指揮棒も、わたしには効果なしだ。

例えば、仕事のことでもそう。自分では環境問題、農学、エコロジーに関わってる、地球の緑の肺を守ってるなんて言ってるけど……本当は、ただの芝生屋さん。国内市場の十五パーセントを占め、フランスや海外十数か国で何万人もの雇用を確保しているんだって。父がその話をすると、みんな黙って聞いている。ファスト・グリーン社で働き始めたときは十二パーセントにすぎなかった市場占有率をこの手で拡大させた、二〇〇〇年までに十七パーセントまで広げるつもりだと豪語すれば、ただうなずいている。毎分、サッカーコートくらいの土地がフランスで芝地化され、一日でフォンテーヌブローの森と同じ広さになると聞かされれば、誰だって感心するよね。父が野原の雑草をあれこれあげて相手を煙《けむ》に巻き、イル＝ド＝フランス地方のゴルフコースをすべて管理していると自慢げに語れば、ひたすらびっくりしているし。

でもそんなの、わたしにすればお笑い種《ぐさ》。

芝生屋のパパなんて！

恥ずかしいったらない。パパにもそう、何度も言ってやった。かわいい娘の夢を壊さない、もっとうまい方法が見つからなかったのかしらね。だからわたしはパパの膝に飛び乗り、雑草の話はでたらめだってわかってると言ってあげた。わかってる、本当はスパイなんだ、パパは。秘密諜報員《ちょうほう》、怪盗紳士《グラス》なんだよね。

わたしの名前は芝生。

レイ・グラスだ。

いつものように、パパはいなかった。ここにはわたし以外、誰もいない。

わたしはC29番バンガローの、オリーブの木陰で、ひとり日記を書いている。ニコラはキャンプ場に来ているほかの若者たちといっしょだし、ママはフエゴに乗ってカルヴィへ買い物に出かけた。パパはアルカニュ牧場で両親やいとこ、地元の友達といっしょにいる。

パパはコルシカ愛を守っている……

パパのコルシカ愛を誰も笑ったりしない。

ポール・イドリッシ。

ノルマンディの丘、《猫背のヴェクサン》に埋もれたコルシカ人。

誰がそれを笑うもんですか……わたしを除いては。

だって実のところ、パパのコルシカ愛なんて、九月から六月までのあいだ車のリアウィンドウに貼った黄色い長方形のステッカーにすぎないのだから。大陸に埋もれたコルシカ人がお互いを見分けるための、謎めいた標識だ。フリーメーソンは三角形。ユダヤ人には星印が押しつけられた。

北部地方《ノール》に流されたコルシカ人は長方形ってわけ。

コルシカ・フェリーのステッカー。

説明するね。パパのコルシカ愛はリアウィンドウの黄色いステッカーが剝《は》がれかけるころになると、むくむくと頭をもたげる。日が長くなり、バカンスが近づいてきた証《あかし》だからだ。十二月になると、サンタクロースを信じ始める子供。余命数か月を宣告されると、神様を信じ始める老人。パパはそんな感じかな、わかる？

ああ、待ってね、未知の読者さん。ちょっと目をあげてみて。わたしの前を通ってキャンプ場へ走っていく連中。ニコラとマリア＝クジャーラがアルガ海岸のほうへ走っていくのが見える。ショートパンツ姿のセルヴォーヌやオーレリア。ほかのメンバーもみんないる。キャンディ、テス、ステフ、ヘルマン、マグニュス、フィリプ、リュド、ラルス、エステファン……安心して、彼らのことはまたあとで紹介するから。ものには順番があるでしょ。

わたしも彼らに加わってもいいんだけど、やめておく。わたしはあなたといっしょにいる。わたしっていいひとでしょ。年上のグループのあとを追いかけるより、夏休みの宿題をするみたいに、あなたのために日記を書くことにしたんだから。どうせあいつら、わたしを無視するし。わたしを馬鹿にして、置いてけぼりにして、侮辱して、結局わたしのことなんか忘れるんだ……その気になればこんなふうに、何ページだって並べられる。類語辞典ってところね。でも、そんな長広舌はやめにして、パパの話に戻りましょう。

パパの激しいコルシカ愛、雑木林《マキ》に対する憧憬は、花粉症にかかるみたいに六月から始まる。そのあと三つの段階があって、それぞれ家族喧嘩《げんか》の種となる。

第一段階は、パリを出て高速道路に乗ったあたり。ここでパパはどこからともなくコルシカ民謡のカセットを取り出し、車のなかでかけ始める。第二段階は島に着いて、最初の食事にかかるとき。地元の店でハムやソーセージ、チーズ、特産のフルーツ、塩漬け燻製肉《コッパ》などの特産品を買いながら、パパは声高に一席ぶち始める。日頃スーパーで買ってる食べ物なんか、ごみみたいなもんだって。第三段階は親族との再会。両親や親戚、いとこ連中、近所の人たちと、地元の言葉でえんえん話し続ける。それにはパパも苦労している。だって今では、コルシカ語で幼馴染《なじみ》と話すより、英語でファスト・グリーン社の幹部と話すほうが得意なんだから。それでもパパはしがみつく。わたしもニコラも、何を言ってるのかほとんどわからないけれど、それは涙ぐましい光景だ。どうやらみんなは、世界情勢の話をしてるらしい。世界は急速に変化し、どんどん狭くなっていく。まるで余分な破片を振り落としているみたいに。けれども彼らの島は、台風の目のなかにあって動かない。そして人類のあわてぶりを、呆気《あっけ》に取られて眺めているのだとか。パパは話について行こうと必死だ。年に一回、お祈りを覚えて唱えれば、天国へ行けると思ってる信者みたいに。でも、わたしは毎日グラス・レイ・グラスのパパを見ているから、断言できる。パパにはもうわたしと同じくらいしか、コルシカ人の血は流れていないって。お酒を飲むイスラム教徒はイスラム教徒とは言えないし、洗礼と結婚式とお葬式のときにしかマリア様を拝まないカトリックは、カトリックとは言えないのと同じ。

パパはショートパンツをはいた元コルシカ人。

本人は、耳が痛いでしょうね。面とむかって言えるのは、わたしだけだとしても。

もちろん、そんなことしやしないけど。

パパは傷つくだろうから。

わたしだって嫌だ。

ママよりパパのほうが好きだし。パパもわたしのことを、同じくらい愛していると思うから。わたしのゴシック・リディア風ファッションに、ひと言も文句をつけないから。わたしの黒い服を気に入ってるから。コルシカの女たちの服を思い出すのかもしれない。

でも、似ているのは色だけ。

コルシカの老女たちが着る黒い服は服従の印だけど、わたしにとって黒い服は反抗の印だ。黒い服を着た女が好きだって言うとき、パパはどっちを考えているんだろう？　両方ってこと？　人前では従順だけど、私生活ではわがまま。宝物をひとり占めしておく方法なのかもね。小鳥をかごに入れておくことが。

男はみんなそうなんだ、きっと。

妻には母親役、家政婦や料理人役を望むけど……そうなりきって欲しくない。

十五歳の目から見ると、そんな感じがする、夫婦の暮らしって。

今日はここまでにしておきましょう。これでパパのことも、よくわかったでしょ。ビーチへ行って、みんなの仲間に加わろうか、それとも本を読もうか。う一ん、本にするわ。本を読んでると、大人になれる気がするから。

ビーチでも、ベンチでも、テントでも。

たちまち引きこまれる。

ビーチタオルに寝そべって本をひらくだけで、《友達もいなくて退屈しているひとりぼっちのつまらない女の子》から、《他人を無視して静かに孤独を楽しんでいる不敵な少女》にひとっ飛びだ。

もちろん、どんな本を選ぶかも大事。

映画だったら『ビートルジュース』と『グラン・ブルー』、この二本で決まり。本でも熱狂できる作品が、ぜひ欲しいじゃない。何度も読み返すような作品。知り合った男の子たちにも読ませて、同じ感性をしているかどうか、相手のセンスを判断できる作品が。

わたしはスーツケースに、次の三冊を入れた。

けっこうイケてる三冊だと思うけど。

『存在の耐えられない軽さ』

『危険な関係』

『はてしない物語』

オーケー、何を考えているかわかる。三冊とも、映画になってるって言いたいんでしょ。

たしかにそう。だから、わざと選んだんだ。だって映画が気に入ったから……でも本を読み終えたら、カッコつけてこう言えるじゃない。あとで映画も観たけど、超ガッカリだったたって。ずるがしこいでしょ？　女の子って。

三冊のうち、まずどれを持っていこう？

ふん、ふん……

決まってるでしょ、小脇に抱えてビーチに行くなら『危険な関係』ってね。

完璧！

すごくない、ヴァルモン子爵とメルトゥイユ侯爵夫人って。映画でヴァルモンを演じたジヨン・マルコヴィッチの悪党ぶりと、ダンスニー役のキアヌ・リーヴスの初々しさも最高なんだよね。


じゃあ、またすぐあとで、別世界の読者さん。

＊＊＊

彼は目がしらに溜《た》まった涙を人さし指で拭い、日記を閉じた。

もう何年もたったというのに、この名前を目にすると心が揺れる。

日記のなかに、亡霊のようにさまようこの名前。

無害な亡霊。

誰もがそう信じていた。

8

二〇一六年八月十三日　午後二時

「母の筆跡なのよ」

クロチルドは答えを待った。

なにか言ってちょうだい。

けれども返事はなかった。

フランクの口はペットボトルをらっぱ飲みするのに忙しかった。天然炭酸水のオレッツァを一リットル。体中の毛穴から流した汗と、ちょうど同じくらいの量だ。彼は四分の三ほど飲み干したところで、残りの水は裸の上半身にかけた。

フランクはキャヴァロの信号所まで走ってきた。往復で九キロの距離だ。気温三十度にもなるなかだし、ひさしぶりの運動としては悪くない。彼は汗でぐしょぐしょになったTシャツを広げてロープにかけた。

「どうしてそう言いきれるんだ、クロ？」

「わたしにはわかるの。そういうこと」

めている。

クロチルドはオリーブのねじまがった幹によりかかり、手にした封筒の宛名をじっと見つめている。

クロチルド・イドリッシ

C29番バンガロー、ユープロクト・キャンプ場

子供のころ母親からもらって、何度も読み返した絵葉書のことを、フランクに話す気にはなれなかった。中学のときから取ってある、母のサインが入った連絡帳や、裏にメモがしてある古い写真のことも。爪痕だけを残していく、過去の亡霊たちを持ち出してもしかたない。

クロチルドはただ、小声でこうつぶやいた。

「わたしの人生は、いつもずっと暗い部屋なのよ。大きな……暗い部屋なの」

フランクは一メートルほど、彼女に近寄った。裸の上半身が、汗で輝いている。フランクのなにもかもが、夜や暗闇、影と正反対だ。昔は彼のそういうところが好きだった。彼はクロチルドを、光へ連れ戻してくれた。

フランクはプラスチックの椅子を引いて彼女の前に腰かけ、じっと目を見つめた。

「オーケー、クロ、オーケー……きみから聞いた話は、なにも忘れてないさ。きみは十五歳のころ、その女優のファンだった。きみは彼女みたいにつっぱったゴシック風のファッションをした、親不孝な不良少女だった。出会ったころ、きみに『ビートルジュース』って映画を観せられた。そうだったろ？　きみは登場人物の少女が、《わたしの人生は暗い部屋だ》っていうせりふを口にしたところで画面を止め、ぼくに笑いかけて、二人でその部屋を虹色に塗り直しましょうって言ったんだ……」

よく覚えていたわね、フランク。

「そのあと二時間近くのあいだ、ウィノナ・ライダーは止まったままの画面から、ぼくらがソファで愛を交わすのを見ていたんだよね」

そんなことまで……

「オーケー、クロ、きみにその手紙を送ったやつは、冗談のつもりだったのさ。質《たち》の悪い冗談だけど」

冗談ですって？　フランクは《冗談》って言ったの？

クロチルドはもっとも気にかかる部分を読み返した。

明日、アルカニュ牧場のカサニュとリザベッタの家に行ったら、日が暮れる前、柏の木の下に何分間か立っていてちょうだい。わたしがあなたの姿を見られるように。

きっとわたしには、あなただってわかるでしょう。

あなたの娘もいっしょだと嬉しいわ。

ほかにはなにも頼みません。それだけです。

祖父母の家を訪れるのは、明日の晩の予定だ。フランクはこんなあり得ない話に、なんとか理にかなった説明をつけようとした。

「そうとも、クロ。何者かが質の悪い冗談を企《たくら》んだんだ。誰が何のためにそんなことをしたのかは、さっぱりわからない。でも……」

「でも？」

フランクはクロチルドの膝に手を置き、彼女をじっと見つめた。さっきまでの共犯者めいた態度は消え、いつものがみがみ屋に戻っていた。道徳をふりかざし、反論の余地がない議論で相手を追いつめる説教屋に。ものわかりの悪い生徒に根気よく接する教師。夫のそんな思いあがりが、クロチルドには耐え難かった。

「オーケー、クロ。それじゃあ、別の見方をしてみよう。一九八九年八月二十三日、事故があった晩、きみたち四人は車に乗っていた。きみとお父さん、お母さん、ニコラ。それは間違いないね？」

「ええ、そうよ」

「車が断崖から落ちる前に、脱出した者は誰もいないんだろ？」

クロチルドはあのときの出来事を、脳裏にまざまざと甦らせた。砲弾のようにまっすぐ走り続けるフエゴ。急カーブ。けれども父はハンドルを切らない。

「ええ、脱出するなんて、不可能だったわ」

フランクはゴールに直進した。それが彼の力だった。彼がモットーとしているのは二つ、合理性と効率だ。

「クロ、きみのお父さん、お母さん、お兄さんは三人とも、その事故で亡くなった。それは

「絶対に確かなんだね？」

今度ばかりはクロチルドも、彼のはっきりしたもの言いに頭のなかで感謝した。

そう、絶対に確かだ。

フエゴのなかに残されたずたずたの死体は、三十年近くたった今でもずっと頭から離れない。鉄の車体に押しつぶされた両親の遺体。ガソリンの臭いが混じった血の味。救急隊が事故現場に駆けつけ、三人の遺体を確認し、死体安置所に運んで引き出しにしまった。悲しみに暮れた家族が、そこで最後の別れをするように……事故の調査……葬式……時とともにすべてが朽ち果て、なにも戻ってこない。二度と花が咲くことはない……

「ええ、三人とも死んだのは、間違いないわ」

フランクはもう片方の手をもう片方の膝にあて、クロチルドのほうに身を乗り出した。

「オーケー、クロ。それじゃあ、一件落着だ。どこかのお調子者が、面白くもない悪ふざけをした。昔の恋人か、嫉妬深いコルシカ男か、それはどうでもいいさ。ともかくきみはこれ以上、余計なことを考えるんじゃない」

「余計なことって、どんな？」

わたしは自分自身にまで嘘をつくほど、気の弱い偽善者だ、とクロチルドは思った。

ときにはフランクの率直さが、話を簡単にしてくれる。

「お母さんは生きているのかもしれない、手紙を書いたのはお母さんだ、なんてことさ」

バーン！

太陽の光で輝くクロチルドの白い肌が、赤く染まった。

そうよね、フランク。

わかったわ。

何を想像しているの?

「もちろんよ、フランク」そう言いきっている自分の声が聞こえた。「そんなこと、少しも考えたことないわ」

偽善者、嘘つき!

フランクはそれ以上言い張らなかった。

彼の勝ちだ。理性の声が相手を制した。つけ加えるべきことはない。

「じゃあ、忘れるんだ、クロ。またコルシカに行ってみたいと言ったのはきみだ。ぼくはそれに従ったんだから、忘れてバカンスを楽しもう」


ええ、フランク。

そうだわ、フランク。

あなたの言うとおりよ、フランク。

ありがとう、フランク。


じゃあ、ひとつ走りカルヴィへでも行こうか、とフランクは誘った。城塞《じょうさい》都市カルヴィは、ここから五キロと離れていない。ロバの群れかキャンピングカーで道がふさがっていなければ、十分もかからないだろう。

フランクは清潔なシャツに着替えた。ヴァルもカルヴィと聞いただけで、手をたたいて喜んだ。観光客があふれるショッピング街、ヨットが並ぶ港、タオルを敷いたビーチが目に浮かぶ。ヴァルはバンガローに駆けこんでぴちぴちのワンピースに着替え、額やうなじ、日焼けした肩が剝き出しになるよう髪を整えて、銀色の革を編んだしゃれたサンダルを履いた。文明世界に戻れるとばかりに、顔を輝かせている。しかも太陽が燦々《さんさん》と輝き、豊かな富にあふれた、うっとりするような文明世界だ。クロチルドは、娘とのあいだになにか溝ができてしまったと思わずにはいられなかった。

ヴァランティーヌが十歳になるころまでは、仲のいい母娘だった。夢見るプリンセスとイカレた母親。クロチルドはそんなふうになりたいと心に決めていた。

くだらない遊びに熱中して、馬鹿笑いをして、秘密を分かち合って。

気難しい母親にはなるまいと誓った。夢をぶち壊す母親、モノクロの世界に生きているような母親には。けれどもクロチルドが気づかないうちに、すべてが空まわりし始めた。いつか反抗的な娘と対峙《たいじ》することになるだろうと、彼女は覚悟していた。かつての自分のような娘と。だから自分の価値観を捨てまい、夢をしおれさせまいと身構えていた。変わらない自分でいようと。

でもそれは、大間違いだった。

　今、クロチルドの目の前にいるのは、行儀のいい今風の少女だった。母親のことは、古い理想を掲げた時代遅れの遺物だと思っている。変わり者のママなんて、無視されるのがいいところだ。下手をしたら、恥ずかしいって言われてしまう。

　ヴァルはエメラルド色の縁飾りがついたハンドバッグを持って、車の前で待っていた。バッグとワンピースがよく合っている。フランクはもう運転席にすわっていた。

「まだなの、ママ？」

　返事をしなかった。

　ヴァルは苛立ったような声を出した。いつものことだけど、嫌になる。

「ママ、もう行くよ」

　クロチルドはバンガローから出ていった。

「フランク、わたしの身分証を持っていった？」

「いや、触ってもないよ」

「金庫のなかにないんだけど」

「触ってもないって」とフランクは繰り返した。「金庫に入れたのは間違いないのか？」

　オーケー、とクロチルドは思った。どうせわたしは、家族でいちばんのお馬鹿さんよ。でもまだ、完全にぼけちゃいないわ。

「ええ、絶対に」

クロチルドはシャワーを浴びに行く前、戸棚にはめこんだ銑鉄《せんてつ》製の小さな金庫に、身分証が入った財布をしまったのをはっきり覚えていた。

フランクはサングラスを額にあげて、苛立たしげにハンドルをとんとんたたいている。クラクションをけたたましく鳴らさないよう、なんとかこらえているけれど。

「金庫にないのなら」と彼は追い打ちをかけた。「必然的に……」

「昨日の夜あの金庫にしまって、そのあとあけてないわ」

クロチルドはかっと頭に血がのぼり、部屋に戻ってベッドのうえにスーツケースをのせ、中身を手あたりしだい引っぱり出した。

やっぱりない。

金庫の引き出しをあけ、最上段の棚を手探りし、ベッドや椅子、家具の下を覗きこむ。

ない。

ない。

ルーフボックスのなかにも、グローブボックスのなかにもない。

フランクとヴァルは黙っている。

クロチルドは金庫の前に戻った。

「たしかにこのなかに入れたのよ。こじあけたりできないはずだわ。なのに、誰かが……」

「でも、クロ……鍵や暗証番号は、ぼくたちしか……」

「ええ、わかってる。わかってるって！」

＊

クロチルドはセルヴォーヌ・スピネロの笑い方が好きではなかった。そういえば、彼がまだ十代の少年だったころから、毛嫌いしていたのだった。セルヴォーヌはそのころ、父親がキャンプ場の支配人だからと、若者グループのリーダーになりたがっていた。

嘘つきで、気取り屋で、抜け目がない。

そして十数年後、彼は権力を手に入れた。海を見下ろす緑豊かな八十ヘクタールを管理する立場になった今、それはこう変わった。

慇懃無礼で、もったいぶって、いやらしい。

父親のバジルとは正反対だ。

「失礼、クロチルド」セルヴォーヌはくどくどと言った。「挨拶しにいく暇がなくて。ぜひ、少し……」

アペリティフを一杯やりながら、両親のお悔やみやら二十七年前の思い出話やらしようというのだろうが、クロチルドはさっさとそれを遮り、財布がなくなったことを訴えた。どう考えても、盗まれたとしか思えないと。

セルヴォーヌは太く黒い眉をひそめた。

さっそくこんな、厄介ごとを……

彼は鍵の束をつかんでキャンプ場の受付から出ると、花壇に水を撒《ま》いていた大男を呼びとめた。

「オルシュ、いっしょに来い」

セルヴォーヌはそう命じると同時に、手を伸ばして通路を指さした。従順な動物に、自分が主人なんだと示すかのように。狭量なボスの身ぶりだ。相手は文句ひとつ言わず、彼に従った。男がふり返ったとき、クロチルドは思わずあとずさりした。

オルシュと呼ばれた男の背は、百九十センチ以上もありそうだった。伸ばしっぱなしのひげと、カールした長い髪が顔を覆っている。けれども左半身に障害があることは、隠しようがなかった。動かない左目。こけて筋肉が萎縮した左の頰。あごから首にかけて、皮膚がたるんでいる。左の肩はねじ曲がり、体に沿ってだらりとたれた左腕は、まるでからっぽの袖の先にピンク色のゴム手袋が縫いつけてあるみたいだ。さらにその下には、こわばった左脚が続いていた。

なぜかクロチルドは恐ろしいと思うより、胸がざわめく感じがした。障害者の大男に共感を寄せるのは憐《あわ》れみの一種、弁護士という職業柄だろうと初めは思った。けれども、そこにはなにか別のものがあった。自分でもよくわからない感情が、彼女の心をかき乱していた。

オルシュの三メートルほどうしろを歩きながら、セルヴォーヌはクロチルドに耳打ちした。

「たぶん、彼のことは覚えていないだろうな。あの八月、オルシュはまだ三か月の赤ん坊だったから。恵まれない境遇の子だけど、みんなで面倒をみてきたんだ。ユープロクト・キャンプ場で、いろんな雑用をやらしてます。ハグリッドっていうあだ名で呼ばれてますよ、『ハリー・ポッター』の登場人物にちなんでね。凶暴なところはない、おとなしいやつです」

セルヴォーヌの話は、なにからなにまで癇《かん》に障った。

二十七年も会っていなかったのに、やけに馴《な》れ馴れしい口の利き方をするところ。

オルシュのことを、まるで拾ってきた犬みたいに言うところ。

愛想のいい教皇様みたいにふるまっているが、吹き出物だらけの指でトカゲやらカエルやら、罪のない小動物をいじめている少年の姿を、クロチルドは脳裏から追い払うことができなかった。

フランクを加えた四人は、バンガローの小さな金庫を見下ろした。ヴァルはひとり、椅子に腰かけ、耳にイヤフォンをあてて足の爪を塗っている。セルヴォーヌはその太腿を、遠慮なく横目で眺めた。

いやらしくて、慇懃無礼で、もったいぶって、だったわ、とクロチルドは頭のなかで訂正した。選んだ言葉は的確だったけれど、順番が違ってたわね。オルシュは金庫のうえに巨体を傾け、動くほうの手で鍵をがちゃがちゃさせたり、錠を調べたり、ラッチボルトや受け座、シリンダーを確かめたりした。セルヴォーヌはその肩ごしに、指示を出している。

「悪いけど、クロチルド」とキャンプ場の支配人は言った。「こじあけたような跡はまったく見られないいな。財布をなかに入れたのは、間違いないんですか？」

クロチルドは頭に血をのぼらせた。二人で示し合わせてるの、フランクとセルヴォーヌで。わが夫と、世界一いけ好かない男とで。クロチルドはうなずくだけにしておいた。セルヴォーヌは考えこんでいる。

「現金は入っていたんですか？」

「少しだけ……」

「暗証番号は、娘さんも知っていたと？」

ずいぶんはっきり訊くわね、セルヴォーヌ。それに比べれば、フランクの対処は無難だった。

「ええ。でも……」

クロチルドが抗議しようとしたとき、ヴァルがうしろに立って言った。

「親のお金を盗むんだったら、パパの財布から抜き取るわよ」

セルヴォーヌは大笑いした。

「いや、お見事。どうやらあなたは無実らしい」

ヴァルはキャンプ場の支配人と、共犯者めいた笑みを交わした。クロチルドはそれを見て、ぞっとした。フランクは彼らのうしろで、苛立っているようだ。

「それじゃあ、どうしましょうかね？　財布は金庫にしまったと、妻は言っているんですから」

ありがとう、フランク。

セルヴォーヌは肩をすくめた。

「いずれにせよ、身分証がないのなら、憲兵隊に出頭せねばなりませんね。クロチルド、それから必要なら被害届を出して……」

彼は曖昧な笑みを浮かべてつけ加えた。

「カルヴィの憲兵隊本部に行っても、セザルーには会えませんよ。昔馴染みの憲兵隊員は、何年も前に引退しましたから。誰が応対するのかは、わからないけれど。みんなここで三年ほど勤務すると、本土へ戻ってしまうから」

オルシュはまだ金庫から離れようとしなかった。錠のメカニズムをひとつひとつ熱心に確認し、不可解そうにしている。おざなりに調べただけでは、満足していないようだ。クロチルドは心のなかで彼に感謝した。

彼女はひとつ、確信していた。

財布は昨日、そこに入っていた。

誰かが盗んだのだ。

どうして？

誰が？

金庫の鍵を持っていて、暗証番号を知っている者だ。

9

一九八九年八月十二日土曜日　バカンス六日目　青い夜の空

何があったかわかる？　人里離れたコルシカの片田舎で、ついに事件が起きたの。日記のなかであなたに聞かせなくちゃならないニュースがあるんだ。最新の、ぶっ飛ぶような大ニュースが……わたしのこんな語り口を、気に入ってくれるといいんだけど。

さあ、準備はいい？　正体不明の読者さん。

すべては大音響とともに始まった。ドッカーン。ちょうど午前二時二十三分のことだった。どうしてわかるかっていうと、爆発音で目を覚まして、すぐに腕時計を見たから。それからわたしは、外に目をやった。海、ルヴェラタ半島、バラーニュ地方とその最高峰カピュ・ディ・ア・ヴェタ山まで。なにも異状なし。そこでわたしはまた寝たの。

朝になると、キャンプ場は興奮に包まれていて、憲兵隊員が観光客に訊問《じんもん》をしていた。観光客はびっくりしていたけれど、あわてているようすはなく、地元のコルシカ人たちの顔に浮かんでいる笑みに気づかないふりをしていた。
建設中の複合観光施設のマリーナ《ロック・エ・マール》が、夜中に爆破されたんだって。

まずはあたりの地理を少し説明しておくと、ルヴェラタ岬っていうのは南北五キロ、東西一キロの小さな半島で、一面野性味あふれる風景が広がっている。人工物といえば、先端に立つ灯台、スタレゾ港、白い別荘が二、三軒、それにちょうど真ん中あたりに位置する、オリーブの木陰に隠れたユープロクト・キャンプ場くらい。そこから急な小道を下って、二つのビーチに降りられる。南東部のアルガ海岸と、北東にあるオセリュクシア海岸に。西側にあるのは断崖だけ。海豹洞窟とルシザ入江にまっすぐ降りられる。ウィンドサーファーが集まる、石ころだらけの入江。

経済面についても、いくつか触れておくね。この小さな楽園は、ほとんどすべてひとりの男のもの。わたしの祖父、カサニュ・イドリッシの。もっとも彼は、山奥のアルカニュ牧場で家族といっしょに暮らしていれば、それで満足している。人里離れたその場所へ行くには、急な小道が一本、舗装した道路が一本あるだけ。テレビの電波をとらえる大きなアンテナ、中庭の真ん中に立つ柏の巨木、塀のすぐ脇まで生い茂る雑木林《マキ》の香り。なんの気取りもなくって、プールやテニスコートもない。たったひとつの贅沢《ぜいたく》、それはルヴェラタ湾を望むすばらしい景色くらい。キャンプ場も、カサニュお祖父ちゃんのもの。キャンプ場の持ち主バジル・スピネロは、お祖父ちゃんの友達だもの。だから彼はキャンプ場を経営するにあたり、大事な規則を守っている。シャワーとトイレ以外、壁はほとんど立てず、テント用のだだっ広い敷地と、木のバンガローがいくつかあるだけ。夏に本土からやって来るいとこや友人たち、常連客を迎えるのにちょうどいいくらいの数ってわけ。カサニュお祖父ちゃんは八十へクタールの土地を大事に守っている。ほかの男には渡したくない美女のように。眺めるのはいいけれど、手を出すのは許さないってわけ。だからこの土地はいつまでも美しいまま、ハンニチバナやシトロンの実の香りに包まれて、リザベッタお祖母ちゃんが大好きな野生の蘭《らん》の藍色に染まっている。

ただし……

ここら一帯がカサニュお祖父ちゃんのものだという話をしたとき、《ほとんどすべて》と言ったのに、ちゃんと気づいてくれたかな。というのはオセリュクシア海岸のうえの、海に臨む岩だらけの一角は、お祖父ちゃんのものではないからなんだ。そこは数世紀前、なんとかといういとこが相続した四千平方メートルほどの土地なんだって。そんなわけで、お祖父ちゃんの領土のなかにあるこの飛び地は、半島で唯一建物を建てられる地域となった。おかげで土地の値段はぐんぐんあがり、開発業者が赤い岩の真ん中に総合観光施設を作り始めた。聞いた話では、ポルトフィーノ出身のイタリア人らしい。岩の色に調和するようデザインされた豪華な施設で、地中海に臨むテラスや小さなプライベート・ハーバー、三ツ星レベルの客室、ジェットバスなどなどがそろっているそう。三月に建設が始まると、すぐにコルシカの環境保護団体が海岸法に反するって訴えを起こした。正直言って、わたしもよくわからないけど、カサニュお祖父ちゃんはパパとこの話を始めると、何時間も止まらないくらい。飛び地は海から百メートル以上離れているから、建物の建設は可能なの。でも環境保護団体は、すばらしい自然環境を守るべきだと主張した。景観の価値やエコロジーの観点、土地の登記手続きや沿岸域保全整備機構による先買いとかを持ち出して……要するに、事態は混迷を極めたってところね。

マリーナは建つのか、建たないのか？　それは誰にもわからない。要は弁護士やマスコミ、役人同士の戦いってこと。たぶん大金の束も、テーブルの上や下で行き交ってることでしょうね。けれどそのあいだにも、《ロック・エ・マール》では、イタリア人労働者によって流しこまれたコンクリートの基礎のうえに、レンガがひとつ、またひとつと積みあげられていった。数年後には、建設を違法とする判決が出るかもしれないけれど、それを待つことなく、カサニュお祖父ちゃんの鼻先で粛々と工事は続けられた。でもお祖父ちゃんの鼻は毛むくじゃらで、くすぐったがりなのよね、本当に。

というわけで夜中の二時半ごろ、ドッカーンという爆発音とあいなった。コンクリートの基礎に大きな穴があいたか、残骸が残っているだけだったか。ともあれ労働者たちが朝、目にしたのは、瓦礫《がれき》の山だった。

続きはオーレリアから聞いたわ。オーレリアはカルヴィの憲兵隊曹長セザルー・ガルシアの娘なんだけど、ここだけの話、わたしはあんまり好きじゃないんだ。わたしより二歳年上で、ちょっと真面目くさってもったいぶった態度で。法律で決まってるんだから、守らなかったらパパに言いつけるわって顔をしてる。彼女、子供時代がなかったんじゃないかな。人生の双六《すごろく》ゲームでサイコロが六・六の目を出し、最初のマスをいくつも飛び越えたみたいに。将来、夫になる人が気の毒だわ。彼女が結婚すればの話だけれど。お生憎《あいにく》様、オーレリア。男の子たちだって、まだあなたよりわたしのほうを見ている。つまり、そういうこと。ニコラもね。オーレリアったらかわいそうに、わたしの兄に夢中みたいなんだけど。ブスってわけじゃないのよ。でもオリーブの実みたいに丸くて黒い目をして、太い眉は鼻のうえあたりで左右がくっつきそう。そのせいで、いっそう厳《いか》めしげな顔つきになってるの。つまり、うざったいの、彼女。わたしの逆ね。わたしは子供っぽくて、オーレリアはオバさんぽい。だからってわたしたち二人のあいだに、絆が生まれたわけじゃない。いや、むしろ対抗心だね。まわりに順応する二つの方法……何年かして再会したら、どちらが勝ったかわかるでしょう。

でも爆発があった朝、事件について話してくれたのには感謝しなくては。オーレリアったら、いつものようにとり澄ました、もったいぶった態度でこう言ったの。

「父はあなたのお祖父さんに会いに行ったわ。マリーナを爆破させたのは彼だって、みんなもわかっていることだから」

「？？？？？？？？」

「でも、もちろん誰も口にしないわ。沈黙の掟《オメルタ》ってわけ……ええ、沈黙の掟《おきて》とパパは言ってたわ。ここではみんな、多かれ少なかれあなたのお祖父さんの世話になっているからって。

キャンプ場の経営者のバジルを始めとして。二人はいっしょに学校へ通った仲だし。彼らが爆弾を仕掛けたのよ。それはみんな知っているけど、誰もなにも言わないの」

オーレリア自慢のパパが（自慢っていうより肥満かしら。だってセザルーを見ればわかるけど、コルシカの牡牛《おうし》くらい体重があるんだから）憲兵隊の小さなトラックで山をのぼり、汗だくになってお祖父ちゃんと話しに行くところを想像したら、可笑しくてたまらなかった。きっと納屋の縄張り争いで飼い猫と交渉にのぞんだネズミみたいに、膝もがくがくしてたでしょうね。

わたしはきっぱり言い返した。

「お祖父ちゃんがやらせたっていう証拠はない。あなたのお父さんも、そう言っているでしょう」

「ええ、父はそう言ったわ」

わたしは念を押した。

「それに、爆弾を仕掛けた人たちは正しいと思わない？　コンクリートの建物なんかないほうが、コルシカのためなんだから。裁判が終わるのを待ってたら、裏取引やら行政の都合やらで、ルヴェラタの景色は台なしになっちゃうよ。それに、島全体の景観も。そうでしょ？」

オーレリアは決して自分の意見を言わない。

でも、このときはこう答えた。

「そうね。父も言ってたわ、カサニュは正しいことをした。彼にそれを行う権利はないけれどもって」

今度はオーレリアのほうが、きっぱりと言い返した。

わたしは一日中、このことを考えてた。キャンプ場の入口でお祖父ちゃんがバジル・スピネロと話しているのも見かけた。いかにも陰謀家然としたようすだったけれど、恐ろしげな感じはしなかった。憲兵隊の車が走りまわっている。ラジオでも、爆破事件のことを報じていた。夜までに、捜査はすべて終わった。目撃者は誰もいない。なにか聞いたという者もいない。これで一件落着。ルヴェラタ湾はまたカモメや山羊、ロバ、猪、山椒魚《ユープロクト》のものとなった。日暮れ時、わたしは海豹洞窟に何十分もこもって、海とルヴェラタ湾に沈む夕日を眺めてた。

赤と金色に染まった湾は、とても美しかった。

わたしはとても誇らしかった。

お祖父ちゃんがいるかぎり、このままずっと変わらないだろう、この湾は。

自然のままに守られ、なににも屈しない。

わたしのように！

いつまでも、永遠に。そう約束して、未来の読者さん。

いつまでもだって？
馬鹿なことを！
彼はノートを閉じた。

＊
＊
＊

10

二〇一六年八月十三日　午後四時

上半身裸の作業員たちが、暑さにあえいでいた。じっとしている者、スコップのうえに身をかがめている者、停車中のブルドーザーの運転席にすわっている者。運よく日陰で一服できた者もいる。みんなあきれたように、工事を眺めていた。こんな岩だらけの土地にコンクリートの壁を建てようなんて、いやはや途方もない企てだと。狂気の王が思い描く空想の宮殿。冬場や夜間ならいざ知らず、こんな猛暑のなかで作れるわけがない。

「四ツ星ホテルができるんだって」とヴァルが車の後部座席で、興奮した子供みたいに手をたたきながら言った。

フランクは目を細め、道路に注意しながら落ち着いて運転を続けた。カーブに差し掛かるたび、まばゆい太陽の光で目がちかちかした。クロチルドは娘をふり返った。

「なんですって？」

「だから、四ツ星ホテル。マリーナ《ロック・エ・マール》。以前、中止された計画を、セルヴォーヌ・スピネロさんが再開させたんですって。ユープロクト・キャンプ場の拡大版ってところね。いろんな施設が整っていて。来年の夏には開業する予定らしいよ。プール、スパ、フィットネス。一泊三百ユーロの客室はプライベート・テラスつきで、直接海に降りられるみたい。すごいよね」

クロチルドは工事現場にちらりと目をやった。作業の一部を目隠しした巨大なパネルにはEUのロゴ、地域圏、県のロゴが並び、四、五階建ての豪華な複合観光施設の写真が掲げられている。いくら岩のあいだに身を潜めようと、こんなに大きくては嫌でも目に入るだろう。周囲数キロ、海からも沿岸道路からも、それしか見えなくなってしまう。

クロチルドは奇妙な感覚に囚われたが、それが何なのか、自分でもよくわからなかった。彼女は何年も前からずっと、この岩だらけの岬を、危険な道を、死に至る断崖を忘れようとしてきた。でも、忘れられなかった。おかしなことに、悲劇の現場に戻ってみると、カーブのひとつひとつ、楽園の新たな眺望のひとつひとつが、彼女を事故から遠いところへ運んでいった。もっと正確に言うならば、事故以前へ。悲劇が起きる前の年月、前の夏へと。もっとも事故より前のことは、ぼんやりとしか覚えていなかった。たしかにあのころは、この景色、この香り、この自然を愛していたはずだ。やがてそれが、彼女を裏切ることになるのだけれど。コルシカはクロチルドと同じく、天涯孤独なのだ。ひとりぼっちの美しい女。今から二千万年前、家族たる大陸、アルプス山脈、エストレル山地から切り離され、地中海に流されてしまった。

ヴァルは来るべき宮殿の基礎をよく見ようと首をひねりながら、さらに続けた。

「わたしが興味津々なものだから、セルヴォーヌさんが教えてくれたの。来年、十六歳になったら、ここでアルバイトをさせてくれるって」

セルヴォーヌですって……

クロチルドの胸に痛みが走った。娘はあいつをもうファーストネームで呼んでるんだわ。コンクリートの建物で一発当てようとする、女たらしの山師なんかを。だいたい、ヴァルより三十近くも年上じゃないの。

クロチルドは思わず言い返していた。

「そんなもの、よく平気で建てさせるわね」

ヴァランティーヌは黙って母親の言葉を聞き流し、パネルから手つかずの自然へと目を移しただけだった。まるで大地にそそり立つホテルを、想像しているかのように。

真っ向からぶつかり合おうとしないのは、最悪の若者だ。

クロチルドは意地悪く攻撃を続けた。

「カサニュひいお祖父ちゃんに、どう思うかたずねてみるといいわ。明日の晩、夕食に行くことになってるから」

「どうして？」

「どうしてもよ」

「ひいお祖父ちゃんは昔気質《かたぎ》の独立派コルシカ人で、爆弾を仕掛けたこともあるんでしょ。テレビドラマの『マフィオサ』に出てくるみたいな」

「会えばわかるわ」

「歳はいくつなの？」

「十一月十一日で八十九歳になるわ」

「それでまだ、山奥の羊飼いの小屋に暮らしてるってわけ？　コルシカには高齢者施設がないのかしらね」

クロチルドは目を閉じた。

車はペトラ・コーダ断崖まで来た。ルノー・フエゴが転落した場所だ。

もう誰も、口をきかなかった。ディスコ音楽がラジオから流れていた。フランクは音量をさげようかどうか迷った末、そのままにした。

道の脇にはもう、三つのジャコウソウの花束は影も形もなかった。

＊

憲兵隊カルヴィ本部の建物は町の入口にあり、地中海とルヴェラタ半島がよく見えた。憲兵の仕事には危険がつきものだから、見晴らしのいい海辺に高級住宅なみの官舎を用意しないと、奥方が納得しないとでもいうように。

クロチルドはひとりでなかに入り、フランクはそのまま車でヴァランティーヌをカルヴィ港へ連れていった。用事がすみ次第、電話して、夫に迎えに来てもらうことになっていた。

身分証の盗難届を出すだけだから、長くはかからないだろう。

クロチルドの相手をしたのは、金髪の若いスポーツマンタイプの憲兵隊員だった。髪の毛もあごひげも、短くそろえている。机にはさまざまなラグビー・クラブのペナントやタオルマフラーが飾ってあった。

オーシュ、アルビ、カストル……

コルシカ・クラブの名はどこにもない。

「カドナ大尉です」と憲兵は言って、クロチルドに手を差し出した。

彼は話を聞くと、身分証盗難届の書類をクロチルドに渡した。あれこれ書いてもらって申しわけないと、恐縮しているようだ。軍人らしい厳めしさがない、率直そうな笑顔だった。軍隊から憲兵隊に出向して、喜んでいるとでもいうような。

クロチルドは盗難の状況について詳しく説明した。金庫はきちんと閉まっていたのに、なかの財布がなくなっていた。無理にこじあけた形跡はまったくないと。憲兵隊員はにこやかな笑みを浮かべた。青い瞳としばたたく瞼は、ひらひらと舞う蝶《ちょう》を思わせた。

憲兵隊大尉は立ちあがって、窓のむこうにくっきりと浮かぶルヴェラタの灯台を眺めた。彼はスリークォーターバックらしい、引き締まった肩をしていた。

「セルヴォーヌ・スピネロは憲兵隊が関わるのを嫌がって、キャンプ場内のトラブルはたいてい自分で解決しています。でも、あなたがどうしても捜査して欲しいとおっしゃるなら……」

クロチルドはうなずいた。
ええ、そうして欲しいわ。セルヴォーヌに対する嫌がらせになる、それだけでもいい。
スリークォーターバックは神経質そうな手つきで、壁にかかったＣＡブリーヴのペナントの位置を直した。
「実を言うと、わたしはここに来てまだ三年なので、まだどうも勝手がつかめないんですよ。わたしも南の出身です……カドナというのは珍しい名字かもしれませんが、ビテロワ地方ではそうでもありません。わたしの曽祖父はジュール・カドナといって、戦前はフランスで最強のセカンドローでした。カルヴィ勤務に不満はありませんが、なにしろ四か国語で仕事をしなくてはならないんですよ。フランス語、英語、オック語、コルシカ語とね。まったく、すごい島ですよ。驚くべき連中だ。なのにラグビーはからきしと来てる」
彼はそう言って大笑いすると、クロチルドが記入した書類を確認した。
姓　バロン
旧姓　イドリッシ
名　クロチルド
職業　弁護士　家族法
憲兵隊員はほとんど反射的にたずねた。
「コルシカの方ですか？」

「ええ、気持ちはそのつもりです」

「カサニュ・イドリッシさんのご親類で？」

「孫です」

カドナはしばらく間を置いた。

「なるほど……」

蝶はサボテンにとまっている。スリークォーターバックは、映画『ゴッドファーザー』でヴィトー・コルレオーネの名前を聞いた警官みたいに凍りついた。一瞬のち、彼は書類に力いっぱい判を押した。そしてゴム印を手に持ったまま、ゆっくりとクロチルドを見あげた。それは同情のまなざしだった。蝶はサボテンを離れ、バラに移ったらしい。

「くそ、気がつかなかった」

「なんですって？」

大尉はゴム印を指でいじくりながら、口ごもるように言った。

「じゃあ、あなたは……」

なんと言ったらいいんだろう？　クロチルドには、彼が口にできずにいる言葉がわかっていた。

生き残り。

奇跡の少女。

孤児。

「あなたは、ポール・イドリッシの娘さんなんですね」憲兵はなんとか言葉を続けた。「お父さんはルヴェラタの街道で事故死した。お母さん、お兄さんもいっしょに」

クロチルドは頭が混乱した。この南仏人は島に赴任して、まだ三年しかたっていないはずだ。事故は二十七年も昔のことなのに……それ以来、くねくねと曲がった危険な道で、同じような死亡事故はほかに何十件もあっただろうに。どうしてこの若い憲兵は、こんなに正確に……

クロチルドの考えを遮るように、大尉はたずねた。

「軍曹はあなたがいらっしゃったことを知ってるんですか？」

軍曹？

セザルーのこと？

セザルー軍曹？

クロチルドは両親の事故を捜査した憲兵のことを、よく覚えていた。セザルー・ガルシア。穏やかで、落ち着いた男だった。まだ病院のベッドに寝ている彼女に質問するときも、とても気をつかっていた。体は大きいが、声は優しかった。バラーニュの救急医療センターで二人分の椅子に陣取り、ティッシュペーパーの箱をひとつ置いて額や首を拭いながら、三時間におよぶ聴取が続いた。

もちろん、娘のことも覚えている。ユープロクト・キャンプ場にいた若者グループのひとり、オーレリア・ガルシア。暗くて、のりの悪い女の子。

「いいえ」クロチルドはようやく答えた。「知らないと思いますが。セルヴォーヌ・スピネロさんに聞いたところでは、もう退職なさったとか」

「ええ、数年前に。彼のことは覚えておられるでしょう。あんな巨体は、ひと目見たら忘れられませんからね。この世には楕円形《だえん》のボールもあると、無知なコルシカ人たちが知っていたら、彼は大活躍したでしょうにね。引退後も、年に十キロずつ太ってるとか」

スリークォーターバックはもう一歩、クロチルドに近寄った。蝶はきれいな食虫植物を警戒するかのように、ぱたぱたと羽ばたいている。

「イドリッシさん、ぜひ軍曹に会いに行かなければ」

クロチルドはわけがわからず、じっと憲兵を見返した。

「軍曹は今、カレンザナに住んでいます。これは大事なことなんです、イドリッシさん。軍曹は退職する前、あの事故のことをよくわたしに話していました。彼は事故のことを、何年もあとまで調べ続けていたんです。彼の話をぜひ聞きに行ったほうがいい。軍曹はなかなかの人物です。ここいらの連中が思っているより、ずっと頭が切れます。あの事故について、彼は……つまり……」

「何なんです?」とクロチルドは、初めて声を高めてたずねた。

蝶は最後にもう一度羽ばたき、飛び去った。

「あの事故について、彼は独自の見解を持っていました」

11

彼はノートをひらいた。

これから読む内容は、彼にはつらかった。

でも、読まねばならない。

憎しみを掻き立てるために。

＊　＊　＊

一九八九年八月十三日日曜日　バカンス七日目　夜の青空

今夜はダンスパーティー。

あらかじめ言っておくけど、わたしはクィーンじゃない。

わたしはみんなから少し離れ、陰のほうで膝に本を置いて、砂にすわってる。

そう思ってて……

ダンスパーティーっていっても、大袈裟《おおげさ》なもんじゃない。みんなでキャンプ場に集まっただけ。木と木のあいだに花飾りを三本張って、ヘルマンが父親から借りてきた大きなカセットデッキをプラスチックの椅子に置いて。ニコラはヒット曲トップ50のカセットを持ってきた。ラジオから直接録音したものだから、あいだにジングルやコマーシャルが入ってたけれど。

なかでも忘れちゃいけない一曲がこれ。

まさにザ・ヒット曲。

さいわいあなたは聴いたことがないでしょう、未来の読者さん。だってそれはこの夏、疾風のようにみんなの心を奪って、たちまち記憶から消え去ってしまうはずだから。

ほんとにクレージーな曲だわ。その名はランバダ。

曲っていうよりダンスね。男の子が自分の太腿を、女の子の太腿のあいだに押しこむのよ。はっきり言っちゃえば、股間にこすりつけるの。

嘘じゃない。

誰かわたしと、踊ってくれるかな……

まあ、ありっこないわね、そんなこと。同じ年頃の男の子が、わたしみたいなちびすけ、相手にするわけない……わたしの股はむこうの膝ぐらいなんだもの。だからわたしはいつもの魔女っ子スタイルで、砂のクッションに腰かけ『危険な関係』を読むことにした。

キャンプ場バージョンを。

バジル・スピネロがやって来て、音をもう少し小さくするように言った。

「わかったよ、パパ」父親に逆らえないセルヴォーヌが答えた。

わたしもバジルさんに賛成。

だって音楽は、環境汚染みたいなものだもの。ウォークマンのヘッドフォンで、耳から脳に直接響くならいざしらず、こうやってあたりにまき散らされる音楽、虚空や自然に放たれる音楽は、油でべとべとになった紙、煙草の吸殻、マリーナ《ロック・エ・マール》の残骸みたいにあたりを汚《けが》す。それは美に対する冒瀆《ぼうとく》だ。美を乱してはいけない、分け合おうとしてもいけない。それはただ、感じ取るべきものなんだ。

ひとりきりで。

美は秘めたるもの。美について語ろうとすれば、それを侵すことになる。

わたしにとって、コルシカはそういうものなの……

そっと静かに愛すべきもの。

バジルさんはわかっていた。

カサニュお祖父ちゃんと同じように。

おそらくパパもだろう。

バジルさんが立ち去るなり、息子はボリュームをあげた。

さあ、みんなでランバダを踊ろう。

リズムに乗って。

そこには十五人ほどの若者がいた。

あいつら、《マノ・ネグラ》や《ニルヴァーナ》なんて知りもしないでしょうね。でもあと一年か二年したら、彼らにもそれがすごいってわかるはず。だって、みんながそれをすごいって認めるころだから。そう思ったら、どきどきするね。

わたしはノートをひらき、『危険な関係』のうえにのせた。どうせ誰もこっちを見てやしないから、落ち着いて書くことができる。今日はグループの面々を紹介するつもりだけど、よく聞いていてね。だって、ちょっとややこしいんだ。わかりやすいように、メンバーひとりひとりにアルファベットの文字をふることにするから。

まずはラジカセの脇にしゃがみこんでいる兄のニコラ。『危険な関係』の登場人物で言えば、彼はさしずめヴァルモン子爵ね。だってヴァルモンみたいにハンサムだし、クールで誰にでも愛想がいいので、女の子にもよくもてるから。その点について、わたしは一言あるけれど。みんなを愛しているってことは、誰も愛してないってこと。だからこそ兄のニコラは、ヴァルモンにふさわしい。世界中すべての女の子を、不幸な天使みたいに心から愛するけれど、そのうちひとりだけを愛することはできない。

ニコラはN。

その隣で、『ビリー・ジーン』に合わせて体を揺すっているのはマリア＝クジャーラ。彼女のポートレートは、あとで詳しく語ることにするわ。だってこのあばずれは、まるまる一章分にも値するから。でも、とりあえず紹介するなら、彼女はメルトゥイユ侯爵夫人。『危険な関係』を裏で操る悪女。もうわかったよね。詳しく説明しないけど、わたしはマリア＝クジャーラが大嫌い。でも、どれくらい嫌いかって言い始めたら、夜が明けちゃう。

マリア＝クジャーラはM。

ひとりで調子っぱずれに踊ってる女の子。ひとりなのはわたしもおんなじだけど、わたしはもっとさりげなくしてるわ。彼女のことは、もう知ってるよね。シラケ女のオーレリア・ガルシア。憲兵の娘。あらまあ、音が大きすぎるわ。あらまあ、パパを呼ぶわよ。あらまあ、ランバダなんて、あらまあ、男の子たちが、だめよ、そんな……彼女は眉毛をぽりぽり掻きながら、馬鹿みたいに笑ってる。きっとすてきな王子様を夢見ているんだわ。彼女の歯列矯正器が星の輝きに見えるって言ってくれるような王子様を……せいぜい、がんばることね。

オーレリアはA。

女の子はほかにも、何人かいるわ。ヴェロ、キャンディ、カティア、パトリシア、テス、ステフ。でも、それは飛ばして男の子に移りましょう。悪口なりとも書いておきたいと思わせる連中に。それ以外の男の子たち、フィリプ、リュド、マグニュス、ラルス、ティノ、エステファンはまあ普通ね。つまりカッコよくって、ビールをがぶ飲みして、冗談好きで、普通の女の子にちらちら目をやって。

つまり、わたしなんか眼中にないってこと。

エステファンはブロンドの髪をひとつに束ね、南仏訛《なま》りがあって、海外で活動する医者になるのが夢で、エチオピアで働きたいって言ってる。マグニュスは『スター・ウォーズ』の四作目を撮りたい、フィリプはケープ・カナベラルの宇宙センターからコロンビア号で飛び立ちたいんですって。こんな健全すぎる男の子たちのことは、書いてもつまらないだけだから、残りの二人をやっつけにかかるね。

まずひとり目は、セルヴォーヌ・スピネロ。彼はわたしの兄と、音楽のボリュームをあげる交渉をしている。《大丈夫だって、ニコ。親父はなにも言わないから》セルヴォーヌのことは、前にもちょっと話したよね。この馬鹿、いつか自分がキャンプ場の支配人になるつもりで、今から王太子《ドーファン》気取りでいる。あっ、言っとくけど、『グラン・ブルー』に出てくる海豚《ドーファン》じゃないわよ。イルカはわたしも大好き。そうじゃなくってね、無教養な未来の読者さん、王太子《ドーファン》、つまり王様の長男で、次の統治者と目されている人のこと。たいてい、実力不足だったり気取り屋だったり。その両方ってことも、よくあるけど。権力者ってそんなもの。セルヴォーヌもそう、きっと。

セルヴォーヌはC。

最後のひとりはシクロープ。ギリシャ神話に出てくるひとつ目巨人《キュクロプス》ね。彼にそんなあだ名をつけたのは、なにも六本の煙草《シ・クロープ》をいっぺんに吸うからじゃなく（笑）、いつも横をむいて歩いてるので、片方の目しか見えないから。まわりのことは、なにも気にしてない。眺める先にあるのは、マリア＝クジャーラだけ。

マリア＝クジャーラのいるところ、彼女をふり返るヘルマンの横顔あり。マリア＝クジャーラが太陽だったら、ヘルマンは片側だけ焼けちゃったでしょうね。彼はドイツ人だけど、フランス語も英語もまずまず流暢《りゅうちょう》に話す。きっとドイツでは大秀才なんでしょう。一年のうち十か月間は高校で優等生の誉れ高く、夏の二か月間は社会の落ちこぼれってこと。

ヘルマンはＨ。

さあ、わかった？

それじゃあ安っぽい危険な関係風に、恋愛相関図をまとめてみましょう。まずは輪が二つ。それぞれの中心に、Ｎ（ニコ）とＭ（マリア＝クジャーラ）がいる。名前しか挙げなかった普通の若者たちは、二つの輪に振り分けられている。女の子はＮの輪に、男の子はＭの輪に。

Ａ（オーレリア）とＣ（セルヴォーヌ）は、輪に入りたがっている。Ｈ（ヘルマン）はＭ（マリア＝クジャーラ）に、一直線にむかいたい。でも、問題はそこじゃない。問題は、二つの輪がどういう集合関係にあるかってこと。交わってるのか、結びついているのか、重なっているのか？

N∩M（NかつM）か？

N∪M（NまたはM）か？

N＝M（NイコールM）か？

答えはいずれわかるから、ちょっと待っててちょうだい。ランバダが終わって、スローなナンバーに移ったわ。《スコーピオンズ》の泣きのギターが歌っている。わたしは耳をそばだて、聴きほれた。ニコのカセットは、人心操作術の見本だわ。このスロー・ナンバーを、《ワム！》の飛び跳ねるような『ウキウキ・ウェイク・ミー・アップ』のあとに持ってくるなんて、心憎い趣向じゃない。女の子たちはもうびしょ濡れだった。汗が腰からお尻に流れ落ち、シャツは胸にぴったり張りついて。ニコのやつ、まったく悪賢いんだから。

わたしはそっとあとずさりし、闇のなかに隠れた。ひと筋の光があれば、書き続けられる。

次々にカップルができていった。

ステフとマグニュス、ヴェロとリュド、キャンディとフレッド、パトリシアはエステファンとフィリプ、どちらにしようか迷っていて、カティアはそれが決まるのを待ってる。夏のスーパーマーケット。より取り見取り、早い者勝ちの大バーゲン。期限は八月の終わりまで。

わたしはさらに数センチ、闇にお尻をあとずさりさせた。男の子のうちひとりが、踊ろうと誘いに来ても、追い払うつもりだ。それから朝まで泣くだろう。

でも、そんな恐れはなかった。

ジョージ・マイケルが、今度は『ケアレス・ウィスパー』を歌い出す。

わたしは暗い片隅で、それを心ゆくまで楽しんだ。どう、聞こえた？　告白相手さん。わたしは楽しんでるの！　穴に隠れた子ネズミみたいに。

ひとつ目の輪が遠ざかった。ニコはスウェーデン人のテスから離れたけれど、手を差し出すオーレリアには目もくれなかった。マリア＝クジャーラもハンサムなエステファンから離れた。ダンスパーティーのキングとクィーンが、ようやく出会う準備が整ったわ。

さあ、メルトゥイユ侯爵夫人がヴァルモン子爵にむかって歩き出す。

一歩、二歩、三歩と、カンテラの下を。

もう輪はない。若者たちのカップルが、すすり泣くようなサックスの音のなか、散らばっているだけ。

二つの点が、今ひとつになる。

色とりどりの電球の下を、マリア＝クジャーラは計算しつくされたゆっくりとした足どりで歩いた。それに合わせて、彼女の白いドレスが色を変える。

青、黄、赤、青、黄、赤、青、黄、赤

ニコラはオリーブの枝のあいだで揺れる花飾りの、最後の赤い電球の下に立っていた。

青、黄、赤、青、黄

マリア＝クジャーラはニコラまであと十メートルのところで、突然立ち止まった。

黄

彼女は視線を感じたらしい。

マリア＝クジャーラはカンテラから離れた。彼女のドレスを照らすのは、今や月光だけだった。

白

そこで、思ってもみなかったことが起きた。マリア＝クジャーラは兄に背をむけ、剝き出しの腕、湿った胸、濡れた腰を差し出した。おずおずと手を差し出す少年のほうに……ヘルマンのほうに。
キュクロプスはわが目が信じられないようだった。

12

二〇一六年八月十四日　午後六時

明日、アルカニュ牧場のカサニュとリザベッタの家に行ったら、日が暮れる前、柏の木の下に何分間か立っていてちょうだい。わたしがあなたの姿を見られるように。

母親とそっくりの筆跡で書かれたこの言葉は、クロチルドの脳裏でまだ渦を巻いていた。そのスピードがどんどん速くなる。

明日……わたしがあなたの姿を見られるように……

クロチルドは、期待と不安という相反する二つの感情のあいだを揺れ動いていた。初めてデートする前の晩、興奮と緊張で眠れない少女のように。

明日……と手紙に書いてあった。

あと二時間もない。クロチルドたちは今夜、アルカニュ牧場の祖父母宅へ夕食に招待されていた。そこで誰が待っているのだろう？　誰がわたしに会おうとしているのか？

クロチルドはトイレ・シャワー・ルームの鏡の前で迷っていた。長い髪を肩にたらそうか、アップにしてうえできっちりひとつにまとめようか。第三の選択肢、十五歳のころにしていたような、つんつんに突き立てたざんばら髪はあえて考えないことにした。頭のなかがごちゃごちゃだ。彼女は祖父母の農園を思い出そうとした。日当たりがよくて埃《ほこり》っぽい大きな中庭。柏の巨木は、まだ木陰を広げているだろう。斜面沿いに建つ粘土の家に隠れた海……けれども記憶の断片に、手紙の言葉が重なった。

きっとわたしには、あなただってわかるでしょう。
あなたの娘もいっしょだと嬉しいわ。

クロチルドはヴァルによく言い聞かせておいた。スカートは長めのもの、シャツは胸もとがあきすぎないように。髪はきちんと束ねて、ガムを噛んだり、サングラスを掛けたりはなしと。ヴァルは顔をしかめてうなずいた。八十九歳になる曽祖父と、八十六歳になる曽祖母を訪ねるのに、どうして観光客みたいな服ではいけないのかと、ぶつくさ言いもしなかった。

トイレ・シャワー・ルームには、ほかに誰もいなかった。オルシュがひとりで、床にモップをかけているだけだ。彼は動く側の手で大きなバケツをつかむと、ゆっくりと移動しては順番にシャワーを掃除していった。それぞれのトイレ・シャワー・ルームを、三時間おきに清掃しているらしい。ほかにも同じペースで、さまざまな仕事をこなしている。花の水やり、草取り、照明の点検……重労働だ。

クロチルドは笑いかけたが、反応はなかった。彼女は東洋的な深みを醸そうと、目じりに黒いアイラインを引いた。ちょっとゴシック風のアクセントかもしれない。自分では認めなかったけれど。そのとき少年が二人、入ってきた。

泥だらけのバスケットシューズ。膝と肘に蛍光色のプロテクターをあて、手にはマウンテンバイク用のヘルメットを持っている。少年たちはトイレに直行し、しばらくして出てきた。そして、濡れたタイル張りの床についた自分たちの足跡を、不快そうに眺めた。背が高いほうの少年が、越えられない流砂を前にしたみたいに立ち止まり、オルシュをふり返った。

「おい、汚れてるぞ」

もうひとりの小柄な少年が足を滑らせないよう、そろそろと前に進んだ。そして湿った土の跡をよけながら、反対側の隅まで床を汚した。

「目ざわりだな、ハグリッド。トイレ掃除は早朝か、夜にやれよ。誰も使ってない時間に」

背の高いほうも、調子に乗って加勢した。歳はせいぜい十三くらいだろう。ぴったりした自転車競技用のショートパンツから、ブランドもののトランクスがはみ出ている。

「そうだ、ハグリッド。そうするもんだ。学校だって、パパの会社だって、町の通りだって、ごみ箱を片づけて、糞《くそ》を洗い流すのは、みんなが寝てるか帰ったあとにするもんだ」

小柄な少年がさらに続ける。歳は十二になるかならないかで、XXLサイズのワイキキTシャツは、お尻のあたりまでたれている。

「それがおまえの仕事じゃないか、ハグリッド。ユーザー・サービス、お客にたいする敬意、観光地の心がまえ。わかったか、ハグリッド。トイレはぴかぴかでも、おまえは姿を見せちゃいけない。糞は魔法みたいに消え去らなくちゃいけない。おまえがこの世に存在することさえ、知られちゃいけないんだ」

オルシュは怯えたように目を見ひらいた。クロチルドがそこに読み取ったのは、憎悪ではなく恐怖だった。躾《しつけ》の悪い二人の少年に対する恐怖。彼らになにか言われるのでは、言いつけられるのでは、彼らを怒らせてしまうのではという恐怖だ。

クロチルドはためらった。若いころだったら、猛然と飛びかかっていっただろう。

今なら、反応時間は三秒ってところだわ。そう思って、彼女は背の高いほうをふり返った。三秒……まだまだ年老いてない。彼女は鞘《さや》を払った。

「きみ、名前は？」

「え……どうして？」

「いいから、名前は？」

「セドリックだけど」

「名字は？」

「セドリック・フルニエ」

「じゃあ、きみは？」

「マクシム。マクシム・シャントレルです」

「オーケー、じゃあ、この件はまたあとで」

「この件って？」

「訴えを起こすなら……」

二人の少年はわけがわからず、顔を見合わせた。こいつがちゃんと雑巾がけをしないから、訴えるっていうのだろうか？　どうかしてる。なにもそこまでする気はないのに……

「職務遂行中の従業員に対する侮辱、差別的な発言（クロチルドはオルシュの硬直した腕にじっと視線をやった）、第三者への職権濫用の訴えを起こすかってこと」

「冗談でしょ、オバさん」

「オバさんじゃないわ、弁護士よ。バロン弁護士。専門は家族法。ヴェルノンのイエナ共同弁護士事務所所属」

二人は愕然《がくぜん》として、またしても顔を見合わせた。

「逃げろ」

少年たちはすっ飛んでいった。

クロチルドが笑いかけても、オルシュはやはり反応なしだった。まあ、いいわ。彼女は鏡をふり返った。二人の悪ガキを懲らしめてやったのが誇らしかった。すでに黒いアイラインを引き終えた右目で、ひげもじゃの大男をそっと盗み見る。オルシュはしばらくじっとしていたが、やがて雑巾をバケツに浸し、すぐさまもう一枚の、汚れが落ちた雑巾をなかから取り出した。

クロチルドの黒い目は、麻痺《まひ》したみたいにじっとそれを凝視した。彼女は激しいめまいに襲われ、両手でシャワーの仕切り壁につかまった。アイライナーがシンクに転がり落ちる。染みひとつない琺瑯《ほうろう》のシンクに、黒い滴が線を引いた。

クロチルドは息を整え、気持ちを落ち着けようとした。いま目にしたばかりの場面を頭のなかで巻き戻し、オルシュがしたことをもう一度スローモーションで再現してみる。別におかしなふるまいではない。汚れた雑巾をバケツに放りこみ、なかから別のきれいな雑巾を取り出しただけだ。

それでもクロチルドは、信じられない思いだった。

アイライナーの黒い跡が、巣に戻る蛇のようにゆっくりと排水口に流れこむ。

別におかしなふるまいではない。

オルシュはすでに背をむけ、片手でモップをつかんで、悪ガキたちの足跡を拭いていた。

ただの偶然だろうか、あのやり方……こんなことが、本当にあるなんて。

どうにかなってしまいそうだ。

＊

「とてもすてきじゃないか、ヴァランティーヌ」

セルヴォーヌ・スピネロは携帯電話片手に、ユープロクト・キャンプ場の受付に立って、出入りする客に挨拶をしていた。くったくのない笑みを浮かべて高校の出口を監視する舎監のように。妻のアニカは窓口のむこうから完璧な英語で、スカンジナヴィア人女性観光客たちに説明している。客は体の二倍もありそうなずっしりと重いリュックサックを、カウンターに置いた。アニカは背が高く、にこやかで、エレガントだった。忙しく立ち働いているが、物腰はやわらかで配慮が行き届いている。彼女はユープロクト・キャンプ場の要にして最後の希望、守護聖女だった。セルヴォーヌはただの司祭役にすぎない。

ヴァランティーヌは立ち止まって、キャンプ場の支配人をふり返った。

「どうも」

彼女は地味なスカーフでまとめた髪と、踝《くるぶし》まであるロングスカートを指さし、打ち明けるような口調で言った。

「これもおつとめのうちよ。二時間後に、曽祖父母の家へ夕食に行くの」

「カサニュとリザベッタのところに？　アルカニュ牧場へ？」

ヴァランティーヌは、生意気そうな笑みを浮かべてうなずいた。撥《は》ねあがった髪を手で撫でつけて、サーモンピンクのスカーフの下に押しこみ、マリーナ《ロック・エ・マール》建設計画のポスターをじっと見つめる。

「ひいお祖父ちゃんの前でマリーナの話はしないほうがいいって、ママが言うんだけど」

彼らのうしろでアニカが立ちあがり、無料スペースの案内をしている。スウェーデン人観光客は腰をまげて、荷物を背負った。セルヴォーヌは携帯電話をポケットにしまうと、ヴァランティーヌの肩に手をかけ、コルシカの大きな地図を見るよううながした。キャンプ場支配人の指が地中海を横ぎり、その真ん中で止まった。

「マドリッド、バルセロナに次ぐ、スペイン第三の空港はどこかわかるかい？」

ヴァルは首を横にふった。セルヴォーヌは何の話をするつもりなんだろう？

「パルマさ。マヨルカ島のパルマ。バレアレス諸島の中心都市だ。バレアレス諸島は面積五千平方キロ、人口百万人で、年間一千万人の観光客が訪れる。コルシカの半分の大きさなのに、観光客の数は四倍もある……はっきり言ってバレアレス諸島の観光名所なんて、コルシカの四分の一もない。ビーチが二つ、洞窟が三つ、標高千五百メートルにも満たない山がひとつ（彼の指はまだ、地図の青い海をなぞり続けている）。じゃあ、ヴァランティーヌ、どうして地中海には雇用と富を創出している島と、まったくしていない島があるんだろうね？」

「うーん、どうして」

「きっと、今夜わかる。なにもたずねなくたって、お祖父ちゃんの話を聞いているだけでね」

「ひいお祖父ちゃんね」

「ああ……そうだ。知ってたかい？　カサニュはわたしの父の親友だった」

セルヴォーヌはキャンプ場の入口をふり返り、腕を伸ばして手をあげ、水平線を指さした。

「見てごらん、まっすぐ前を」

ヴァランティーヌは、海のむこうにくっきりと浮かぶルヴェラタ半島に目を凝らした。それは宝石で汚されていない、太い指のようだった。

「何が見える、ヴァランティーヌ？」

彼女は口ごもった。

「なにも見えないけど」

セルヴォーヌは大喜びした。

「そうとも、なにも見えない。コルシカは楽園だ。世界でもっとも美しい島のひとつ、天の恵みだ。ひとはそれを活用しただろうか？　いや、まったくしていない。あのすばらしい半島を見たまえ。ひとはあれを活用しただろうか？　まったくしてない。寝床の下にお宝を隠す老人みたいに、後生大事に取っているだけだ。彼らのせいで、五十年が無駄にすぎた。コルシカでもっとも大きな企業は何かわかるかい？」

ヴァランティーヌは首を横にふりながら、もごもごと答えた。

「ええと……わからない」

キャンプ場の支配人は勝ち誇ったように、彼女の腕を取った。

「スーパーマーケットさ。若者はみんな逃げ出したが、それでも島には十パーセント以上の失業者が残っている。コルシカの守り手を自称するやつらのせいでね。逃げ出した連中はマルセイユやパリ周辺で働いている。経済難民たちは一年中くたくたになりながら、夏の一か月間だけ島に戻って家族とすごすのを楽しみにしているんだ。そしてまた、地中海ほども涙を流しながら出ていく。これがコルシカを助けること、コルシカを愛することなんだろうか？」

　彼は最後にもう一度、半島を見やると、キャンプ場のホールに貼ったポスターに目をやった。

「マリーナ《ロック・エ・マール》は昔からの計画だった。一度は頓挫したのを、また再開させたんだ。あの土地を買うのに何年もかかった。工事が終われば、常勤の社員を三十名雇える。夏場には、さらにその三倍……」

　セルヴォーヌはヴァランティーヌの頰に手をあてた。

「きみのポストもある。空約束じゃないさ。きみはそれに値する。今は島から離れて暮らしているが、ここのれっきとした後継者だ（セルヴォーヌはヴァランティーヌの耳もとに顔を近づけ、ほとんどささやくように続けた）。大丈夫、きみのひいお祖父ちゃんだって、なにも言わないさ」

　離れようとするヴァランティーヌの肩を、セルヴォーヌはそっと押さえた。

「ここではみんな、カサニュを恐れている。今でもね。彼が主《あるじ》なんだ」

　彼はようやく離した手のひらに息を吹きかけ、指を動かした。まるで魔法の粉をまき散らすかのように。

「ここではみんな、カサニュ・イドリッシを恐れている」と彼は続けた。「でも、わたしだけは別だ。ひとつ教えてやろうか、ヴァランティーヌ。きみのひいお祖父ちゃんに、わたしは魔法をかけた。わたしの頼みごとは、なにひとつ断れないんだ」

アイライナーのぬるぬるした筋は洗面台の排水口にほとんど消え、ナメクジが這った跡のような灰色の汚れが残っているだけだった。クロチルドはどうにか心の動揺を抑えた。少し傾きかげんになって鏡を覗くと、オルシュが背後に映っているのが見える。クロチルドからいちばん離れているトイレを掃除したあと、彼はまた例の作業を繰り返した。汚れた雑巾を泡立つ水が入ったバケツに入れ、数分前から浸してあったほうの雑巾を取り出す。それを膝に挟んで片手で絞り、モップの先にはさみこむ。

クロチルドは目を閉じた。

*

今見た光景が、脳裏から離れない。それは、彼女が昔から見慣れていたものだった。バケツ、モップ、濡れた床。

けれども場所はキャンプ場のトイレ・シャワー・ルームではなく、ノルマンディのトゥルニーの家、つまりクロチルドが十五歳まで暮らした家のキッチンだ。

そしてモップのうえに身をかがめているのは、オルシュではなくクロチルドの母親だった。母親のパルマはこのやり方を、古くから一族に伝わる秘密かなにかのように、夫と息子のニコラ、娘のクロチルドに教えた。もっとも夫と息子は、家事にあまり関わらなかったけれど。

掃除をするときは、雑巾を二枚用意すること。そして一枚で作業をしているあいだ、もう一枚はつねに水に浸しておく。それを交互に繰り返せば、黒く濁った水が灰色に澄んでくるまで何度も雑巾を絞る手間が省ける。もともといつ、誰が始めたやり方かはわからないが、クロチルドの家ではこうするのがあたり前の習慣に、ほとんど儀式になった。オルシュがその儀式を知っていた。それを実行していたのだ。

クロチルドは目をあけた。よく考えれば、合理的に説明がつくはずだ。こんな方法で掃除をしている人間は、世界中に何十万人、何百万人といるだろう。オルシュもそのひとりにすぎないのかもしれない。だから馬鹿げた偶然の一致を大袈裟にとらえ、こんなにうろたえたりする必要はないはずだ。自制心を失わず、できるだけ感情に流されないようにしなければ。家裁で案件にあたるときは、いつも冷静に対処してきたじゃない。ひとりで子供を育てねばならない母親のために充分な養育費を勝ち取り、その夫には苦労して建てた家も売ってお金を分け、まずまずの住居を二か所確保するよう説得し、それから共同親権の交渉に入ったりと。

集中力を保たなければならない。

今夜、アルカニュ牧場で祖父母と夕食をするときも、感情に流されず、適切な質問をしなければ。

明後日、セザルー・ガルシアと会うときにもだ。クロチルドは数時間前、退職した憲兵に電話をかけた。けれども彼は、こう言うばかりだった。「明後日だ、クロチルド。明後日にしよう。電話で話せることじゃない。よかったら明後日、カレンザナの自宅に来てくれ。おれのほうから出ていく元気は、もうないんでね」

オルシュはバケツとモップを持って、足を引きずりながら遠ざかった。クロチルドはいくらがんばっても、まだ動揺が収まらなかった。雑巾の洗い方が同じだったのも気になるが（そんな話をしても、女友達はみんな一笑に付すわ。深刻に考えないほうがいい）、少年たちがオルシュに投げた侮辱の言葉も、まだナイフのように胸に刺さっていた。オルシュをハグリッドと呼んだことだけでも、思い出すと腹が立ってしかたない。セルヴォーヌは彼の不自由さにつけこんで、キャンプ場でこき使っているんだ。この島、この景色、彼女が理想化していた人々のなかで。

クロチルドは腕時計に目をやった。

祖父母の家へ行くのに、あと一時間もない。

何者かがそこで待っている。何者かが、大人になったわたしに会いたがっている。

クロチルドは少女時代みたいにふてくされて、ちょっと反抗的なしかめ面を鏡にむかって投げかけながら、手紙の文面を脳裏に甦らせた。祈りの文句のように。女スパイに与えられたミッションのように。これをしっかり記憶に刻みこまなければならない。だってこれは、死のミッションなんだから。


ほかにはなにも頼みません。それだけです。

ただ空を見あげ、オリオン座のアルファ星ベテルギウスを眺めてくれたなら。クロ、わたしもあなたのことを思いながら、いく晩それを眺めたことか。

トイレ・シャワー・ルームの明かりが自動的に切れ、薄暗がりがあたりを包んだ。

わたしの人生は、いつもずっと暗い部屋です。

フランクが入口に顔を出した。

「そろそろ行こうか、クロ」

キスを送ります。

P

13

一九八九年八月十四日月曜日　バカンス八日目　ローズブルーの空

わたしだよ！

おぼえてた？　この前はランバダが流れるなか、仲間のなかに残してきちゃったね。

わたしのこと、怒ってる？

仲間のグループって言ったのは、わたしもそのなかに含まれているから。自分にはアルファベットの略号をふっていないけれど。

M、N、A、C、H。マリア＝クジャーラ、ニコラ、オーレリア、セルヴォーヌ、ヘルマン、その他もろもろ……恋愛史上の大事件。でも、大丈夫。あなたが見逃したものはないから。今のところ、新たな展開は皆無。ただ、おずおずとしたアプローチが続いているだけ。

なにかあったら、知らせるね。

でもあなたは、そんな恋愛遊戯なんかどうでもいいって思ってるかもね。彼ら恋する少年少女たちは、大人になれば忘れてしまうだろうって。

そんなあなたのことを考えて、もっと暗くて込みいってて、ややこしい恋愛の話もしましようか。あなた好みの話を。

大人の話。

男と女。

わたしの父と母。

バカンスが始まってから、二人の関係はむしろ良好だった。まあ、いつもは関係が悪いってわけじゃないし、いいというわけでもない。関係なんかないんだ、あの二人のあいだには。パパは遅く帰ってきて、ママはそれを待っている。二人は家でやるべき仕事の話、翌日の買い物やごみ出しの話をし、ときにはいっしょに出かけ、ときにはセックスもしてるでしょうけど。でもバカンスに入ってからは、少なくともわたしが見る限り前よりいい感じになってた。首もとにキスしたり、「きれいだよ」なんて声をかけたり、楽しそうに笑ったり。どちらかって言えば、パパのほうが努力して、お互い減退気味の欲望《リビドー》を高めようとしてたみたい。

ところが、そのとき……

地雷が爆発した。

説明するわね。パパとママはずっと昔、コルシカで知り合ったの。ママは友達といっしょにバイクで島をまわっていて、パパはここに両親と住んでいた。半島のうえのアルカニュ牧場に。ふたりの馴れ初め《ロマンス》について詳しいことは知らないけど、ともかくここ、ルヴェラタで、一九六八年八月二十三日、聖女ローザの日に出会ったんだって。

だから八月二十三日は、ふたりの出会いの記念日なの。その日、パパは薔薇《ローズ》の花束を奮発することになってる。年によって、色はさまざまだけど。情熱的な愛のシンボルである赤、純愛のシンボルである白、欲望のシンボルであるオレンジっていうふうに……でもわが家の言い伝えでは、最初の夏、パパがママのために摘んだ野バラの花束ほどきれいな花はないんですって。ママが大好きな野生のバラ、ロサ・カニーナほど。

わたしが覚えている限り遥か昔から、パパとママは毎年八月二十三日、お互い都合をつけて、カルヴィとポルトのあいだで最高のレストラン《カーサ・ディ・ステラ》で夜のひときをすごすことにしていた。オリーブの木陰のロマンチックなテラスで、炭火焼料理を堪能するってわけ。コルシカ産仔牛《こうし》の蒸し煮、ハタのグリル焼き、ぱちぱちと泡立つミュスカ・カサノヴァ。アルカニュ牧場からは、急な坂道をのぼって徒歩で行くことができた。二人はそこで一夜をすごす。きっと新婚用の部屋を予約してるんだわ。素朴な木のベッド。丸テーブルに置かれた大理石の飾り鉢。部屋の真ん中には昔風の浴槽が鎮座し、大きくひらいたガラス窓からは大熊座が見える。少なくともわたしの想像では、そんな感じ。正直な気持ちを告白すると、いつかわたしも愛する人に、連れていって欲しいなって思うんだよね、《カーサ・ディ・ステラ》、星の家に……きっと実現するわ。お願い、実現するって言って。

余談はこれくらいにして、話を戻しましょう。

銀河の見えるバルコニーでパパとママがすごす幸福な一夜、それは去年までのこと。

今年は、もう大変よ。

事の起こりはキャンプ場や町角の、いたるところに貼り出してあるポスターだった。コルシカ多声合唱コンサート。八月二十三日午後九時。グループの名前は《ア・フィレッタ》といって、とても有名らしい。世界中をまわって公演しているけれど、今年はここからほど近い、ガレリアの北にある小さな村プレッズナのサンタ・リュシア礼拝堂でコンサートをひらくの。

パパは手のこんだ準備工作に入った。
一、ポスターの前にじっと立つ。
二、これは世界一のグループなんだと説明し、カセットをえんえんかけ続ける。
三、それからパルマ・ママにむかって、言いにくそうにこう切り出す。今年は出会い記念の夕食を別の日に移そう。聖女ローザの日の前日か翌日、聖ファブリツィオの日か、聖バルテルミの日に……
さっきも言ったように、これで地雷が爆発した。

パルマ・ママは駄目とは言わず、こう答えただけだった。「お好きなように」

最悪の返答だよね。それ以来、ママはずっとご機嫌ななめだ。『星の王子さま』に出てくる、ガラスのおおいに守られたバラみたいに、率直で高慢で傷つきやすいのよね。ママは全身の棘を露わにした。

ママは恐ろしく気位が高い花ってこと。

それからバカンス八日目にいたるまで、ずっとハラハラが続いている。このあと大まかに言って、二つの可能性が考えられる。

ひとつはパルマ・ママがパパを罪悪感でいっぱいにさせ、パパがコンサートをあきらめる可能性。どんな責め苦を受けようが決して口にする気はないけれど、この件では断然ママを支持する。女同士の連帯ってやつね。

もうひとつはパパが譲らず、冷戦状態に入る可能性。それが帰りのフェリーまで、もしかしたらそのあとも続くかもしれない。

二つって言いながら、わたしは第三の可能性もちらりと思い浮かべた。前の二つよりもっと悪い可能性を。両親はわたしとニコラまで、ごたごたに巻きこむかもしれない。パパはいきり立って、わたしたちに迫るかもしれない。コルシカ人の血を自覚しろ、コルシカの文化に目をひらけって。いつもラジオで流れている音楽なんて糞くらえだ。《ア・フィレッタ》のギターと歌を大きな音でかけ、好きなリフレインを何度も繰り返し歌うかも。

あなたにはこんな妄想、くだらないものに思えるでしょうね。馬鹿げて滑稽なものに。でも、笑わないでちょうだい、未来の読者さん。

イドリッシ家の人間は、みんな頑固なの。

わが家の運命が、八月二十三日の晩に決するんだ……馬鹿げたことのために。

＊＊＊

馬鹿げたことのために、と彼は繰り返した。

四人が死んだ。
三人の男と、ひとりの女が。
馬鹿げたことのために。

14

二〇一六年八月十四日　午後七時

フランクはゆっくりと運転していた。道に迷わないかと、不安だったわけではない。アルカニュ牧場へ行くには、山の一本道をたどればいいのだから。けれどもつづら折りをひとつ曲がるたび、舗装道路のすぐ脇に口を開いた断崖はますます深くなっていった。クロチルドは助手席に腰かけ、窓ガラスに顔を押しあてていた。道もガードレールも目に入らず、ただ虚空だけを眺めている。車のドアは、虚無にむかってひらく窓のようだ。山の頂《いただき》から頂へ張った、目に見えないケーブルに吊るされて、空に浮かぶゴンドラ。けれどもケーブルは、いつなんどき切れないとも限らない。

アルカニュ牧場はまだもう少しうえだ。小道をまっすぐのぼれば五百メートルもないだろうが、くねくねと曲がった道を進むと三キロ近くになる。

「まっすぐよ」とクロチルドは、小声でフランクに言った。「ほかに家はないから、見逃すはずないわ」

フランクは目の前に続く、アスファルトの狭い道に入り、《カーサ・ディ・ステラ、八百メートル》と書かれた標識の前を通りすぎた。木の標識が立っていたのは小さな駐車場で、そこから散歩道が何本か出ている。ヴァランティーヌが後部座席の窓ガラスをさげると、雑木林《マキ》の複雑な匂いに混ざって松の香りが車を満たした。タイム、ローズマリー、ワイルドミント……

さまざまなイメージが、無意識のうちにクロチルドの脳裏に浮かんだ。カーブを曲がるごとに、新たな、しかしよく知っている景色がひらけた。ほかの木々より二メートルほど高いクロマツ。石ころだらけの川のうえに張り出した、古い栗挽《び》き小屋の残骸。柵のない牧場で草を食《は》むロバ。三十年前からなにも変わっていない。人々がこの場所を根気強く、昔のままに保ってきたかのように。あるいは逆に、この一角を見捨ててしまったかのように。

イドリッシ家を除いて。

さらにカーブを三つすぎたところで、初めて人の姿が見えた。道の山側の端を、腰の曲がった老女がひとり歩いている。真っ黒な服は、まるで喪服のようだった。彼女ひとりを残して深淵に転落した村を、悼んでいるかのような。フランクはスピードを落とし、崖のほうに車を寄せた。ほんの少しだけれど。老女は知らない車が通るのにびっくりしたみたいに、暗い目でクロチルドたちを見やった。車が彼女を追いこした。クロチルドがバックミラーに目をやると、老女が指を立てて、ぶつぶつ罵りの言葉をつぶやくのが見えた。いや、もしかしたら呪いの呪文かもしれない。その瞬間、クロチルドは確信した。魔女はわたしたちのことを、たまたま縄張りに迷いこんできた観光客だと思ったんじゃない。彼女はわたしたちを知っている。わたしたちが誰だかわかったうえで、呪いの言葉を投げかけてきたのだ。

このわたしに。

次のカーブに差し掛かると、魔女の姿はたちまち見えなくなった。


さらに数百メートル進み、緩やかな斜面をすぎたところで、砂利の小道が不意に左側から農園の中庭へと続いていた。新たなイメージが思い出の古いアルバムを抜け出して、クロチルドの目前に漂った。アルカニュ牧場のことは、みんなただ農園とだけ呼んでいるが、バラーニュの坂に面してUの字形に配された石造りの三つの建物からなっている。イドリッシ家の人々が暮らす母屋、納屋、大きな家畜小屋。どれも灰色の石を空積みした、簡素なものだった。窓はすべて北むきで、人も山羊も羊もルヴェラタ半島と地中海の眺望を楽しむことができた。農園の真ん中に広がる庭を飾るのは、祖母の好きな野バラの生垣と野生の蘭だけだった。敷地の中央にそびえる樹齢三百年の柏に気おされ、木陰に生える草木はほかにないかのように。

クロチルドは納屋をふり返った。ベンチはまだそこにある。一九八九年八月二十三日の晩、丸太で作ったあのベンチに腰かけ、ノートを膝のうえに広げて音楽を聴いていたのだ。《マノ・ネグラ》の歌声が耳に響いていた。そこにニコラが、彼女を呼びに来た。

クロ、みんな待ってるんだぞ。パパだって、いいかげん……

奇妙なことに、過去から浮かびあがるこうしたあぶくのなかで、いちばん最後まではじけずに残ったのは、ベンチに置き忘れたあのノートの記憶だった。誰があれを拾ったのだろう？　誰かあれをひらいただろうか？　どんなことを書いたのか、言葉や文章はほとんど覚えていない。覚えているのは、どんな気持ちで書いていたかだけだ。ひねくれて、悪意に満ち、残酷。少なくとも、ナタルに出会うまでは。誰かあのノートを読んだ者がいたら、なんて嫌な女の子だって思ったに違いない。できれば今、もう一度読み返してみたい気もする。一九八九年の夏、クロチルドがいちばん恐れていたのは、父親か母親にあのノートが見つかり、読まれることだった。少なくとも、そんな辱めは受けずにすんだ……あの事故があって、彼女がフランス本土に戻ったあと、あのノートを手に入れた者は誰でも、彼女の秘密を暴いて、日記の一行一行にじっくり目を通すことができたろう。それは誰にでもできた。両親を除いては。

カサニュとリザベッタはドアの前で待っていた。クロチルドが祖父母に会うのは二十七年ぶりだったけれど、記憶のなかにある二人と比べてさほど年をとったようには思えなかった。手紙のやり取りはずっと定期的に続けていた。絵葉書を送ったり、娘の誕生を知らせたり、添え書きをした写真を送ったり。でも、つき合いはそこまでだった。父方の祖父母はもうずっと前からフランス本土に来る気はなかったし、クロチルドは事故現場に戻る決心をつけるのに長い時間がかかった。

リザベッタはクロチルドたちを腕に抱きしめ、キスをした。カサニュはまずフランクと握手をし、それからクロチルドとヴァルを抱擁した。

リザベッタは途切れなくしゃべり続けだった。さあ入って、くつろいでちょうだい。カサニュのほうは、少し話しただけですぐに疲れてしまったようだ。

リザベッタは母屋を案内した。部屋の壁はどれも同じ空積みした石造りで、剝き出しになった太い梁《はり》が部屋と部屋をつないでいる。カサニュはつる棚の下で、テーブルの前に腰かけておとなしくみんなを待っていた。

クロチルドのおぼろげな記憶のなかに、いくつもの黄ばんだ写真が舞った。木の階段の下に作りつけた物入れでは、毎年夏にニコラとかくれんぼをした。大きな暖炉には火が入っているのを見たことがないけれど、サメを一匹まるまる焼けるんじゃないかと思ったものだ。一階の窓からも二階の窓からも見える海、そんなに体をのり出すんじゃありませんと叫ぶママの声。大聖堂のような屋根裏部屋に、いとこや近所の子供たちと毛布やマットレスを運びこみ、梁に画鋲でシーツを留める。それがときにはお化け屋敷だったり、恋人たちの部屋だったりした。

壁には家族の写真が何枚も、額に入れて飾ってあった。それは二十七年前になかったものだ。カサニュ、リザベッタ、それにパパの顔も見える。大写しになった顔、山や海を背景にして小さく写った顔。クロチルドとニコラの写真もあった。クロチルドは洗礼の服装を、ニコラは聖体拝領の服装をしている。二人が急流にかかる石橋のうえにいる写真は、いつ、どこで撮ったのか、まったく覚えていなかった。それはどうでもいい。けれどもクロチルドは、ざわざわと胸が騒いだ。

ママの写真がない。

どこを探しても、一枚もない。

逆に多くの写真では、たいていカサニュとリザベッタのうしろに指が鉤形《かぎがた》に曲がった女の姿があった。さっき、ここへ来る途中にすれ違った魔女のような女だ。少し下あたりには、クロチルドが何年も前に送った写真がピンで留めてあった。ヴェネツィアのリアルト橋でフランクと撮った写真や、三輪車に乗ったヴァランティーヌの写真、家族三人で縁なし帽をかぶり、モン＝サン＝ミシェルの前でポーズを取っている写真。クロチルドは心を奪われたように、一枚一枚眺めた。いくつもの世代を、頭のなかで交錯させながら。

リザベッタがやって来て、席につくよううながした。クロチルドが庭に出ると、カサニュは椅子に腰かけたままうたた寝をしていた。みんなしてつる棚の下にすわると、今度はカサニュが話し出した。リザベッタは何度も席を立っては台所とテラスのあいだを往復し、パンを切ったりコルシカ・ワインをあけたり、ハムを運んだり水を注《つ》いだりと忙しかった。

食事はいつまでたっても終わりそうになかった。共通の思い出話がひととおり出そろうと、貴重な泉を涸らすまいとするように、同じ話題で会話が続いた。クロチルドは、海のむこうに沈もうとする太陽を見つめずにはおれなかった。まるでテーブルの端に、大きな柱時計がかかっているかのように。

日が暮れる前、柏の木の下に何分間か立っていてちょうだい。わたしがあなたの姿を見られるように。

日が暮れる前……

空が赤く染まっている。クロチルドはそれより赤い顔をして立ちあがった。リザベッタはデザートを片づけたところだった。

「ちょっとごめんなさい」

クロチルドは口ごもるようにそう言うと、ヴァルの手を取った。

「何も訊かずにいっしょに来て。ほんの数分だから」

＊

フランクとカサニュは二人きりでテーブルに残った。

リザベッタはいつも以上にてきぱきと食事のあと片づけをし、男たちの前にレモン・リキュールのボトルとグラスを二つ置いてそっと姿を消した。カサニュは腕時計を見て笑みを浮かべた。

「リザベッタは二十分後に戻ってくるだろうよ。見てのとおり、あいつはホステス役を完璧にこなしてくれる。だがテレビの連続ドラマを見逃さないためなら、三世代にわたるコルシカ流のもてなしの伝統に背くことも厭《いと》わないってわけさ。ちょうど今、『人生はなんてすばらしい』の時間だから……」

フランクは不思議な気がした。標高五百メートル、ほかの人家から三キロも離れたコルシカの山奥で、マルセイユを舞台にしたソープオペラが観られているなんて……

人生はなんて奇妙なんだろう。

カサニュは聡明な男だった。頭の働きは衰えていないし、体のほうもまだまだ元気だ。自分でもそうありたいと思う男、歳を取ってもそうあり続けたいと思う男。まっすぐで、意志強固で、必要とあらば妥協はしない。信念に基づき家族を率いる手腕と統率力、それを維持し続ける知力を兼ね備えている。

フランクはレモン・リキュールをちびちびやりながら、クロチルドを眺めた。ヴァルといっしょに、五十メートルほど離れた柏の水の下に立っている。

「何をしているんでしょうね」

フランクの戸惑いがどことなく言いわけがましく聞こえるのを、カサニュは面白がっているようだ。

「子供のころのことを、思い出しているんだろう。それよりさらに昔の、自分のルーツに思いを馳せているのかもしれん。わたしが最後に見たとき以来、クロチルドはずいぶん変わったな」

たしかに、写真に写っていた少女時代の妻は、信じられないようなかっこうをしていた。

髪の毛を突き立て、ドクロ模様の服で身を固めている。当時、反抗的なゴシック・ファッションは、こんな田舎ではさぞかし浮いていたことだろう。

「そうでしょうね」

カサニュはグラスをかかげた。男同士で飲もうというように。それがイドリッシ家に迎え入れられるための、加入儀式だとでもいうように。

「仕事は何をしているんだね、フランク?」

「エヴルーで働いています。パリから一時間ほどの小さな町ですが、そこで緑地部門を統括しています」

「もともとは庭師だったそうだが?」

「ええ、そこから少しずつ這いあがってきました。フジや蔦《つた》、やどり木みたいに、しがみついていったんです。同僚たちもわたしのことは、そんなふうに思っているでしょうね」

カサニュはまだクロチルドとヴァルを見つめている。おそらく、息子のことを考えているのだろう。息子のポールも農学を学び、芝生の会社で営業をしていた。カサニュはまたたずねた。

「五十年ほど前、島の北西部で最初のキャンプ場をどうしてユープロクトと名づけたかわかるかね?」

「いいえ、見当もつきません」

「きっときみにも興味があるはずだ。ユープロクトというのは小さな山椒魚《さんしょううお》で、島の固有種なんだ。水辺の岩の下など静かな場所を好み、昼間はそっと眠っている。今は絶滅危惧種に指定されているようだ。ユープロクトの生息地は水が澄んでいるだけでなく、静かな環境の証でもある。ずっと昔から騒音や変化、闖入《ちんにゅう》者のない、落ち着いた環境だってことだ。アルカニュとキャンプ場のあいだからルヴェラタ湾にかけて、かつては何百匹ものユープロクトが棲《す》んでいた」

「それで、今は？」

「今は、どこかに行ってしまった……人間もみんなそうだがね」

フランクは少しためらった末、グラスを半分ほど空け、思いきって老人に水をむけてみた。

「みんなってわけではないでしょう。このあたりにも、新しい施設が作られているじゃないですか。マリーナ《ロック・エ・マール》が」

カサニュは笑っただけだった。手も声も震えていない。

「フランク、海に面したこの石だらけの一角は、不動産税が七十年間で八百パーセントも上昇した。マリーナの建設が発表されて以来、それがさらに倍になった。地価は一平方メートルあたり、約五千ユーロ。それじゃあ、みんな逃げ出すわけだ。コルシカが住宅地として認められない限り、こうした状態が続くだろう。大金をはたいてマリーナに部屋を買い、一年に二か月だけすごす者がひとりいれば、地元の若者三十人が住処《すみか》を失う計算になる。家賃が高くなりすぎるからな。年に十週、週末にマリーナで皿洗いの仕事をもらったからって足りやしないさ」

カサニュはわずかに語気を強めた。フランクは彼の理屈に賛成できなかった。コルシカにそれほど不動産投機のメリットがあるとは思えない。それにきれいな家や高級車、ヨットやプライベート・ジェットはあこがれの対象でこそあれ、文句をつける筋合いはない。自分では買えないけれども。いや、自分では買えないからこそだ。

それでもフランクは言い返さなかった。妻の祖父と言い争いはしたくなかった。聞くところでは、このあたりでいちばんの実力者だというし。

彼は柏の木をふり返った。

「そろそろ戻ってこいよ、クロ」

「今行くわ」

地中海の水平線に、赤い火球がゆっくりと沈んでいく。

＊

ヴァルは不満そうに言った。

「何してるの、ママ？」

「あともう少しだから」

「いつまでここにいるの？」

「暗くなるまでよ」

クロチルドは娘がため息をつくのを頑として無視し、あたりの景色をもう一度ぐるりと見渡した。柏の木が生えている場所は小高く土が盛ってあるので、そこから周囲を三百六十度眺めることができた。

日が暮れる前、柏の木の下に何分間か立っていてちょうだい。わたしがあなたの姿を見られるように。

手紙の主はわたしを見ているだろうか？　わたしとヴァルを。

誰が？

どこで？

見える場所ならいくらでもある。山のてっぺんにのぼれば、東からでも南からでも巨大な階段教室のように覗きこむことができるし、どこか雑木《マキ》林の木陰に隠れて、双眼鏡で眺めることもできる。さもなければ、もっと近くからこちらをうかがっているのかもしれない。農園の窓、右側の納屋、左側の物置、バラーニュ山のうえまで続くなだらかな斜面沿いに点々とする羊飼いの小屋から。

誰でも。

どこからでも。

「もう行こうよ、ママ」

太陽は完全に沈み終えた。しかたないわね。手紙の主は姿をあらわさなかった。赤外線スコープがあれば、まだこちらを見ているかもしれない。

馬鹿馬鹿しい。わたしのほうまでおかしくなってしまうわ。カサニュとリザベッタは、わたしがこんなところに立って何をしているのかと思っているだろう。フランクは祖父と二人っきりでずっとテーブルに残されて、きっとおかんむりだ。

「ええ、ヴァル、もう行っていいわよ」

半島方面の山間《やまあい》で、カルヴィ湾に沿って明かりが灯り始めた。クロチルドは広い野原で蛍の群れに囲まれた、一匹の蟻《あり》にすぎなかった。突然、黒い人影が農園の入口にあらわれた。人影は立ち止まってクロチルドを見つめたあと、納屋の暗闇へと消えた。あの魔女だ、とクロチルドは思った。さっき道ですれ違い、呪いの言葉を吐きかけてきた老女。そういえば、カサニュやリザベッタといっしょに写真にも写っていた。

山々のうえに、早くも星がいくつか瞬《またた》いている。古い羊飼いの小屋が、風に吹き飛ばされたかのように。

ほかにはなにも頼みません。それだけです。ただ空を見あげ、オリオン座のアルファ星ベテルギウスを眺めてくれたなら。クロ、わたしもあなたのことを思いながら、いく晩それを眺めたことか。

どの星がベテルギウスだろう？　クロチルドにはさっぱりわからなかった。本当に誰かがどこかで、わたしといっしょにその星を眺めているのだろうか？　サン＝テグジュペリが王子さまの小惑星を目で探すように、そろって同じ方向に目をむけているのだろうか？

ママが？

そんなはずないわ。

さあ、行かなくては、とクロチルドは自分を諭した。フランクのところへ戻って謝り、もう少し話をし、あとは帰って忘れよう。

クロチルドが盛り土から降りてつる棚へ戻ろうとしたちょうどそのとき、道路から犬があらわれ中庭に入ってきた。薄明かりのなかで毛の色まではわからなかったけれど、ラブラドールレトリバーらしい大型犬だ。牧羊犬として飼われているのだろう……クロチルドは動物好きで、犬を前にしても恐怖はまったく感じなかった。生まれ変わったら、獣医になりたいと思っているくらいだ。だいいち、こっちにむかってくるあの犬を怖がる必要なんかないわ。

犬が膝にすり寄って、涎《よだれ》でドレスを汚す前に、カサニュが呼びとめるだろう。祖父は半径三十キロ内のコルシカ人みんなににらみを利かせているのだから、彼の飼い犬が逆らうわけないわ。

ところがカサニュ・イドリッシはひと言も発しなければ、身ぶりひとつしなかった。

クロチルドが差し出した手に犬が近づこうとしたとき、農園の入口に新たな人影があらわれた。どっしりとしたその人影は、犬にむかって腕をあげた。なにか指示を与えているのだろう。

それはオルシュだった。

次の瞬間、彼の声が聞こえた。

「ストップ、パーシャ。こっちへ来い」

犬はぴたりと脚を止め、クロチルドに触れなかった。とても優しげな表情をしている。こんな愛嬌《あいきよう》のある目で見つめられたら、さぞかし羊も困ってしまうだろう。ところがクロチルドはどうしたことか、へなへなと柏の幹に寄りかかった。だめだ、もう立っていられない。体が少しずつ、ゆっくりとずり落ちていく。やがて彼女は震えながら、草のうえにすわりこんだ。

犬はびっくりしたように彼女を見つめ、腕をなめようか、それともちょうど鼻先にある頬にしようかためらっていた。

「パーシャ、こっちへ来い」とオルシュが繰り返す。

パーシャ。

その名前がクロチルドの頭のなかで、がんがんと響き続けた。けれども名前の主はラブラドールレトリバーではなく、母親が初めてのクリスマスにくれた小さな雑種犬だった。そのときクロチルドは、まだ一歳にもなっていなかった。

パーシャ。

いい、
わたしの犬。

クロチルドは七歳になるまでパーシャを抱っこしたり、ベビーカーに乗せて散歩させたり、こっそりお菓子や角砂糖を食べさせたりしていた。パーシャは生きたぬいぐるみみたいに、どこへ行くにもクロチルドといっしょだった。昼寝のときも夜寝るときも彼女のベッドにもぐりこみ、車の後部座席でも彼女の脇で丸くなった。ところがある日、パーシャは柵から飛び出してしまった。たぶん、そうだったのだろう。ともかくクロチルドが母親と学校から帰ったとき、もう家にいなかった。パーシャはそのまま戻ってこなかった。二度と会えなかったけれど、クロチルドはパーシャのことを決して忘れなかった。

オルシュが口笛を吹くと、犬はようやく主人のほうへむかった。

偶然の一致だろうか？　そうに決まってる。クロチルドはおかしなことを考えまいとした。

またしても、偶然の一致が？　フランスにパーシャという名の犬は、五万といるわ……

遠ざかっていくラブラドールレトリバーは、十歳くらいだろう。だとすれば、クロチルドの一家が事故で死んだあとに生まれたことになる。事故から約二十年後に。それならどうして、ノルマンディの雑種犬と同じ名前をつけたのか？　一九八一年にいなくなった雑種犬、コルシカには一度も足を踏み入れたことのない雑種犬の名前を。夏のバカンス中は、ママの両親がパーシャを預かっていた。だからカサニュもリザベッタもオルシュも、あの犬がいたことすら知らないはずなのに。

フランクがつる棚の下で立ちあがるのが見えた。ヴァルはさらにむこうの木のベンチに腰かけ、蛍光色に光る携帯電話のイヤフォンを耳にあてている。

「じゃあ、行こうか、クロ？」

この母親にして、この娘ありだ、と祖父母は思っていることだろう。リザベッタはちょうど庭に出てきたところだった。彼女はオルシュを実の息子みたいに抱きしめ、キスをした。

「行きましょう」とクロチルドは答えた。

拒絶するのは簡単じゃないわ。もう少しここにいたいとは、言えそうにない。あんなふうに席を立って、柏の木の下にいただけでも、自分勝手な態度だと思われたことだろう。

わたしの人生は、いつもずっと暗い部屋です。

『ビートルジュース』に出てきたリディア・ディーツは、幽霊と話すことができた。クロチルドにもそんな能力があるのだろうか？

かつては、そうだった。十五歳のころには。
けれども、その力は失われてしまった。今夜、幽霊と交信することは叶《かな》わなかった。
犬の幽霊を除いては。
わたしの雑種犬。
それがラブラドールレトリバーに転生したようだ。

15

一九八九年八月十四日月曜日　バカンス八日目　光沢のある青空

ええ、そう、珍しいでしょ。一日に二回、あなたにこの日記を書くなんて。わたしがペンを取るのはたいてい、まだみんなが眠っている明け方か、夕方、海豹洞窟に隠れてすごすひとときか。小型ランプの明かりで、蚊に食われながら書くの、星々の読者さん、あなたのためだけにね。

今朝、あなたに書いたの、覚えてるでしょ？　大事件が持ちあがったっていう話。《カーサ・ディ・ステラ》で出会い記念日の食事をする代わりに、コルシカ多声合唱のコンサートに行こうと、パパはママと交渉にかかった。ママは知らんぷりを決めこんだ。最悪。わたしとニコは派生的な悪影響にも注意した。

ドカン！　麗しの島に最初の爆弾が放たれた。

話を聞きたい？

じゃあ、始めるよ。今日の午後、聖なるイドリッシ家はみんなして、カルヴィのクレマンソー通りにいた。お店が立ち並ぶ通りで、何て言ったらいいのかな、そう、ポーカーゲームにぴったりの場所。いつも思うんだけど、夫婦の関係って、ポーカーの駆け引きにちょっと似てる。

ブラフをかけるポーカーの駆け引きに。

まずは人でいっぱいの、狭い坂道を想像してちょうだい。復活祭の週末のモン＝サン＝ミシェルよりひどい状態の。

それは今日の午後、カルヴィでのことだった。

ママはぶらぶら歩いている。足を速めたり緩めたり、前を行ったりうしろについたりして。ショーウィンドウを眺める時間はいつもより少し長く、話す言葉はやや少なめだった。パパはそのあいだ、城塞に続く階段の下で暑さに耐えながら、下の港を写真に撮ったり、ヨットを眺めたり、イタリア娘を盗み見たりしてニコラと時間をつぶしていた。ママは靴屋の前でしばらくじっとしていたけれど、ようやくしぶしぶ離れると、今度はむかいのブノアの前に立ち止まった。ブノアっていうのは、コルシカのおしゃれな高級ファッションブティックで、布切れを数枚縫い合わせただけの服がびっくりするほど高いの。でもプラスチックのマネキン人形より、ママのほうが美人だったけど。

わたしはみんなを眺めてた。ヘッドフォンで《ザ・キュアー》の曲を聴きながら。『ボーイズ・ドント・クライ』『シャルロット・サムタイムズ』『ラヴキャッツ』を繰り返し流して。いいから、さっさと行きましょう。わたしの目的地はもっとうえ。

城壁までのぼるのに、一時間くらいかかったかな。ママはあいかわらずなにも言わなかった。ようやく口をひらいたのは、城塞に入る跳ね橋の前に着いたときだった。コロンブス生誕の地と書かれた石碑が、目の前に立っている（ホント、コルシカ人て笑わせてくれるわ）。

「カメラはちゃんとある？」

よく気づいたわね、ママ。パパが肩にかけたカバンは、口があいていた。首にさげてあったはずのコダックは、影も形もない。パパはもごもご言って、あわてたように階段の下に目をやった。

「しまった」

大好きなパパだけど、今朝からドジばっかりしていた。ママは肩をすくめた。パパはすぐに階段を降り始めた。誰かが身をかがめて、黒い物体を拾っていないか、キョロキョロうかがいながら。ママはパパを待たずに、石のアーチをくぐった。そして城塞に入る前に、わたしのほうをふり返った。

「《タオの店》に行きたかったのよね。じゃあ、行きましょう」

ママは前に立って歩き始めた。

戸惑っている読者さんのために、ここでちょっと説明しておくね。《タオの店》っていうのはカルヴィ城塞のうえにあるカフェ・レストランのこと。とっても有名で、とってもおしゃれで、とっても流行《はや》ってて。あなたもぜひ行ってみて……どうしてわたしはそこで、グレナディンかミント水を飲みたかったんだと思う？

答えA　コルシカへバカンスで来ているかっこよくってお金持ちの若者が、みんなそこに集まるから。

答えＢ　世界一偉大なシンガー・ソングライター、ジャック・イジュランが、そこで友人のために世界一美しい歌『《タオの店》のバラード』を書いたから。

さあ、答えはどっち？

《タオの店》に出発よ。


わたしたちが小さな丸テーブルを前に、赤い椅子に腰かけていると、パパが息を切らしてやって来た。

「見つかった？」とママがたずねる。

ママはピニャ・コラーダを注文した。

「いや、どこにもなかった……」

いつもならそんなとき、ママはカメラを買った年月日、値段、どれだけ大事にしていたかまで並べ立てる。ママの頭のなかには、脳味噌の代わりにバーコードが入ってるの。

けれども今日は、ニコが先にこう言った。

「パパ、もう一度バッグのなかを確かめたら？」

そこでパパはグラスを押しのけ、テーブルのうえにバッグの中身を空けた。鍵、ペン、本、道路地図、煙草、ビニール袋。そしていちばん下から……カメラを引っ張り出した。

「初めからバッグに入ってたの？」

ママは呆気に取られていた。だからって、謝るなんてあり得ない。

「だって、あんな人混みだったから」

パパはじっと耐えていた。ママはテーブルに散らばったものを、機械的により分けた。鍵はこっち、それ以外はあっち。そして日焼け止めクリームとサングラスのあいだにあるビニール袋に気づき、はっとした。

ブノアの袋だ。

ママは袋をあけて、そっと包みをひらき、信じられないという顔をした。なかから出てきたのは、胸もとがV字にひらき、背中があらわになった、黒地にバラの花模様のミニドレスだった。さっきママがじっと眺めていたドレスだ。パパは包みの奥に、ルビーのブレスレットとネックレスも忍ばせてあった。

「わたしに？」

もちろん、ママによ。パパはカメラを失くしたふりをして、ママに悟られないようプレゼントを買いに走ったのだ。

ママはトイレに行って、ドレスに着替えてきた。黒いストラップが日焼けした肩にかかり、胸や腰、太腿の丸みが、薄い布地の下から浮かびあがっている。ジョーゼットって言ったかしら、あの布地（不思議よね、そんな古臭い名前の布地でも、ママみたいにセクシーな女性が身にまとうとすごく刺激的なんだもの）。《タオの店》のウェイターたちも、ママのほうをふり返ってた。ミニのドレスを着たスタイルのいい女性なんて、見慣れているはずなのに。

ママはしかたなさそうに「ありがとう」と言って椅子に腰かけ、テーブルの下で剥き出しの脚を組んだ。頬にキスもしなければ、「本当に嬉しいわ」とか「すっかり騙されちゃったわ」なんていう言葉もなし。

さすがね。

決して動じないんだ、パルマ・ママは。

完璧な自制。

わたしだったら、一発でノックアウト。男の子にそんなサプライズを仕掛けられたら、前にひどい仕打ちをされてても、思わず抱きついちゃう。でもママは、カウンターの下に貼り出してあるコンサートのポスターを眺めただけ。《ア・フィレッタ》のメンバー七名が、黒シャツ姿で片手を耳にあてたポスターは特にじっくりと。

完璧な自制。そして相手の欲望を搔き立てる。

期待をもたせて、脚の下や、胸のうえだけをちらりと見せる。手は熱っぽく、でも頭は冷静に、感情には流されず。決してすべてを投げ出さない。心からの献身はなし。相手に賭けさせるの……もっと、もっと、もっとたくさん。

夫婦の関係は、ポーカーの駆け引きだ。

ああ、未来の読者さん、わたしにはそんな対戦、とてもできそうにない。すてきな男の子があらわれたら、ころりとやられちゃう。ほかの女の子たちが持っているような自信、わたしにはぜんぜんない。陰で糸を引くのはわたし、なんてとうてい思えない。男は操り人形で、操作ハンドルを握るのはわたし、なんて。

わたしはパルマ・ママや、マリア＝クジャーラみたいな女じゃない。そうそう、彼女のことも話さなくちゃ。ニュースがあるんだ……

わたしはパパが好き。ブノアのドレスの一件があったあとは、いっそう好きになったわ。でも、ママにはもう感服するっきゃない……これ、誰にも言わないでね。約束よ。

ママに知られたら、舌嚙んで死んじゃいたくなるから。

でもって八月二十三日、聖女ローザの日の晩について、わたしの予想はこう。

コルシカ多声合唱のコンサートか、《カーサ・ディ・ステラ》でのロマンチックな食事か？

わたしはパルマ・ママに全額賭ける。

＊＊＊

彼は空を見あげ、星々に目を凝らした。

もちろん。もちろん、すべてはまったく違っていただろう。もしパルマ・イドリッシが勝っていたなら。

16

二〇一六年八月十五日　午後三時

カルヴィの町は変わっていなかった。クロチルドが思っていたとおりだ。湾に張り出した花崗《かこう》岩の城塞も同じなら、あたりに点在する村々も同じ、リル＝ルッスまで続く湾岸鉄道も同じだ。

ただ、前よりたくさんの観光客がいるような気がした。雑木《マキ》林に囲まれたユープロクト・キャンプ場や山奥のアルカニュ牧場と、ビーチにあふれる群衆とは、まったく対照的だった。家族連れの観光客たちは暑い駐車場をぐるぐるしたあげく、結局もっと遠くまで車を止めに行き、歩いてまた戻ってくる。生きた溶岩のように小道を下ってくる人波は、城塞から流れ出て埠頭《ふとう》やテラス、浜辺へと散らばっていく。たとえ何百万人もの観光客がこの島を訪れようと、辺鄙《へんぴ》な田舎の静けさにはなんの変わりもないかのように。いくら夏場にたくさんの人々が押しかけようが、鄙《ひな》びたコルシカを愛するカサニュたちが心配するにはあたらないとでもいうように。観光客の人数が増えるほど、彼らは同じ場所に集まるものだから。

ふだんのクロチルドは、人混みが嫌いだった。けれどもその日は、むしろほっとできた。

人が多いぶん、目立たずにすむ。騒音がむしろ静寂に感じられた。

昨日の晩から、ずいぶん話した。自分のこと、家族のことを。

まずはフランクと、ユープロクト・キャンプ場までの帰り道に。クロチルドは夫の勝ち誇ったような笑みに辟易《へきえき》した。わかっただろ、クロ。ヴァルといっしょに柏の木の下に立ったからって、無駄だったじゃないか。しかもぼくを、お祖父さんと二人きりにして。誰もあらわれやしなかった。謎めいた手紙の主は、きみをすっぽかしたんだ。

そうね、フランク。たしかに、そのとおりだわ。農園の中庭に、UFOなんか降りてこなかった。幽霊もなにもあらわれなかった。わたしと娘が、ただ空っぽの山を眺めていただけ。

だからクロチルドは、もうひとつ気になることがあると夫に話す意欲が失せてしまった。理屈ではどうしても説明がつかない偶然の一致について。

パーシャ。

オルシュの犬の名前。

そして、わたしが小さかったころ飼っていた犬の名前。

パーシャのことを知っていた誰かが、同じ名前を子犬につけたのかもしれない。パーシャをかわいがっていて、いなくなったのを悲しんだ誰か。わたし以外の誰か。《そんなこと、あり得ない》という声を無視するなら、可能性はひとつだけ。

あの犬をパーシャと名づけられるのは、ママしかいない。

でもあの犬は、十歳にもなっていなさそうだった。だとすれば名づけたのは事故から二十年後、ママが死んでから二十年後だ。

そんなこと、あり得ないわ！

フランクはキャンプ場の閉まった柵の前に車を止め、クロチルドをさっと抱きよせ頬にキスをした。まるで愛情が感じられないわ、と彼女は思った。テニスの試合が終わったあと、プレイヤーが健闘をたたえ合って抱き合うようなものね。わたしたちの夫婦関係は、競技になってしまったってこと？　フランクが一セット先取。

クロチルドはフランクの尊大な態度が大嫌いだった。まるで無能な部下に対し、上司が無理して馬鹿丁寧に接しているみたいだ。けれども今朝、セルヴォーヌ・スピネロがキャンプ場の受付で浮かべていた笑みには、もっとうんざりさせられた。彼女が近づいたとき、セルヴォーヌはオセリユクシア海岸でひらかれる《エイティーズの夕べ》のポスターを貼っているところだった。

「コーヒーでもいかがです、クロチルド」

いいえ、けっこうよ。

「とてもすてきな娘さんですね、クロ」

嫌なやつ！

「あなたのお母さんを思い出しましたよ。彼女によく似て上品で……」

それ以上言ったら……

クロチルドは気持ちを落ち着けた。弁護士という職業柄、衝動を抑える術《すべ》は心得ている。

最低の訴訟の最低の瞬間にも、平然と臨めるようになっていた。とうてい弁護しきれない、ろくでもない依頼人でも、やはり弁護しなければならない。クロチルドがセルヴォーヌに近づいたのは、いくつか聞き出したいことがあったからだった。その点では収穫大だった。キャンプ場の支配人はこと細かに話してくれた。オルシュについて……

オルシュは孤児だった。シングルマザーだった母親は疲れ果て、孤独と恥辱のなかで死んだ。子供は祖母のスペランザに育てられた。昨日、夕食へむかう途中、そのあと農園でも見かけた黒服の老女だ。スペランザは昔からアルカニュ牧場で家事や料理、家畜の世話、栗の実の収穫を手伝い、ほとんどイドリッシ家の一員も同然だった。オルシュもアルカニュで、いつも祖母にくっついていた。

クロチルドは子供時代の記憶の底を掘り返して、ようやく思い出した。ニコラといっしょに昼間、農園ですごしていたとき、料理を運んだり箒《ほうき》がけをしたり、二人が散らかしたおもちゃを片づけたりする人影があったことを。そういえば、生後数か月の赤ん坊もいたっけ。柏の木陰に置かれたベビーサークルのなかで、ぼろぼろのぬいぐるみや薄汚れたプラスチックのおもちゃに囲まれ、ほとんど動かなかった。やけにおとなしい、痩せっぽちのおかしな赤ん坊。

あれがオルシュだったのか？

あんなひ弱な赤ん坊が、人喰い鬼か熊のような大男になったとは。

オルシュが十六歳になったときから、キャンプ場で働かせているんだ、とセルヴォーヌは言った。ほかに雇ってくれるところはなかったし、あれじゃあ学校にも入れないからね。純粋な親切心さ。カサニュには世話になってるしね。かわいそうだと思ったんだ。そう、憐れみだな、クロ。その言葉がいちばんぴったりくる。

憐れみですって？

嫌なやつ！

クロチルドには、内心吐き出す罵倒の言葉に変化をつける気力も残っていなかった。角を曲がるたび、誰かと出会うたび、話をするたび、驚くほどくっきりと記憶が甦ってくる。頭のなかに渦巻くそんな記憶は、昨日から体験していることと、ことごとく齟齬《そご》をきたしていた。まるでその背後に、口にできない真実が隠されているかのように。一九八九年、十五歳の彼女が見抜けなかった真実が。

そして二十七年後、クロチルドはぶらぶらとクレマンソー通りを歩いている。カルヴィの商店街にあふれる群衆。そのなかにいると、心が安らいだ。彼女はリュナティックのショーウィンドウで靴を眺め、マリオッティの前でネックレスに目を凝らし、ブノアでドレスを見つめた。すると別の場面が、脳裏に浮かびあがってきた。失われていた記憶のひとつ。最初はぼんやりとした、微かな断片だった。前にも同じ場面を、体験したような感じがする。やがてベールが引き裂かれ、まるで映画でも観ているかのように、あのときのことがはっきりと思い出された。カルヴィの通り。母は今、クロチルドがしているように、ショーウィンドウを眺めていた。父は赤いバラの模様がついた黒いドレスと、ルビーのアクセサリーを母に贈った。母が欲しがっていたドレスとアクセサリーを。

事故の日にも、母はそれを身につけていた。

クロチルドは今になって初めて、父の行為がどれほど大きな意味を持っていたかを悟った。妻に死装束を贈ったのだ。彼女があの世に旅立つとき、最後にひと目、もっとも魅力的な姿を見ることができるようにと。こんなにすばらしい愛の証があるだろうか？　婚礼の衣装を選ぶように、ともに死の衣装を選ぶなんて。

ブノアの前でもの思いにふけっているところに、ヴァルがやって来た。クロチルドがブティック巡りをするなんて、めったにないことだった。娘といっしょにするのは、さらに稀《まれ》だ。けれどものんびりしたバカンス気分のおかげか、彼女は娘と並んでチャコールグレーの同じドレスを眺めることになった。ここは女同士でね、とでもいうように。締め出しを食わされたフランクは、十メートルほど先の聖マリア教会広場で、塀に寄りかかって待っていた。パパは息子とも男性陣、女性陣に分かれるなんておかしいわよね、とクロチルドは思った。でもサッカーに、ママは娘と買い物にとか。子供がひとりきりならば、少なくともそうなる心配はない。

観光客の群れがふうふう言いながら、日陰を求めて城塞の斜面を歩いている。こんなに人がたくさん来るのに、一九八九年の夏から今まで誰もエレベータをつけようとは考えなかったらしい。跳ね橋を渡ったところで、クロチルドは一瞬考えた。《タオの店》でなにか飲もうと、フランクとヴァランティーヌに持ちかけてみようかしら。けれどもすぐに、馬鹿げたことはやめようと思った。少女時代の足跡を追うのには限界がある。ヴァルはイジュランの歌などまったく聴いたことがないだろう。いっそ迷路のような城塞の通りに、迷いこんでしまいたかった。そしてフランクともはぐれて、どこかに行ってしまいたい。

フランクは九分後、《ア・カンデラ》のテラスで待っているクロチルドたちと合流することになった。その間、七通ほど、メールで連絡を取り合った。《ア・カンデラ》は木陰のレストランで、オリーブの葉のあいだから港の眺望が楽しめる。フランクが城壁に沿って、セルの塔の前にあらわれるのが見えた。手にしたブノアの袋を、一生懸命背中に隠している。クロチルドはそれに気づき、ここ数日彼女を悩ましている数々の謎も一瞬吹き飛ぶ思いがした。フランクは二百メートルも高低差があるプレタポルテの店まで、走って往復してきたのだ。かつて父がそうしたように。

少女時代のクロチルドは、矛盾する感情の整理がうまくついていなかった。父親の細やかな心づかいは誇らしかったし、母親の洗練された魅力には感嘆していた。そして嫉妬心が大きな帽子のように、すべてをすっぽり影で覆っていた。今思えば、自分でもあんなゲームがしたかったのだろう。いたずら好きの男が仕掛けるサプライズに、喜んでひっかかりたかった。だとしたら、これでよかったんだ。フランクには、そんな悪戯心がまだ残っているようだから。

相手を驚かせること、それが長続きするカップルのいちばん大事なキーポイントなんだ、とクロチルドは思った。

もっともフランクは昔の父に比べると、やり口はあからさまだし演出にひねりがない。もっと想像力を膨らませなくちゃだめ。急に姿を消す口実も用意していなければ、ブノアの袋を隠す手際も悪いわ。

でも、あまり高望みしないのが、長続きする夫婦の第二の鍵ね。

フランクはグレナディンのグラスを押しやると、テーブルに袋を置いた。

「ほら、プレゼントだよ」

そう言ってフランクが袋を差し出した相手はヴァルだった。

「きっとよく似合うと思うな」

心の昂《たか》ぶりがいっきにしぼんだ。城塞に雷が落ち、港につないだヨットが大波にさらわれ、突風がパラソルや旗を吹き飛ばしてしまったかのような……

なんて、なんてひどいやつ！

トイレで着替えたヴァルが戻ってきたときも、クロチルドはまだ心のなかで毒づいていた。水着のうえから着たチャコールグレーのドレスは、ヴァルの体型にぴったり合って、とてもセクシーだった。

「ありがとう、パパ。大好きよ」

ヴァルは父親に、勝ち誇ったようにキスをした。クロチルドはじっと耐えるしかなかった。やっぱり、子供は二人作るべきだったわ。ひとりっ子がいいなんてとんでもない。夫婦にとって、危険な落とし穴だ。そうよ、ひとりにひとりずつ、これでうまく収まる。

実の娘に嫉妬するなんて、最低だわ。

なんて情けない人生だろう。クロチルドは怒りでいっぱいになった。

ヴァルは立ちあがると、観光客でにぎわうカルヴィ湾を背景にして手すりにもたれ、カメラを持った手を前に突き出した。自撮り写真で、友達を悔しがらせようというのだ。パパからのプレゼントなの、なんて書いて。

まさか、こんな目に遭うなんて。ほんとにもう、情けない。

フランクはと言えば、卑屈な笑いを浮かべて娘を見つめながら、手をテーブルの下に伸ばした。こっそり股間を掻くみたいに。


そして彼は、もうひとつブノアの袋を取り出した。


「こっちはきみにだよ」

ああ、やってくれたわね！

たしかにフランクは、カメラをなくしたふりをした昔の父に比べればまだまだだけど、二段がまえの演出は悪くなかったわ。

クロチルドは心が揺れた。こんな簡単に降参していいのかしら?

あまり高望みしないこと。

潤んだように、官能的にふるまうんだ。

もったいぶらずに彼を抱きしめて。

あまり高望みしないこと……

そして小さく繰り返す声を黙らせよう。すべてが二十七年前と同じだとささやく声を。同じ場所、同じ出来事、同じ家族の一場面。夫はわたしにドレスを買った。父が母にドレスを贈ったように……わたしはこのドレスを着て、死ぬことになるのだろうか?

数時間後、ユープロクト・キャンプ場に戻ったクロチルドは、雑巾がけをするオルシュも、ラップをがなり立てる若者もいないトイレ・シャワー・ルームでひとり、チャコールグレーのドレスを着て鏡に映してみた。そしてはっきりとわかった。たとえ一生の終わりにこのドレスを着ることになっても、母親ほどセクシーに死んでいくことなどないだろうと。

胸のあたりはボリュームが足りず、布地に皺が寄っている。腰はぶかぶかで、体のラインが際立たない。裾は太腿で止まらずに、膝までたれさがっていた。

わたしはどうしても、母のレベルには届かない。

そしてフランクも、父にはかなわない。

父と母は、早く亡くなりすぎた。だからわたしを育てあげることができなかった。育てあげるというのは、わたしを彼らのレベルまでひっぱりあげるということだ。

どうして？

どうして彼らは死んだのだろう？

明日になれば、わかるのか。

引退した憲兵隊員のセザルー・ガルシアは、電話ではなにも明かそうとしなかった。けれども明日の朝、家を訪ねるようにと言った。「クロチルド、きみは二十七年間、真実を待ち続けたんだ」と彼は電話を切る前に言った。「だからあと数十時間、待つくらい何でもないだろ？」

17

一九八九年八月十五日火曜日　バカンス九日目　打ちあげられたクラゲのような青空

もしもし、こちらアルガ海岸、ライブ中継でお送りします。

各自、ビーチタオルに待機。

わたしのタオルは黒とオレンジの地に、小さな白い十字架がずらりと並んだもの。はっきり言うけど、《メタリカ》の『メタル・マスター』のジャケットをプリントしたビーチタオルを見つけるのは、至難の業だったんだ。ニコのタオルは真っ赤な地に、黄色いフェラーリの紋章。ちょっと古臭いよね。その点では、マリア＝クジャーラのタオルも同じ。真っ赤な夕日をバックに、椰子の木と抱き合う裸の恋人たちがシルエットで描かれてるなんて。ニコとクジャーラのあいだに敷いてあるヘルマンのタオルは、白地に黒いBの文字が大きく書かれていて、Borussia Mönchengladbach っていう発音不明の名前が端から端まで続いているの。いちばんしゃれてるかな。ひとつ目巨人《キュクロプス》はすばしっこくて、反射神経も悪くないみたい。その点は認めなくちゃ。だってイタリア美人の隣を確保したがっているのは、彼ひとりじゃないんだから。ビーチのタオル合戦は、教室の席取りゲームみたいなものね。肘でみんなを押しのけ、いちばんいい席、いい人の隣を確保しようとする。

まあ、どうでもいいけど。いつものようにわたしは、浜辺より少し高い、松の木陰ぎりぎりのところまで引っこんで、ぶかぶかのTシャツのなかに膝とお尻を隠してうずくまってる。そうやってビーチを見渡し、潜ってみるとまったく透明な海の水の、ありとあらゆる青色のニュアンスを見分けているの。群生するポシドニアの深い青のなかに点々とする、トルコ石のような青色を。もちろん、人間たちの生態系も観察に値する。

ルヴェラタ岬の側に目をやれば、三日前に爆破されたマリーナ《ロック・エ・マール》の残骸がまだ見える。捜査状況については、あいかわらず新情報はなにもなし。憲兵の娘オーレリアをいくらつついても、収穫はなかった。それに彼女、うざったいの。お高くとまったようすで、浜辺をうろついてても、しかもわたしと同じで、しっかり服を着てるんだから、似た者同士だなんて思われたらたまらない。共通点などあるもんですか。彼女はまるで見まわりでもしてるみたいに、浜を行ったり来たりしてる。海辺は自分の管轄だとばかりに。タオルを広げるにも時間制限があって、それを監視しているかのように。子供たちが立ち去る前に、砂のお城を作るのに掘った穴をちゃんと埋めていったか確かめるかのように。鋭い視線でみんなの行動をうかがい、すべて父親に報告しているかのように。

わたしは彼女と大違い。そうでしょ。オーレリアとは正反対だよね？

わたしは人を裁いたりしない。

刑を言い渡したりしない。

ただ分析し、学んでいるだけ。わたしにはまだ禁じられている楽しみについて、資料集めをしているの。

少なくとも、理屈くらいわかっておかないと。将来、大人になったときのために。

突然、わたしの目の前で、マリア＝クジャーラがオレンジ色のビーチタオルのうえでキャラメル色の体をひねり、ヘルマンのほうに無造作に手を伸ばした。隣に誰がいるかなんて、知ったことではないとでもいうように。その手には、日焼け止めクリームのチューブが握られていた。ひと言もしゃべらなければ、ちらりと見もしない。でも、何を始めようとしているのかは明らかだ。背中でビキニのホックをはずし、豊満な胸をタオルに押しつける。むこうでママも、キャンプ場で知り合った女友達といっしょに、同じようにしている。親はむこう、若者はこっち。それがビーチのルールね。

パルマ・ママはいつも大きなバッグを持っている。なかにはミネラルウォーターのボトルと、分厚い本が一冊。ママは外に出るとき、必ずその本を持ち歩いているけれど、十二ページまでしか進んでいないはずだ。栞《しおり》の位置を確かめてみたけれど、一週間前から少しも進んでいなかった。

パパはいない。パパはビーチが大嫌いなんだ。きっと父親やいとこ、友達と、アルカニュを歩きまわっているんでしょう。コルシカ人たちだけで……それでも何年か前には、一生懸命努力して、砂に足をつけたこともあった。ニコとボール遊びをしたり、わたしと砂のお城を作ったり（ええ、そう。ずっと昔の話）、海に飛びこんだり、ママの手を握って昼寝をしたり。

でも、今年の夏はなし。パパとママは、聖女ローザの日に行われる多声合唱コンサートのことで、まだ冷戦状態が続いている。パパはママを恨んでいるみたいだし、ママはやっぱり我慢できないらしい。いつかわたしに恋人ができても、最後はあんなふうになりたくないな。

わたしはふり返った。浜辺は劇場だ。一万平方メートルの舞台。そこではあらゆる年齢、あらゆる肌の色の役者たちが何百人も演じている……

わたしは若いカップルに目をとめた。一枚のビーチタオルに二人で寝そべっている。あんなふうになれたらいいな。

ほかに何十、何百とあるカップルと変わらない。なにも難しいことじゃないんだ、しあわせになるのは。二十歳《はたち》だってだけで充分。それは誰にでも訪れる年齢よね。素っ裸のとき美しければいい。二十歳のときは、たいていみんなそう。特に日に焼けた裸体なら。鏡を覗くように、目と目を見合わせる女の子と男の子。手を取り合い、愛撫《あいぶ》し合う。ひとりが立ちあがって泳ぎに行けば、もうひとりはそのお尻を感嘆の目で眺める。微笑《ほほえ》み合い、注視し合う二人。無意識のうちにわかっている。この瞬間を、大事にしなければいけないと。それは二度と戻ることのない、もっとも美しい瞬間なんだって。だから彼らは楽しんでいる。夢中になっている。ただ素朴に、愛し合っている。

わたしの視線は時を遡るように、浜辺を遡っていった。

そして探していたものを見つけた。三十歳くらいの夫婦。

夫のほうは悪くない。スポーツマンタイプで。子供たちといっしょに掘った大きな穴に、四つん這いになって入っている。子供は二歳と四歳くらい。すべすべした肌をし、帽子をかぶっている。夫は子供たちに負けず、遊びに夢中らしい。妻はのんびりと本を読みながら、ときどき顔をあげては夫と子供たちを見る。幸福そうに。彼女は子供のあごにとめた帽子のゴムをなおし、哺乳瓶に入れた冷たい飲み物を飲ませ、蝿《はえ》を追い払う。

彼女は注意を怠らない。

ちょっとしたしぐさまでセクシーだ。彼女は今、望みどおりの場所にいる。望んだものを手に入れた。幸福の絶頂。

それでも彼女は、注意を怠らない。

なぜなら今手にしているもの、献身的な夫や元気な子供たち、美しい体を失いたくないから。

それが永遠に続くものであるかのように。

そんなの、夢物語なのに。

わたしはさらに視線を巡らせた。選ぶのに困るくらいだ。数メートル先に目がとまった。四十歳くらいかしら。たぶん、五十を超している。

妻は真剣に本を読んでいる。じっと集中して。分厚い本も、最後の数十ページに差し掛かっている。夫のほうはその隣で、退屈している。まだまだカッコいい。背が高くて、白髪交じりで、力強い目にはなにかが宿っている。彼はよそ見をした。浜辺には目を楽しませるものがたくさんある。

あるいは、こんな夫婦もいる。歳は同じ五十歳くらい。でも、さっきの二人とは正反対ね。夫はパラソルの下で横むきに寝て、背中を太陽にむけている。少したるんだお腹が、しぼんだ風船みたいにだらんとたれさがっている。隣にいる妻はまだきれいだけど、うんざりしているみたい。すらりとして、エレガントで、お化粧もばっちり決めている。彼女の視線は、遠くで遊ぶ子供たちに注がれている。彼女の子供はもっと大きいはずだし、まだ孫がいる歳ではなさそうだ。彼女はあきらめ顔で、残りの人生がすぎるのを待っている。

人生は長い。これから、下り坂が始まるんだ……

時がすぎる。わたしは視線を巡らせる。根気強く探し続けた末、めったにない見本が見つかった。

歳は七十か、八十になってるかも。声は聞こえないけれど、二人でなにか話している。それは間違いないわ。暑くないかと、夫が妻にたずねているのかもしれない。本を読む？　サングラス、イヤフォンは要る？　そう妻が夫に言っているのかも。やがて二人は、さっと立ちあがった。

二人の裸体は見苦しかった。もしわたしが、あんなふうに皺だらけの肌をしていたら、浮き出た骨が今にも皮膚を突き破りそうだったら、あごや首、お腹、お尻にぶよぶよした肉がくっついてたら、とても人前に出られない。

わたしはTシャツの下で手をよじらせた。

けれども二人の老人に、わたしは魅了された。二人は手をつないで海に入り、ためらわず泳ぎ始めた。荒波に呑まれるのをものともせず、ときたまキスを交わしながら、息の合った見事なクロールでヨットにむかっていく。

「今度は老人を盗み見か?」

目をあげると、セルヴォーヌが立っていた。バミューダパンツに花柄のシャツ、バスケットシューズのセルヴォーヌ・スピネロが。そういや彼の海パン姿も見たことがなかったわ。ビーチは一年中、おれひとりのものだからな、夏のあいだくらい観光客にゆずってやるなんて、嘯《うそぶ》いていたっけ。

いつからここにいたんだろう? どのくらい、わたしを見ていたのだろう? わたしやママやほかの母親たち、ほかの若者たちを。悪事の現場を押さえられたみたいに、わたしは再び海岸に目をやった。そうすれば、今見たものをすべて巻き戻し、出発点に帰れるかのように。

忌まわしい三枚のビーチタオルに。

ニコラはサングラスをかけ、フェラーリのタオルにすわりこんでいる。うしろ脚で立った馬のマークのうえにお尻をのせて。日焼け止めクリームも帽子もなし。筋肉質の美しい体をいくら太陽が痛めつけようが、へっちゃらだとばかりに。マリア＝クジャーラはヘルマンの不器用そうな愛撫に身をゆだねて体を反らせ、上半身裸でバレーボールに興じる若者たちを眺めていた。エステファンは医者になるのが夢。マグニュスはオスカーを取るのが夢。フィリプは宇宙旅行が夢。ヘルマンは美しいイタリア娘の背中に、日焼け止めクリームを何度も重ね塗りしている。別な場所まで手を伸ばそうか、ためらっているんだわ。張りつめたビキニパンツの下から盛りあがる小麦色の丸みに。それとも、ホックをはずしたトップに押しつけられてひしゃげた乳房の端に。

かわいそうなひとつ目巨人《キュクロプス》……

さあ、そろそろあなたにじっくり話すころ合いね。マリア＝クジャーラが何者か、あなたに明かすときがきた。

きっとあなたも興味があるはず。

＊　＊　＊

彼はノートを閉じて、アルガ海岸の砂をひとつかみし、指のあいだからさらさらと落とした。結局のところ、犯行現場でこの日記を読むのは理にかなっている。すべてはあの日、ここから始まったのだから。

たしかにクロチルドには、ひとの感情を描き出す才能があった。それは否定できない。十五歳にしてこれほどとは、まったく驚きだ。もしかしたら、これを書いたのは彼女でないのではと思うくらいだ。あるいは彼女が、何年もあとになってから書いたのでは、大人になった彼女が、過去を回想しながら書いたのではと。この話は、写真を修整するみたいに書き換えられているのではないかと。削除の線はどこにも入っていないし、インクもすっかり乾いているけれど。

18

二〇一六年八月十六日　午前十一時

「コンフレリ通り十九番」とセザルー・ガルシアは電話で言った。「カレンザナ教会の裏だ。なに、間違えようはないさ」

おかしいわね。コンフレリ通り十九番にあるのは、ぼろぼろの建物だった。黄色い漆喰《しっくい》が剝がれ、灰色のレンガが抜け落ちた跡が露わになっている。穴だらけの鎧戸《よろいど》は釘で固定され、その隙間から透かし模様の窓枠が覗いていた。

「ノックをせずに入ってきてかまわない」と引退した憲兵隊員は言っていた。「どうせ聞こえないだろうから。ドアをあけてなかに入ったら、そのまま家の裏口へむかってくれ。散らかっているのは見ないように。裏庭で待ってる。プールに入ってな」

プール……

だからクロチルドは、豪華なお屋敷を想像していた。村の高台にあって、広いベランダがついていて。パラソル、デッキチェア、日光浴……道路沿いのいたるところに、そんなポスターが貼られている。それは明日の晩、オセリュクシア海岸のディスコ《トロピ＝カリスト》で行われるコンサート《エイティーズの夕べ》のポスターだった。

クロチルドは気を取り直してドアを押しあけ、家に入った。ちっぽけでごちゃごちゃに散らかった部屋を二つ、フィガテル・ソーセージを焼いた匂いのするかび臭いキッチン、ソファベッドがでんと置いてある居間を抜ける。ソファベッドはあちこちへこんでいるので、もう折り曲げてソファにはできそうになかった。破れかけたカーテンが、裏庭に出るドアの前ではためいていた。クロチルドは使っていない家具に張った蜘蛛《くも》の巣をのけるように、気持ち悪そうにカーテンをあけた。


「さあ、こっちへ、クロチルド」

クロチルドは声がしたほうを見下ろした。なんだか下水口から聞こえたような気がした。

庭は今通ってきた部屋に輪をかけて小さかった。三方が生垣に囲まれ、三歩先から奥はほとんどコンクリートで固めてある。そこに直径一メートルほどの穴が穿《うが》たれていた。井戸ぐらいの大きさだ。井戸のなかに、セザルーが浸かっていた。水からうえに出ているのは、牡牛のような肩、太い首、《ツール・ド・コルス 97》と書かれたキャップをかぶった頭だけだった。

これがプールってわけ？

まるで干あがった川にはまったカバね。

「こっちに来て、椅子にすわりなさい、クロチルド。わたしは太陽が塀の裏に沈むまで、水から出ないから」

　彼女はプラスチックの肘掛け椅子に腰かけた。

「鯨みたいなもんだ」と元憲兵は続けた。「浜に打ちあげられたマッコウクジラだ。気温が二十五度を超えると、水から出られない。なるべく動かないようにしてないと、くたばっちまう」

　クロチルドは疑わしげに彼を見つめた。セザルーは丸いコンクリートを指でなぞった。

「体に合わせてあるんだ……わたしの胴回りにぴったり合わせて掘ってある。そうとも、ガルシア軍曹はきみが最後に会ってからも、ぐっと体重が増えたんでね」

　クロチルドはただにっこりしただけだった。そう、このあたりではみんな、セザルーのことを《軍曹》って呼んでいた。本当の階級で呼ぶ人は、誰もいなかったわ。大尉？　中尉？　それとも曹長？

「よく来てくれたな」

「よかったのかどうか……」

「もちろんよかったさ」

　始まりは悪くない。セザルーはそれ以上、ひと言も発しなかった。水風呂のなかで、眠ってしまったかのように。さもなければ、クロチルドのほうから話を切り出させるための、ゾウアザラシ流の術策か。

　まあ、いいわ。そっちがそのつもりなら……

「娘さんは元気ですか？　再会したら、妙な感じでしょうね。頭のなかではまだ、オーレリアは十七歳なのに、実際は四十を超えているんですものね。彼女、わたしより二歳年上だったわ」

「元気だとも、クロチルド。結婚したよ、ずいぶん前に」

結婚した？

あんな陰気な女と人生を共にしようと思う男が、よくいたものだわね。

ずいぶん前に？

気の毒なこと。

「お子さんは？」

マッコウクジラは赤ら顔に水をかけた。

「いいや」

「残念だわ」

「たしかにね。早くお祖父ちゃんになりたいものさ」

セザルーは少し体を起こした。水位が乳首のあたりまで下がった。きっと水風呂の底で、踏み台みたいなものに腰かけているのだろう、とクロチルドは思った。お尻を一段、うえにあげたんだ。

「それで、秘密っていうのは何なんですか、セザルーさん」

セザルーはちっぽけな庭や生垣、あけ放した家のドア、はためくカーテンを、ながながと眺めた。国土監視局がそこに、盗聴器を仕掛けているとでもいうように。

「きみはとてもきれいになったな、クロチルド。島に戻ってきて以来、きっとみんなにそう言われてることだろう。いや、あのころからきれいだった。でもきみは、まだそれに気づいていなかったんだ。女の子の魅力っていうのは、幸福のようなもの、奇跡のようなものだ。お守りなんだ。馬鹿馬鹿しいけれど、信じればそれで効果を発揮する。本気で信じれば、愚直に信じればね。火のうえを歩いても火傷《やけど》をしないインドの苦行僧みたいなものだ。わかるかね、わたしの言いたいことが？」

クロチルドは苛立ちを隠そうとしなかった。彼女は目に見えない蠅を追い払おうとするかのように手をふり、立ちあがって軍曹の背後にまわりこんだ。

「どうしてわたしを呼んだんですか、セザルーさん」

浴槽にはまりこんだ元憲兵隊員には、クロチルドの声が聞こえ、うっすらとした影が見えるだけだった。影は水面にきらめく星を消し去るのに充分だ。彼は体をよじろうとして、結局あきらめた。

「覚えているだろ、クロチルド。当時、事故の調査を担当したのはわたしだった。わたしがひとりで行《おこな》った。正直な話、大変なプレッシャーだったよ。夏のさなか、三人が死んだんだ。コルシカ人は運転が荒いが、それでもこんな事故はめったにない。しかもきみの父親は、そこらの人間とは違う。カサニュ・イドリッシの息子なんだから。はたしてきみは、どこまでわかっているのやら。当時、村《コミューン》の半分はカサニュのものだった。そしてコルシカの村《コミューン》は、本土の県より広いと言われているんだ。山の稜線《りょうせん》から水平線まである。冬はそこでアルペンスキーができるし、夏は水上スキーができる」

クロチルドはそっけなく遮った。

「あれは事故だったんでしょ？」

「ああ、事故だとも。もちろんだ。事故だってことで、みんな納得している」

そこで軍曹は、いきなり立ちあがった。浴槽の内側にとりつけた梯子《はしご》をのぼり始めると、巨体がコンクリートに水を撥ねかけた。まるで突然、底が抜けたみたいに、水位ががくんと下がった。小さな赤いブリーフはお腹のたるみに隠れ、Tバックのショーツを逆むきにはいているかのようだった。前を隠す部分をお尻にあて、細いひもで残りを隠しているように。彼は体も拭かずに家に入り、家具を引っかきまわしながら、「オーレリアのやつ、ファイルをどこに片づけたんだ」と叫んだ。そしてほどなく、バスローブを肩にかけ、厚紙製のファイルを手に戻ってきた。彼はプラスチックの椅子をつかんで生垣の陰に引き寄せ、ファイルをクロチルドに差し出した。

「開けてみたまえ」

クロチルドはファイルを膝のうえに置き、ひらいて最初のページをめくった。

名称、登録番号、運行年月日。

ルノー・フエゴ。モデルＧＴＳ。１２３３ＣＤ27。一九八四年十一月三日運行開始。

車の残骸の写真。

カラー写真だ。

ずたずたになった屋根。黒焦げのタイヤ。大写しにしたガラスの破片。

クロチルドは吐き気をこらえた。

「続けて、クロチルド。続けて目を通すんだ。説明はそれからにしよう」

まだ何ページもある。

赤い岩。岩のうえに横たわる三人の遺体。血。いたるところ、血に染まっている。

次のページ。

名前、ポール・イドリッシ。一九四五年十月十七日生まれ。一九八九年八月二十三日死亡。

写真が十枚ほど。前掲写真の細部を大写しにしたもの。腫れた顔、直角に曲がった腕、片側がひしゃげた上半身、押しつぶされた胸。

また次のページ。ニコラ・イドリッシ、一九七一年四月八日生まれ。一九八九年八月二十三日死亡。

クロチルドはそれ以上読めなかった。胆汁が喉までこみあげてくるのを抑え、なんとかもう一度ファイルに目を落とす。それから丸いプールのほうへ駆け出し、ひざまずいて胃の中身を空にした。

セザルーは彼女にペーパータオルを差し出した。

「すみません」とクロチルドは謝った。

「困ったな。今日は三十七度になるそうだ。プールの管理会社は八月二十一日までバカンスだっていうし」

クロチルドは垣根に立てかけてある網に目をとめた。あれで汚物をすくおうか。軍曹は肩に手をかけ彼女を押さえた。

「気にするな、クロチルド。冗談だ。それにわたしのせいだから。でも、最後まで見てもらいたかったので……」

「つまり……母の写真まで？」

セザルーはうなずいた。クロチルドはまだひざまずいたまま、復活したキリストを見つめるマグダラのマリアのように彼を見あげた。

「それじゃあ、母は死んでいないんですね？」

やはりそうだったんだ。明らかだわ。いくつもの手がかりが、それを指し示している。暗い部屋に触れた手紙。オルシュの雑巾がけ。パーシャと名づけられたラブラドールレトリバー。これらの謎を説明するには、母がここで生きていると考えるしかない。セザルー・ガルシアは、解けない方程式を解くための鍵を持っている。パルマ・イドリッシがどうやって事故から生還したのかを知っているんだ。

「母は死ななかったんですね？」と彼女は繰り返した。

セザルーはクロチルドが冒瀆の言葉でも口にしたかのように、彼女を見つめた。

「何を言ってるんだ、クロチルド（彼は心底悲しそうな顔をした）。そんなことを考えるんじゃない。間違いないとも。きみのお母さんはペトラ・コーダ断崖で亡くなった。きみのお父さん、お兄さんといっしょに。みんな、きみの目の前で亡くなったんだ。わたしも遺体を見た。生涯、最悪の経験だったよ。ほかにも証人は何十といる。きみに来てもらったのは、お母さんが死者たちのなかから戻ってきたなんていう話をするためじゃないさ」

クロチルドは心が砕けないよう、唇を嚙んだ。泣き出さないよう。

そしてはっきりと話せるよう。

「それじゃあ、どうして？」

「次のページを見てみろ。お母さんの写真のあとだ」

クロチルドはファイルをまた手に取り、ニコラのページを飛ばした。けれども母親のページは、勇気を奮い起こして眺めた。破損した遺体の写真が六枚。遺体の各部分を拡大した写真が六枚。彼女はページをめくった。

ぐちゃぐちゃの鉄屑《てつくず》が、押しつぶされた肉塊に取って代わった。それはフエゴの写真だった。まずは全体の写真。それから残骸の内部、エンジンや運転席を細かく写した写真。クロチルドは車のメカニズムを大写しした写真を、よくわからないまま眺めた。伝動ベルト、カムシャフト、ステアリングアーム、サスペンション・ウィッシュボーン、ブレーキケーブル。少なくとも彼女にはそう見えた。生まれてこのかた、ボンネットをあけてみたのは一度きりだ。真冬に、プラグを掃除するためだった。その日、自分でも驚いたことに、大きな鉄製ジグソーパズルのどこに何があるのか、ほとんど直感的にわかってしまった。

クロチルドはファイルを置いて、セザルーをふり返った。目がちょうど腹の高さにきた。

なんだか軍曹の体が、太陽の光でぴちゃぴちゃと溶けていくような気がした。彼は自分で言ったとおり、長時間水風呂から出ていると、ねばついたゼラチン状の水たまりと化してしまうのかもしれない。

ああ、気持ちが悪いわ。激しい不快感、またもや胃の奥からこみあげてきた。彼女はほとんどうめくように言った。

「要するに、何が言いたいんですか?」

「この最後のページ、最後の写真は公式のものじゃないんだ。日付を確かめてみれば、事故から数週間後に撮ったものだとわかるはずだ。そのとき公式の調査は、すでに終了している。こっわたしはほとぼりが冷めるのを待って、フエゴの残骸を友人に頼んで調べてもらった。こっそりとね。イブライムといって、カレンザナで修理工場をやっている。子供のころからの知り合いで、正直な男だ。判事のお墨つきはもらってないがね」

彼はにっこりした。

「さっきも言ったように、ものすごいプレッシャーがあったんだ、クロチルド。カサニュ・イドリッシの息子、孫、息子の嫁が死んだ。きみにはわからんかもしれないが、代議士のパスキニやコルシカ議会の議長ロッカ・セラにまであがるような案件だ。なのに手っ取り早く事件を片づけるケチな男に調査が委ねられた。つまりこのわたし、ガルシア軍曹に。調査の結論は、初めから出ていた。事故ってことでね」

クロチルドはフエゴの記憶を払いのけようとした。柵を破って虚空に飛び出し、三度跳ねあがって三人の命を奪った車の記憶を。

　もちろん、あれは事故だった。この巨漢は何を言いたいのだろう？

「三枚目の写真を見てくれ。それはラック・アンド・ピニオン式ステアリングだ。両端にリンクロッドとボールジョイントがある」

　クロチルドには鉄製の軸と円錐《えんすい》形の金属部品、大きなナットが見えるだけだった。

「ボールジョイントのひとつが壊れたんだ。突然にな。きみのお父さんがペトラ・コーダ断崖の手前でハンドルを切ろうとした、ちょうどそのときに」

たしかに父はカーブを曲がらなかった。

　フエゴがボールのように飛び出すさまが、いまでも目に浮かぶ。あれは自殺ではなく、ステアリングが利かなくなっただけだった。クロチルドは声を和らげた。

「それなら、事故だったんですよね？」

「ああ、さっきも言ったとおり、公式の報告のなかではそうなっている。それで調査は終了だ。ボールジョイントが壊れた。悪いのは車だってことでね。ただ、友人のイブライムによれば……」

　セザルーの腹から何かがぽたぽたと滴り落ちている。水ではなく、脂肪のように見えた。

「イブライムによれば、ボールジョイントが壊れたのには、どうも……妙なところがあるっていうんだ」

「妙なところ？」

セザルーは彼女のほうに身をのり出した。腹がエプロンみたいに、膝のうえにたれさがっている。

「詳しく話そう、クロチルド。わたしはあれ以来、繰り返し、何度となく考えた。イブライムとも話し合い、写真や証拠品を細かく検討した。そして確信は、ますます強まった」

「はっきり言ってください」

「ステアリングに破壊工作がなされていたんだ。ボールジョイントのナットが緩めてあった。カーブをいくつか曲がるうちに、振動でナットがはずれ、リンクロッドが落ちるようにね。その結果ハンドルが利かなくなり、車は突然制御不能になった」

クロチルドは黙ったままだった。

彼女は椅子からゆっくりと立ちあがり、湿ったコンクリートにすわりこんだ。体を丸め、膝を抱いて。すっかり虚脱していた。

うしろから巨漢の影が射し、陽光を遮った。彼も立ちあがっていた。

「この話をしたかったんだ」

クロチルドは寒かった。体が震えていた。井戸に飛びこんでしまいたかった。あれが底なしならば。あのなかで、永遠に流され続けていられるなら。

「ありがとう、セザルーさん」

彼女はしばらく沈黙を続けたあと、ぽつりとたずねた。

「誰か……ほかに誰か、それを知っている人は？」

「ひとりだけ……ひとりだけ知らせねばならなかった。きみのお祖父さんだ、クロチルド。わたしはファイルのコピーをすべて、カサニュ・イドリッシに渡したから」

クロチルドは唇を嚙んだ。血が出るほど。

「祖父は何と？」

「なにも言わなかった。反応はまったくなしだった。初めからすべて知っていたかのように。わたしはあのとき、そんなふうに思った。彼はすべて知っていたんじゃないかって」

軍曹はそれ以上、ひと言もつけ加えなかった。彼はのろのろとバスローブの前を閉じ、汚れた水風呂を眺めた。そして垣根に立てかけた網に歩み寄った。彼は最後にもう一度、クロチルドをふり返った。

「オーレリアを訪ねてくれ。きっと喜ぶから」

あの女に会いに行くですって？　冗談じゃないわ。

「そんなに遠くじゃないから。道も覚えているはずだ。娘はピュンタ・ロサに住んでいる。ルヴェラタ灯台の近くだ」

セザルーが水風呂にむかって放った言葉が、混ざり合って渦にのまれた。

オーレリア。

ピュンタ・ロサ。

ルヴェラタ灯台。

セザルーはキャップを脱いだ。クロチルドとしっかり目が合うようにと。

「驚くだろうと思ってたよ。わたしだって二十七年前にそう言われたら、信じられなかったろう。ああ、オーレリアはあそこに住んでいる。しばらく前からね。どういうことか、説明しなくともわかるだろう（それでも彼は少し間を置き、クロチルドがはっきりと思い出すのを待った）。オーレリアはナタルと暮らしているんだ」

クロチルドはコンクリートの水風呂のうえによろめいた。数分間のうちに二度、底なしの井戸に突き落とされた。二度目は最初のときよりも、さらに息が苦しかった。

もっとずっとつらかった。

ああ、つらくてたまらない。

19

一九八九年八月十六日水曜日　バカンス十日目　魔法のような青空

昔々……

昔々、カラブリアのお姫様がおりました。

名前はマリア＝クジャーラ・ジョルダーノ。

始まりはおとぎ話のように。だってマリア＝クジャーラは、本物のお姫様なんだから。わたしよりも三歳年上で、兄のニコラと同い年。一九七一年、イタリアのカタンツァーロにほど近いピアノーポリ村生まれ。

お父さんは、カラブリア州でもっとも大きいブロッコリー集荷会社を経営しているんだって。ちなみに真緑色のブロッコリーは、そのあたりの特産品らしい。お父さんはもう六十だけど、娘が生まれたとき、銀行の口座には六千万リラがあったそう。歳はとってるけど、ハンサムだっていう噂《うわさ》。ってことはつまり、褐色の目と銀髪の巻き毛がきれいだってだけね。お母さんはお父さんより十九歳年下で、背は十九センチ高い。ヒールなしでね。ウンガロのモデルやら、チネチッタで撮ってるB級映画の女優やら、そんなことをしていたとか。フランスでは一本も公開されてないけど。ちゃんと調べたんだから。パパのブロッコリーに劣らず、せっせと水まきをしたんでしょうね、マリア＝クジャーラはたちまち成長した。

ともかく、わたしよりはずっと順調に。十五歳のときにはもう、百七十センチを超えていたんだもの。その後の数年間、成長は少しゆっくりになって、百七十五センチで止まったけれど、腿や背中や脚が伸びなくなったぶん、胸が膨らみ、腰が丸くなり、お尻が張り出した。奇跡のプロポーション。まるでイタリアン・コミックのヒロインね。パパが『タンタン』と『アステリックス』のあいだに隠しておくような。ミロ・マナラが描く女の子そのもの。

あの手の女っていうのは……

パパ・ジョルダーノはブロッコリーの匂いを忘れ、すらりと背が高い元女優の妻と楽しむため、ルヴェラタの高台に別荘を買い、毎年夏をすごすようになった。カラブリアのお姫様、たったひとりの跡取り娘は、石造りの宮殿で退屈だった。そんなわけで、パパのスズキ四駆がしょっちゅう彼女をアルガ海岸とユープロクト・キャンプ場のあいだに連れてくるようになった。同じ年ごろの女友達と楽しめるように。女友達と……そして男友達とも。

今年の夏、ジョルダーノ・パパとママは、一年中カルヴィ湾につないであった自家用ヨットで、サルデーニャ島の周遊に出かけた。クジャーラ姫は成年に達したばかりなのを盾にとって、縦三十メートル横十メートルの浮かぶ牢獄《ろうごく》に一か月間も閉じこめられるなんて冗談じゃないと両親を説得した。

ひとりでもなんとかなるわ。こうして父親は彼女の手に、別荘の鍵を渡した。

クジャーラの言葉に嘘はなかった。

彼女は見事にひとりでやってのけた。

ランバダを踊らせればカオマよりうまいし、『恋のからくり』を歌わせればエロス・ラマゾッティより上手だ。『ニュー・シネマ・パラダイス』で《パラダイス座》の思い出の品を数えあげる場面だって、アニェーゼ・ナーノより見事に演じられるかも。それにキスシーンもね。

スターになるべく生まれついてるってこと。

すべての星々が失せるまで、銀河で輝き続けるわ。

魅了するか、さもなくば消えるか。

マリア＝クジャーラ。ある王女の物語……

わたしはまだ海岸の隅で、松林の木陰に隠れていた。松の葉がお尻にちくちくする。『危険な関係』は膝のうえにひらいたままだ。マリア＝クジャーラは、影絵柄のビーチタオルからいきなり立ちあがった。ひとつ目巨人《キュクロプス》のヘルマンはべとべとした手を宙にかかげ、虚空を撫でている。

何をせかせかやってるの、ヘルマンたら……笑っちゃうわ。

マリア＝クジャーラはそう言わんばかりに立ちあがった。ビキニのトップをつけもせずに。

そしてビーチの反対端へ、コーラを買いに行った。ビーチの全員が、彼女をふり返った。わたしは少し高い位置から、そのようすを眺めていた。驚くべき光景だった、本当に。まるで太陽の動きに合わせて、ひまわり畑のひまわりがいっせいにむきを変えたみたいだった。もちろん、何千倍ものスピードでね。ついでにヒナゲシもヤグルマギクも小麦の穂も、いっしょに茎をよじってた。

わたしはあわてて本に目を落とした。

間違ってた。

ヴァルモン子爵は兄じゃない。ヴァルモン、それはマリア＝クジャーラだ。十八世紀の小説では、放縦な誘惑者を女にできなかった。時代的な制約ってわけ。でも今では、もちろんあり得る。みんなが崇《あが》め、賞賛するのはひるまない女、自信に満ちた女、みずからの心と体で、やりたいことをする女、男たちを意のままにする女だ。

ちっ、わたしとはほど遠い。

マリア＝クジャーラはヴァージンだ。そんな噂が流れてる。テントのなかや浜辺で。女の子たちはシャワーを浴びながら、男の子たちはトイレで、そう噂し合った。彼女が自分から大声で触れまわり、キャンプ場の掲示板に画鋲で貼り出していたようなものね。

わたしはヴァージンです……でも、いつまでもそうしてる気はありませんって。

マリア＝クジャーラは、ヴァージンを捨てる宣言をした。

ペタンクの試合、ピンポンのトーナメント、ロトの当選発表会をアナウンスするみたいに。わたしは男の子にこの身を捧げます。生まれて初めて、ひとりの男の子だけに。夏が終わるまでに。

こうしてマリア＝クジャーラは胸を露わにし、超ビキニの下だけでビーチを歩きまわり、ピスタチオのアイスクリームやサンドイッチ、ファッション雑誌を買いに行ってるってわけ。例えて言うなら、『サロメの季節』に出てきたヴァレリー・カプリスキーね。

彼女はコーラを手に戻ってきた。

三歩歩いて足を止め、首をそらせてひと口飲み、胸を張ってまた歩き出す。腰をくねらせ、平然と滴をしたたらせ、手の甲で艶やかな肌を拭いながら。

彼女は歩き続ける。

その足もとには、男たちが寝そべっている。パパたちが手にしたシャベルは、砂のお城のうえで凍りつき、冷たいビールは唇に張りついたままだ。ビーチバレーのボールは、誰も追いかけないまま転がっていく。エステファンもマグニュスもフィリプも、茫然と立ちすくんでいた。

不潔！

わたしは彼女を賞賛せずにはいられない……

嫉妬せずにはいられない……

嫌悪せずにはいられない。

重力の法則に挑む胸に注がれる男たちの視線を、憎まずにはいられない。

だって、こっちが不利に決まってるもの。でもそれについては、わたしにも言いたいことがある。どう、知りたい？　感想なんか訊かないから。あなたに胸のうちをぶちまければ、それですっきりするの。胸の小さな女の子、一生をともにしたいような女の子、例えばわたしみたいな女の子とデートするのは、長期の投資みたいなものなの。三十年間保証つき。何十年にもわたる夫婦生活の末にも、後悔しない選択ってこと。大きな胸なんて、いつかは衰え失望にいたるだけ。わかりきったことじゃない？　数学的、物理学的に明白。だから爆弾娘のマリア＝クジャーラが今はリードしていても、最後にはわたしが追いつくの。自分のペースで、こつこつと。

我慢していればそれでいい。

元気を出しましょう、お尻がちっちゃくても、胸がぺちゃんこでも。

いずれカタをつけましょうね、クジャーラ。

ずっとあとになってから。だって今は、あなたのほうが値をつりあげてるもの。ずっと、ずっと高くまで。

イタリア美人のマリア＝クジャーラは、用心深い猫みたいにビーチタオルのまわりを三回まわって体を横たえた。セルヴォーヌも松の木陰に隠れて、この場面を一瞬も見逃すまいと目を凝らしていた。松の幹にかけた手は、樹脂に張りついたみたいに動かない。ヘルマンはエジプト風のかっこうで固まりついたまま、女神（バステトっていう、猫の顔をした女神のこと、無知な読者さん）のほうをむいている。わが兄ニコまで、いつもはレイバンのサングラスをかけて無関心を気取ってるのに、今日は思わずほんの少し首が動いてしまった。

兄まで、やられちゃったみたい。


昔々……

昔々、カラブリアのお姫様がおりました……

どこにいたかは、もうわかるよね。

＊　＊　＊

彼はポスターを見つつ、引きちぎりたいのを抑えた。

そんなことをしても意味がない。どうせ道路沿いに、まだ何十枚と貼ってあるのだから。

今夜、午後十時。オセリュクシア海岸のディスコ《トロピ＝カリスト》にて。

彼も行くつもりだった。

マリア＝クジャーラの歌を聴くためではない。

彼女を黙らせるために。

20

二〇一六年八月十六日　午後三時

ポスターはいたるところに貼ってあった。トイレ・シャワー・ルームのドア、駐車場の柵、ごみ捨て場にまで。ヴァランティーヌはバンガローの前に貼ってあるポスターの前で立ち止まった。彼女は腰にタヒチ風のパレオを巻き、ビーチサンダルをぺたぺたと鳴らして歩いた。まるでダンスホールの床を、スパイクヒールで鳴らすみたいに。小脇にバゲットを抱えている姿は、バトンガールのようだ。クロチルドは娘の脇に立って、いらいらと待っていた。買い物してきた荷物がずっしりと重かった。グレープフルーツ、オレンジ、メロン、スイカ半分。それをビニール袋に入れて、両手にぶらさげている。

ヴァランティーヌは顔をあげ、ポスターを読んだ。

エイティーズの夕べ
午後十時開演、オセリュクシア海岸
ディスコ《トロピ＝カリスト》にて

ポスターには、ビーチに設置された巨大なビニールプールが写っていた。色とりどりの泡があふれるなかから、きらめく光に照らされて、ビキニスタイルの女が浮かび出てくる。

「このひと、昔このキャンプ場で有名だったんですって」ヴァルは写真の女を眺めながら言った。「みんな、その話でもちきり。彼女、毎年バカンスをここですごしてたけど、その後イタリアで本物のスターになったそうよ」

びっくりしたクロチルドは、目を輝かせているヴァルそっちのけでポスターを注視した。歌姫《セイレーン》の顔は化粧で判別がつかなかったし、完璧なプロポーションも特に珍しいものではない。インターネットで《スターの卵》とか《ビキニ》とかで検索すれば、いくらでも画像が出てくるだろう。けれども彼女の名は、少女時代の思い出をまたひとつ甦らせるものだった。

マリア＝クジャーラ。

柑橘《かんきつ》類を詰めた袋の取っ手がこすれて、クロチルドは指が痛くなった。

「セルヴォーヌさんから聞いたけど、ママは彼女と知り合いだったんでしょ。五、六年は毎年、ここでいっしょに夏をすごしたはずだって言ってた。ニコ伯父さんも彼女と友達だったって」

あらまあ、今ごろ思い出したの、伯父さんがいたんだってことを。

一九八九年の夏からあと、マリア＝クジャーラがどうなったかは、風の噂で聞いただけだ。二十年近く前に一度、３チャンネルで放映していたイタリアのテレビドラマに端役《はやく》で出ているのを見かけたことがある。スカートを風になびかせ、ルッカの通りを自転車で走っていく少女の役だった。十六年前、まだヴァルが生まれていなかったころ、フランクといっしょに行ったヴェネツィアで、彼女の名前と顔に気づいたこともあった。セール品の棚にあった四ユーロの古いCDのジャケットで。けばけばしいカラー写真と知らない曲。マリア＝クジャーラはイタリアでも、さほど有名とは言えないようだ。

「でもヴァル……彼女は当時、十八歳だったのよ。今ではすっかり……流行おくれだわ」

それでもヴァランティーヌはめげなかった。大事なのは口実だ。

「もう一度会ってみたくないの？」

オセリュクシア海岸はユープロクト・キャンプ場のすぐ下にあって、海沿いの急な坂道を下れば一直線で行ける。クロチルドはポスターを眺めた。泡、プール、ビキニ。闘牛のポスターかと思うくらいエキサイティングだ。

「冗談でしょ？」

「わたしもいっしょに行きたいな。わたしはパーティーを楽しみ、ママは旧友との再会を楽しむってことで」

ずる賢いんだから、もう……

クロチルドはこう答えるつもりだった。《あとで考えましょう、またあとで。とりあえず、フルーツが入ったこの袋を置きに行かないと。重くて腕がはずれそうだわ》そのときフランクが背後にあらわれ、さりげないしぐさでクロチルドの手から買い物の袋をとりあげた。黙って軽々と、あたり前のことのように。

気は優しくて力持ち。完璧な男。何が不満なのよ、クロ？

「何の話かな、お嬢さんがた？」

ヴァランティーヌは浜辺のパーティーのこと、ルヴェラタ岬のスターのこと、ママの幼馴染のことを話した。

「だったら、行ってみればいいじゃないか」とフランクは、クロチルドをふり返ってたずねた。「その友達に会ってみたいなら」

じゃあ、いいのね？　いいのよね？

フランクは娘の肩に手を置いた。

「浜辺のパーティーにひとりでは行かせられないが、母親同伴なら……」

「ありがとう、パパ」

恩知らず娘はヒーロー・パパの首にかじりついたけれど、母親にはひと言のお礼もなしだった。夕方から始まって、真夜中まで続くエイティーズの夕べに耐えるのはわたしのほうなのよ。ディスコなんて、もうずっと行っていなかった。

そのあとクロチルドは一日中、もうそのことは考えなかった。ビーチへ行ってもバンガローに戻っても、デッキチェアに腰かけてもビーチタオルに寝そべっても、地中海で泳いでもシャワーを浴びても、三つの疑問がずっと頭から離れなかった。そうやって夜まで考え続けた末、ようやく三つの答えに至った。

ウイかノンか。

まずは祖父カサニュ・イドリッシのところへ行き、家族会議を招集する件。祖母のリザベッタ、手伝いの老女スペランザ、その孫オルシュにも加わってもらう。犬のパーシャも連れてきて、アルカニュ牧場の中庭に集まる。柏の木陰にみんながそろったら、この胸をさいなむ発見について問いただそう。わたしの両親は事故で死んだんじゃない。フエゴのステアリングには細工がなされていたのだと。

答えはウイ。どんな形で招集するかは、まだ未定だけれど。

次には、セザルー軍曹から聞いた話をフランクに話す件。ボールジョイントのナットの写真を見せ、彼に意見やアドバイスを求める。ボンネットの下の機械類については、詳しいはずだから。

答えはノン！　またしても彼の嘲笑や不愉快な憐れみに耐えるなんて、問題外だ。それで得られるものと言ったら、単純な二者択一の解決策だけ。訴えを起こすか、忘れるか。

そして最後は、ピュンタ・ロサ巡りの件。ほかに何十人といる観光客と同じように、ルヴエラタ岬の〝関税吏の小道〟を灯台まで、なにげなくそぞろ歩きして眺望を楽しむ。途中、ナタルと偶然すれ違うかもしれない。網の補修をしたり、テラスで煙草《タバコ》を吸ったり、この世の流転に思いを馳せているナタルに。

答えはノン。だめよ、絶対にだめ。

スピーカーからひずんだ大音響で、『ライヴ・イズ・ライフ』が流れている。それでも聴衆は耳をふさぐこともなく、声をそろえて繰り返した。

ラ、ラ、ラ、ラ、ラ。

＊

クロチルドとヴァランティーヌは、狭いオセリュクシア海岸にひしめいて踊る群衆を掻きわけ、進んでいった。ふたつの岩だらけの半島に挟まれた小さな湾。ここもまたセルヴォーヌ・スピネロが奪い取った、心地よい楽園の一角だった。小道の砂利や小石は海に近づくにつれ、早く水辺に行こうと気が急《せ》く何千、何万もの観光客の足に踏まれて細かく砕け、夏を経るたびにざらざらした砂に近づいていくようだった。わけ知り顔の観光客に言わせれば、砂が細かければ細かいほど、ひとがよく訪れる証拠なのだそうだ。

建設中のマリーナ《ロック・エ・マール》の外壁は、浜からまだ見えないが、《トロピ＝カリスト》はひと目でわかる。北側にむいた藁《わら》ぶきの建物で、テラスやバー、竹の日よけが備わっている。嵐が近づいたり、仕事熱心な新任の警察署長が視察に来たときには、すべてすばやく取りはずせるようになっているらしい。《トロピ＝カリスト》《トロピカル》というのは、セルヴォーヌが思いついた言葉遊びだった。大音響の音楽が、夜でも熱帯の暑さを掻き立てることと、コルシカの古称カリステをひっかけたのだ。カリステとは古代ギリシャ語で、《もっとも美しい島》という意味である。ディスコとは、この藁ぶき小屋のことだった。屋根にスポットライトや月まで届きそうなレーザー光線を取りつけ、巨大なスピーカーを砂浜に直接置き、縦横十メートルの水上デッキを設《しつら》えてある。けれどもそのうえで踊れるのは、客の四分の一にも満たないだろう。今夜は特別に、高さ二メートルほどの細長い舞台も用意してあった。ランウェイか幅広の飛びこみ台のようだ。さらに舞台の下には、青い蛍光色に輝く大きなビニールプールが置かれていて、《オーパス》のコーラスには興味なさそうな黒人のボディガードが三人、じっと見張りに立っている。

セルヴォーヌもこのときばかりは値段を下げた。それでも入場料七ユーロ、モヒート一杯九ユーロ、ピエトラ・ビールのピッチャー十五ユーロなのだから、充分もとは取れるのだろう。

リラックス、と《フランキー・ゴーズ・トゥ・ハリウッド》が、興奮した客にむかって歌いかけている。クロチルドはあたりをざっと見渡した。二、三百人にはなるだろうか、年代はさまざまだ。赤ん坊のころの懐メロを、空《そら》で知ってるらしい少年たち。熱狂する少女たち。なかにはだいぶ酔っぱらっている者もいる。夫婦連れや年寄りのグループもちらほら目についた。

年寄りと言っても、ほかの若い客たちと較《くら》べてだ。

わたしと同じくらいの歳じゃない。

「あっちに行くね、ママ」

クロチルドはわけがわからず、娘を見つめた。

「クララやジュスタン、ニルス、タイールがいるの。ほら、前のほうに。携帯電話を持ってるから、帰るときにメールして」

ヴァルは人ごみに消えた。

もしなにかあって、フランクが知ったら、ただじゃすまないわ。きっと殺すでしょうね、娘じゃなくて母親のほうを。

まあ、いいわ。

楽しみなさい、ヴァル……楽しめばいいのよ。なにも危ないことなんかないわ。

クロチルドは踊っている人々から少し離れ、海に近づいた。潮に乗って打ちあげられたみたいに、浜に横たわる体を避けながら。ボートが一艘《そう》、浜から数メートル先に浮かんでいた。岩にねじこんだ錆《さ》びた鉄輪に舫《もや》ってある。クロチルドは携帯電話のライトで、船のペンキの剝げた船体を照らした。

アリオン（ARYON）号。
A、Y、Nの文字はかすれて、ほとんど判読できないくらいだ。アリオン号という船名を今でも読み取れるのは、彼女くらいなものだろう。船体は大部痛んでいるようだった。ロープはすり切れ、竜骨《キール》はたわんでいる。船はいまにも逃げ出そうとする動物のようだった。首にひもをつけてつながれたまま、忘れ去られた動物。少なくともクロチルドは、そう感じた。過去を巡る旅の果てに打ち捨てられた、新たな漂流物を前にして、彼女はこみあげる涙を抑えた。

音楽が突然止み、闇が一瞬、浜辺を包んだかと思うと、緑色のレーザー光線が群衆を狙い撃ちし、ストロボスコープが彼らをぎくしゃく踊るゾンビに変えた。

マリア＝クジャーラが舞台に登場した。スパンコールが輝く紡錘形のロングドレスを着ている。きわどい襟ぐりを別にすれば、思いのほか地味だった。

シンセサイザーのリズムが、ダンスステップの口火を切った。

マリア＝クジャーラはマイクを口に近づけ、『フューチャー・ブレイン』を歌い始めようとした。八〇年代イタリアン・ディスコの王デン・ハローの、世界的なヒット曲だ……でも、すぐにすっかり忘れられてしまった。

クロチルドはそう思っていた。

ところが群衆は声をそろえて歌い始めた。

古いナンバーは永遠だ。

クロチルドはコルシカに戻ってから、オセリュクシア海岸に来たのは初めてだった。それにしても、わからないことだらけだ。この美しい浜はまだ祖父カサニュ・イドリッシの持ち物なのに、どうして彼はセルヴォーヌがこんなけばけばしいディスコを作ることを認めたのだろう？　どうしてあのボートは打ち捨てられ、錆びるがままになっているのか？　轟《とどろ》きわたる騒音や目もくらむような光、熱狂した群衆にどうすれば耐えられるの？　静寂はどうして負けたの？　静寂がここ、オセリュクシア海岸で勝利しなかったら、ほかのどこで勝てるっていうのよ？

どうして悪いオオカミは、海岸に建てられた藁の小屋にやって来なかったんだろう？　祖父の友達のオオカミには、覆面も爆弾も石油缶もライターも必要ない。息を吹きかけるだけでいいはずだ。少し風が吹けばいい。なのに風は藁ぶき小屋を吹き飛ばすのではなく、大音響をカルヴィまで運んでいる。

マリア＝クジャーラは次々と歌った。スポットライト、光と影、そして化粧に隠された顔は、歳を見分けるのが難しかった。

四十五歳。そのとおり。クロチルドは知っている。

マリア＝クジャーラは自信に満ちていた。イタリア語、英語、フランス語、スペイン語。さまざまな楽曲が続いた。

ヴァルの姿が見え隠れする。

クロチルドはうんざりしていた。

『ターザン・ボーイ』のリフレインは、ペラゴス・サンクチュアリ海洋特別保護区からモナコまでの哺乳類が、すべて目を覚ますかと思うほどだった。そのあと突然、光が落ちて、シンセサイザーの音が遠ざかり、マリア＝クジャーラはイタリア語訛りを強調した口調で、マイクにささやきかけた。

「次の曲は伴奏なしで歌います。わたしの声だけで。きっとみなさんもご存じの歌、『いつまでも若く《フォーエヴァー・ヤング》』です。でもこの歌は、わたしと声を合わせないでください。それができるひとを除いては（彼女はそう言って、キスのように甘い微笑を聴衆に投げかけた）。わたしはこの歌を、コルシカ語で歌います。みなさんのために。『センプレ・ジオヴァニュ』」

スポットライトの白い光が、さっとマリア＝クジャーラのうえで止まった。イタリア人歌手は目を閉じ、さざ波のように飾りけのない声で歌い始めた。やがて声は高まり、月をも泣かすほどになった。

センプレ・ジオヴァニュ。

想像を絶するほど澄みきったソプラノの響きに運ばれ、メロディは讃歌となった。聴衆は闇のなかで身震いした。引きつった笑い声ひとつあがらない、奇跡のようなひとときだった。みんなわかっていた。マリア＝クジャーラはこの四分間のため、ここまでやって来たのだと。アカペラで静かに祈りを捧げる時間のために。

センプレ・ジオヴァニュ。

そして奇跡は終わった。

ドラムマシンの音が炸裂《さくれつ》したとき、マリア＝クジャーラはまだ目を閉じていた。最後のオクターブが、微かにひらいた唇のあいだから漏れ出ようとしていた。そこにシンセサイザーの無味乾燥な音が重なった。浜辺の聴衆たちが、最初の和音ですぐにわかる曲だった。

忘我《トランス》のあとには戦慄が待っていた。

マリア＝クジャーラのドレスが脱げ落ちたかと思うと、まるで魔法のように、彼女はビキニ姿になっていた。

ぴったりとした純白のビキニ。


聴衆は伴奏のバッキングトラックが流れ始める前から、コーラスの声を張りあげた。

マリア＝クジャーラは体をくねらせ笑いかけ、前にうしろにと動いて三度ジャンプした。そして、ダイブ。

舞台の下のプールから、彼女は浮かび出た。スパンコールの驟雨《しゅうう》が降り注ぐ。髪は張りつき、化粧は剝げ、ファンデーションに筋目が入っても、そんなことはどうでもいい。大事なことはほかにある。濡れたビキニのトップは透けて、ずり落ちかけている。なんとも狂おしい光景だった。まさに伝説で語られているとおり。トレードマークみたいなものなのだろう。

マリア＝クジャーラは、前に後ろにとジャンプをいつまでも繰り返し続けた。別のマイクが彼女に手渡された。虹色の大きなゴムボールが浮かび、突き出た管が泡を吹き飛ばしている。マリア＝クジャーラは手を伸ばし、投げキッスをしながらささやいた。

「いっしょに来て」

巧みな演出にしたがって、三人のボディガードが離れると、浜辺にぽいぽいと服が脱ぎ捨てられた。やがて小さなプールのなかに、百人もの人々がひしめいた。

サマータイム・ラヴ。

大胆な女たちは、ビキニのトップも投げ捨てている。

マリア＝クジャーラはそうしなかった。

もうそんな歳ではないというかのように。

歳を取らないのは、昔のヒット曲だけだ。

＊

「わたし、マリア＝クジャーラさんの友達なんです。幼馴染です」

背の高い黒人は、納得していないようすだった。

群衆はまだビーチの反対側で、テクノサウンドに合わせて踊っている。ああなると、もはやエイティーズとは言えないわね。

まだいるの、ママ？

ええ、もう少し、とクロチルドは、マリア＝クジャーラの最後の歌が終わると、娘の不安げなメールに答えた。二十分前のことだ。それからずっと、駐車場に停めた楽屋代わりのキャンピングカーの前で待っていた。ファンの行列が続いているからではない。待っているのは彼女ひとりだったけれど、ドアは閉まったままだった。ボディガードも話を聞いてくれない。

「ともかくノックして、ファンが来てるって言ってみてください。きっと喜んでくれるわ」

ボディガードは笑みを浮かべた。あるいは、憐れんだのかもしれない。ようやく車の仕切りをたたいた。

「ジョルダーノさん、あなたに……」

すぐにマリア＝クジャーラが顔を出した。バスローブを羽織り、頭にタオルを巻いている。化粧、ファンデーション、リップグロスは跡形もなかった。彼女はドアを少しだけひらき、クロチルドのほうを見た。

「呼んだ？」

マリア＝クジャーラはまだ美しかった。クロチルドが予想していなかったほど。おそらく、フェイスリフトや脂肪吸引をしているのだろう。メスで切ったりシリコンを入れたりと、整形もしているかもしれない。だとしても、充分に美人だ。カスタマイズした車みたいなものね、とクロチルドは思った。やや俗っぽいけれど個性的だし、自分の特徴に、人目を引くことに自信を持っている。賞賛されようが、顔をしかめられようが、気にしていないのだろう。ひとの評価なんてどうでもいいと。

「煙草、ある？」

彼女より二十五歳は年下らしい、筋骨たくましいボディガードは、あわてて煙草を取り出し、ジョン・ウェインを気取って火をつけると、震える手でマリア＝クジャーラの口に近づけた。どこに目をやっていいのか、困っているようだ。

女教師を前にした、気の弱い男の子ってところね。

「それで」とマリア＝クジャーラはようやくクロチルドに話しかけた。「最後のファンってわけ？　なかに入れてもらえるつもりなら、あてがはずれたわね。男に相手にされなくなったからって、女で我慢しようなんて思っちゃいないわ」

そう言ってマリア＝クジャーラは大笑いした。

彼女のしぐさ、爪、切れ長の目は、どこか猫のようだった。肉食女《クーガー》って言葉は好きじゃないけれど、彼女を言いあらわすのにはぴったりだわ。

あるいは雌トラか。

「クロチルドです。ニコラの妹の。ニコラ・イドリッシ。覚えていますよね？」

マリア＝クジャーラは記憶の底を探っているかのように、目を細くした。けれども、クロチルドは確信していた。誓ってもいい。マリア＝クジャーラはさっき目があったとき、すぐにわたしだと気づいたはずだ。キャンピングカーのドアにかかる彼女の指に、ほんの少し力がこもったのを、クロチルドは見逃さなかった。塗装が剝げかかった鉄のドアにかかる親指と人差し指が、引きつっている。

マリア＝クジャーラは首を横にふった。

「わからないわ。わたしの元カレ？」

彼女はいかにも率直そうに見えた。端役でも女優になるには、やはり才能が必要なんだろう。クロチルドはニコラの写真を持ってくればよかったと、後悔した。

「一九八九年の夏です。さらに、その前五年間の」

マリア＝クジャーラはボディガードの顔に煙を吐きかけ、濡れたほつれ毛をタオルの下に押しこんだ。バスローブの襟もとがはだけると、タトゥーが露わになった。黒い木苺《きいちご》に囲まれたバラが、肩と腕のあたりまで広がっている。

「一九八九年の夏！」とマリア＝クジャーラは驚いたように繰り返した。「そんなこと言われても、昔のことだもの。わたしが若くてモテモテだったころね。男の子もよりどりみどり。あなたのお兄さんも、そんななかのひとりだったんでしょ」

あなたがヴァージンを捨てた年よ。とぼけてもだめ、忘れっこないわ。

「背が高くて金髪で、とても優しくて。あの夏はランバダが流行ったけど、兄はあなたより踊るのはうまくなかったわ」

マリア＝クジャーラは吸いかけの煙草の煙を吐き出した。親指の赤い爪で、鉄板のペンキを苛立たし気に剝がしている。

「ごめんなさい。昔の男友達で、今もわたしのファンだっていうひとは五万といるわ。ベッドをともにした男だけでもね。ちょっと愛撫を交わしたくらいじゃなくて」

マリア＝クジャーラは嘘をついている。けれどもクロチルドには、どうしようもなかった。彼女は胸いっぱい、大きく息を吸いこみ、思いきり吐き出した。キャンピングカーを吹き飛ばすほどの勢いで。

「兄は死にました。ルヴェラタの道路で事故に遭って。その晩、あなたと兄のニコラは、互いに初めての体験をするはずだったんです」

赤い爪が、ぱりっと割れた。

マリア＝クジャーラは笑っていなかった。冷たい表情をしている。

最優秀演技賞ものね。脱帽！

「ごめんなさい。やっぱりわからないわ。疲れているので、また今度にして。バイ」

21

一九八九年八月十七日木曜日　バカンス十一日目　グラン・ブルーの空

スタレゾ港にはコンクリートの波止場と、家が三軒あるだけ。ルヴェラタ灯台の下にあるこのちっぽけな港は、長いあいだ一般人には立ち入り禁止になってたらしい。というのは、地中海の海洋研究をしている小さな科学基地がここにあったからなんだって。でもこの年の夏からは公開されて、観光客やダイバー、釣り人も近づけるようになったの。週に一回、十五人ほどの行商人がやって来て、地元の産物を堤防で売ったりもしている。

ママはそれを見逃さなかった。ママは市場《マルシェ》が大、大、大、大、大好きだから。帽子をかぶっておしゃれして、ぶらぶら歩いたり、気になるものを見てまわったり、感激したり、議論したり、罵ったり、さっさと立ち去ってから後悔してまた戻り、交渉して、値切って、買って、また後悔したりするのも大好き。わたしが十二歳のときなんか、マラケシュの市場で、死ぬほど恥ずかしい思いをした。まるまる一週間、泊まっていた部屋から出たくないほど。そして今朝、朝食のとき、わたしは致命的なミスを犯してしまった。ママといっしょに市場に行く誘いを、受け入れてしまったの。午前中いっぱいかかるかも。バカンス客にもみくちゃにされたり、こっちの優先権を撥ねのけるベビーカーに足を踏まれたりにうんざりしたわたしは、ひとりでベンチに腰かけた。太陽がいっぱいだった。迷彩服姿のわたしは、ヘッドフォンでマヌ・チャオの歌を聴きながら、膝に新聞を広げてた。《コルス＝マタン》紙のでかでかとした見出しに、わたしは興味を引かれた。

〝船から転落？〟

一面に載っていた数行の記事によれば、ドラゴ・ビアンキとかいうニースの実業家が、行方不明になったんだって。彼のヨットはあるのに、持ち主はいない。釣り竿《ざお》はまだ水に糸をたれていたけど、獲物はなかった。ビアンキはビル建設や公共事業で財を成した。コンクリートを金《きん》に変える男ってわけ。きっと彼は公式を読み間違えたんだ。ポケットに入れていた金はコンクリートに戻ってしまい、破産した。島の三面記事もいろいろあったけど、わたしはすぐにうんざりした。目の前の光景を楽しむほうがいい。

どんな光景かって？　そうね、うまい言葉が見つかるかな。

わたしの目の前には、青と白に塗りわけた小さな釣り船が一艘ある。トロール船というより、大きなボートという感じ。帆はないけれど、エンジンがついている。あっちにもこっちにも、鉄の簗《やな》が積みあげられている。堤防に積まれた淡緑色の網は、まるで大きな繭のようね。なかにある黄色いブイが幼虫。網がほどかれたとき、世界一大きな蝶が飛び立つんだ。

あの漁師には、きっとそれができる。

わたしは一時間近く、ロリータ風サングラスの奥から彼を見ていた。

彼のことも描写しましょうか？『グラン・ブルー』っていう映画のことは、もう話したよね。主人公を演じたジャン＝マルク・バールも知ってるでしょ？　イルカを愛し、目のなかにあらゆるニュアンスの青色を宿した男。それは星々が輝く深海の色、世界をまるごとおさめた二つのガラス玉。わたしの前にいる漁師は彼にそっくりで、彼に劣らず魅力的だった。赤ん坊みたいに丸い頭からあごまで剃りあげてから三日くらいたった感じで、目には詩情が満ちている。どこもかしこも同じ。夢見るような表情からなにから。ひとつだけ違うのは、毎日海に潜っているのではなく、海上ですごしているらしいことね。漁師は日に焼かれながら、せっせと手を動かして、古ぼけた網を繕ったりほどいたりを続けている。

わたしは待った。

彼は何歳だろう？　わたしより十はうえだ。

わたしは待った。悪戯っ子のように。わたしは待った。太陽が彼をこんがり焼きあげるのを。わたしは想像した。日焼けした腕で、濡れたTシャツを頭からすっぽり脱ぐところを。汗ばんだ筋肉が布地をねじるのを。そして彼の手が……

「こっちへ来いよ」

わたしに言ってるんだ。まずい……見抜かれてる！

「こっちへ来いよ」と彼は繰り返した。「手伝って欲しいんだ。意見が聞きたいから、ちょっと見に来て」

あなただったらどうする？　嘘をついても無駄、未来の読者さん。もちろん、わたしと同じだよね。それでわたしは本とウォークマンを置き、サングラスを額にあげて、彼の船に乗りこんだ。

「意見が聞きたいんだ。ほら、見て、これをどう思う？」

信じてくれなくても、かまわない。でも彼、本当にイルカを愛する男だった。きっとわたしは彼の顔のどこかに、それを読み取ったんだ。そう、テレパシーみたいなものかも。鯨やイルカが、音波で直接脳と脳の交信をするみたいに。そう、わたしが腰かけていたベンチから彼の船まで、五メートルもなかったし。でも、わたしたち、まだ始めたばかりだから……いっしょに練習して上達すれば、大洋と大洋のあいだでも交信できるようになったりして。

「どうだろうな、これ」

彼はベニヤ板の青い小さなポスターを指さした。きらきら光る海をバックに、三頭のイルカの黒いシルエットが描かれている。

海のサファリ――イルカと泳ごう

八月末まで、毎日

アリオン号

スタレゾ港

電話０４　９５　１５　６５　４２

「どう思う？」

「いいんじゃない」

はっきり言って、彼のポスターは『グラン・ブルー』のパクリだった。手抜きもいいところ。これじゃあ、リュック・ベッソンに訴えられるかも。

それから、わたしはこう続けた。

「でも、これ、大ぼらじゃない」

わたし、挑発するのが好きなんだよね。イルカ男は、わたしのTシャツにプリントされたドクロ頭のスフィンクスを見つめた。そしてガラスの壁に囚われた放浪詩人のように、顔をしかめた。

「これを見て、そう思ったのかい？」

「まあね」

彼は顔がひしゃげるほど力いっぱい、両手を頬に押しあてた。それでも、非の打ち所ない顔だった。思わず齧《かじ》りたくなる、丸い果実みたいな曲線。次に笑った顔は、もっとすてきだった。

「いいぞ。きみに訊きたかったのは、そういうことだ。ぼくが欲しかったのは、きみみたいな人魚《セイレーン》さ（三角に切ったスイカのような口のうえで、二つのライチが瞬いた）。大海原でイルカと泳ぐのを夢見る人魚」

わたしは騙されまいと用心しながら、人魚を捕らえる漁師を見つめた。釣り針にしては、ちょっと大きすぎだけど。

「ふざけてるの？」

彼はうなずいて、ぷっと吹き出した。わたしはテレパシーのおかげで、一瞬前にそれを察知したようだ。

「いや、大ぼらなんかじゃない。地中海には何千頭ものイルカが生息していて、そのうち数百頭はコルシカ島沖にいる。ポルトやカルジェーズ、ジロラタを周遊船で旅する人たちは、スカンドラ自然保護区の脇でイルカに会えるって話してくれるだろうよ。でも、このあたりは船がたくさん走っているから、ひれを目にするチャンスだって百にひとつもないだろう。イルカは漁船のほうが好きなんだ。網を齧って獲物の魚を盗むのさ」

「あなたはイルカを見かけたことがあるの？」

彼は当然と言うようにうなずいた。

「地中海の漁師はみんなそうだ。でも漁師とイルカは、それほど仲よくはないけどね」

わたしはママが市場を歩くときみたいに、目をくるくるさせた。

「でも、あなたは違う。あなたはイルカを手なずけたっていうんだ」

「べつに難しいことじゃない。イルカは頭のいい動物で、船の音や人間の声を聞きわけられる。彼らの信頼を得るには、少し忍耐が必要なだけさ」

「そしてあなたは、イルカの信頼を得たってこと？」

「ああ……」

「信じられない」

彼はまだ微笑んでいる。きっとわたしに、そう言って欲しかったんだ。漁師の青年が真実を語っているのはわかってる。彼は子供のころ、部屋でひとり、いつもイルカのことを夢見ていた。そしてついに彼らと出会った。近づいていって、彼らを愛した……

「そうだろうね、クロチルド。ひとをたやすく信用してはいけない。相手が誰でも」

ワォ、わたしの名前まで知ってるの！

「お祖父さんからそう教わったんだろ。お互い慣れ親しむには時間がかかるって」

「お祖父さん？」

「だってきみ、カサニュさんの孫娘だよね？　イドリッシ家はここらでは有名だ。それにそんな仮装をしてたら、嫌でも目立つから、きみは」

仮装!?　頭の毛やひげがないなら、睫毛《まつげ》をむしってやってもいいんだけど……きれいな目に免じて、許してあげる。

それにしても、仮装だなんて！

きっと『ビートルジュース』を観たことがないんだ、この田舎もんは。映画館に入ったこともなければ、本を読んだこともないんでしょ。頭にあるのは魚のこと、大好きなイルカのことだけ。ああ、そんなひとが本当に存在するなんて。

わたしは攻撃を仕掛けた。

「どういうこと、仮装って？」

「なんでもない。でもドクロ柄のTシャツを着て、イルカに近づけるとは思わないな」

「じゃあ、どんなのがいいの？　輝く太陽？　バラ色の雲？　金色の天使？」

「そのTシャツの下には、本当はそんな色が隠されているってこと？」

嫌なやつ！　彼はちょっと言葉を交わしただけで、わたしの素顔を見抜いてしまった。お菓子をとりあげられ、まだ口のまわりに残ってるチョコレートをぺろぺろやってる女の子。なにか言い返してやろうと思ったとき、船がぐらっと揺れた。

「この子がご迷惑をかけてたかしら？」

まさか、そんな！

それはわたしのママだった。ママは平然と船に乗りこみ、会話に加わった。


その瞬間から、様相は一変した。

まずは、彼の態度が。

まるで船にはもう、わたしの母、パルマ・ママしかいないかのように。ママはと言えば、筏《いかだ》に乗せられた雌鹿みたいに、おびえた顔なんかしちゃって。踵《かかと》を網に引っかけたり、ドレスが簗にこすれたりして、そのたびネズミよろしく小さな叫び声をあげている。

彼はわたしのことなんか、もう忘れてるんじゃないか。

いや、それならまだましだ。

彼がわたしを誘ったのは、ママをこの船におびき寄せるためだったのかも。とんだ勘違いだった。彼は大きな釣り針だって、さっき思ったけれど、獲物の魚はわたしじゃない。わたしはただの撒き餌だった。

そう、ミミズよ。

ママを引きつけるためのミミズ。

「イルカのおとぎ話で、この子をからかわないでね」パルマ・ママは『グラン・ブルー』もどきのポスターに目をやりながら、冗談めかして言った。「かっこうはつっぱってるけど、心はマシュマロなんだから」

マシュマロ！　ママでしょ、釣り針にマシュマロを引っかけてるのは。

大っ嫌いよ、ママなんて。

「からかってなんかいませんよ、マダム・イドリッシ」と夢見る漁師は答えた。「突拍子もないと思われるかもしれませんが、イルカはぼくのれっきとしたビジネスなんです。つがいのイルカとその子供が、ルヴェラタの沖に棲みついています。彼らはぼくを信頼しています。娘さんが望むなら、見せに連れていきたいと思ってます」

ママは腰をおろし、剝き出しの脚をしっかり閉じた。星を追う男の青い目と、一戦交える覚悟らしい。

「だったら、本人に訊けばいいわ」

ママは脚を組んだ。

わたしはふてくされて腕を組んだ。馬鹿みたい。

しばらく沈黙が続いた。

「その話は、また今度にしましょう」ママはそう言って立ちあがった。「さあ、帰るわよ」

というわけで、帰ることになった。

彼はそれ以上、なにも言わなかった。その必要もなかった。

彼はママの手を取り、埠頭にあがるのを助けた。もう片方の手を、ママの腰にあてて。ママは優しい騎士の日焼けした肩にもたれた。そしてバレエの決めポーズよろしく、両脚をぱっと跳ねあげて埠頭に降り立った。まるで前にもしたことのある、即興のダンスのようだった。

「クロチルドの気が変わったら、ご連絡してもいいですよね」

「お願いします、マダム・イドリッシ」

「パルマと呼んで。マダム・イドリッシなんて言ったら、ここでは王太后の名前みたいに聞こえるわ」

「むしろ王女ですけど」

王女はくすっと笑った。けれどもママの切り返しが見事だったのは、認めなくては。

「王女が女王になるのは稀だけど、王太子《ドーファン》は王になれるわ。そうでしょ海豚《ドーファン》好きの……」

「アンジェリです。ナタル・アンジェリ」

帰り道、わたしは何度も思い返しては確信をあらたにした。

これは天の啓示だ。

そう、ママはパパを裏切るかもしれない。

あの男と浮気をして。

ナタル。ナタル・アンジェリ。人魚を、王女を、イルカを捕らえる漁夫王《いさなとりのおう》。

だけど……あとひと言、ここに書き加えるのは勇気がいる。

かまわない。

どうせ誰も読まないんだから。わかってる、未来の読者さん。あなたは存在しないだろうって。

だから、だから思いきって書くけど、彼が好きなのはわたし。そしてわたしも彼が好き。

ひと目でわかった。

笑わないでね、お願いだから。笑わないでね、真面目な話なんだから。泣きたいほど大真面目。このノートに、涙をすべて絞り出したいほど。

わたしはナタルが好き。

ひとを好きになったのは初めて。

ほかの男の子なんてみんな、ものの数じゃない。

＊＊＊

彼はよじれたノートを閉じ、しばらくすわったままでいた。

オセリュクシア海岸からここまで、テクノミュージックが響いてくる。
彼はそれをもっとよく聴こうと、通路を少し進んだ。

22

二〇一六年八月十七日　午前二時三十分

フランクは腕時計に目をやった。

あの二人、何してるんだ？

海風が電子音楽の音を運んでくるが、聞きとれるのはずんずんと響くベースの鈍い衝撃だけだ。執拗《しつよう》に繰り返されるその音は、まるで海にむかって張った太鼓の皮に、寄せては返す波が打ちつけているかのようだった。果てしないリズムで。

ブン、ブン、ブン、ブン……

キャンプ場ではみんな眠っているっていうのに。ドアや窓を閉めれば、バンガローでもトレーラーハウスでもフィンランド風山小屋でも、音はほとんど聞こえない。それはフランクも認めねばならなかった。その点、キャンパーは気の毒だ。ディスコを作ったのは、テント用地より十倍も儲《もう》かるしっかりした貸家に移らせるための作戦かもしれない。

あの二人、何してるんだ？　まさかクロチルドのやつ、こんなテクノサウンドに合わせて、踊ってるんじゃないだろうな？

フランクはさらに三十分ほど待って、キャンプ場を歩いてみたけれど、いくつかの人影とすれ違っただけだった。なかなか寝つけないひと、犬を散歩させるひと、今どきの音楽についていけない退職者、子供の帰りを心配している親。

クロチルドの携帯電話のライトが道の端を照らしたのは、午前三時四分だった。一分とたがえずその時刻だったと、警官に証言してもいいくらいだ。彼は繰り返し、携帯電話の時計を確かめていたのだから。彼女が敷地の入口を照らす街灯の下にあらわれるなり、フランクはすぐに気づいた。

「ヴァルはどこだ？」

フランクはいきなりこうたずねたのを、すぐに悔やんだ。かたちだけでも、もっと別の訊きかたをすべきだった。パーティーはどうだった？　海岸のディスコってよかったかい？　イタリア人の知り合いとは会えたの？

でも、クロはひとりだった。

彼女は疲れきった顔をしていた。憔悴《しょうすい》した目。力ない足どり。なにも語らず、なにも説明しないまま、今にも崩れ落ちそうだ。明日、明日にして。もう、くたくたなのよ。フランクはそういう態度が嫌だった。そういう、いいかげんなところが。ほとんど軽蔑していた。どうしてのけ者にされ、こっちから申しひらきをしなくちゃいけないんだ？

「ヴァルはどこだ？」と彼は繰り返した。

クロチルドは椅子にすわりこんだ。夫の言葉にうんざりしているのが、ありありとわかった。

　クロチルドはしかたなさそうに口をひらき、脚を引きずるみたいにゆっくりと答えた。

「まだ浜に残ってるわ。友達といっしょに。キャンプ場で知り合った友達。いっしょに戻ってくるでしょう」

「ふざけるな！」

　気づいたら、言葉が口をついて出ていた。言いたいことは、まだまだある。

「まだ十五歳なんだぞ。わかってるのか！」

　銃殺班が集合だ。

　フランクは妻をにらみつけた。

「迎えに行ってくる」

　クロチルドがなにも言わないうちに、フランクはもう闇のなかに走り出していた。

＊

　フランクが戻ったとき、クロチルドは眠っていた。

　少なくとも、シーツにくるまって横になっていた。『チャーリーとチョコレート工場』のTシャツを着たまま。

　目をつむって。

バンガローの窓はあけっ放しだった。フランクはあえて閉めなかった。彼は薄暗がりのなかですばやく服を脱ぎ、妻に体を寄せた。

「大丈夫。ヴァルはもう寝たよ」

口を結んで。

フランクはクロチルドの裸の肩に顔をあて、手を下に這わせて左の乳房を握った。

心《ハート》を閉ざして。

フランクは彼女の心臓《ハート》が、手のひらに脈打つのを感じた。ひらいた窓から聞こえるテクノのリズムは、まるで心臓の鼓動を百万倍にも増幅しているかのようだった。

「悪かったよ、クロ。さっきはあんなこと言って。ヴァランティーヌのことが心配だったから。浜には酔っぱらいがたくさんいたし。マリファナもやってるようだ。ビーチ、海、岩。いろいろ危ないだろ」

心臓の鼓動はゆっくりと静まったが、音楽はさらに大きくなった。

ようやく、唇が微かにひらいた。

「あの子、なにか言ってた?」

「ヴァルが?　いや、別に。こんな遅くまで浜にいられて、驚いてたみたいだ」

ブン、ブン、ブン、ブン……

外では音が続いている。

今度は、目を大きくあけて。

クロチルドはゆっくりとふり返り、枕すれすれの高さで夫の目を見つめた。

「心配だったのよね。だから、気にしていないわ。その話はもうやめましょう。あなたは……すばらしい父親よ」

フランクは両手でTシャツの下をまさぐり、より大胆なほうの手をもう片方の乳房に這わせた。

「でも、夫としては魅力なし？」

クロチルドは彼の愛撫に身をゆだね、心にゆっくりと欲望が満ちるのを待った。唇からため息が漏れ、体に快感があふれるのを待った。やがて最後のためらいが消え去ると、彼女はささやいた。

「馬鹿ね、そんなこと言わないの」

二人は静かに愛を交わした。外にも、ヴァルにも聞こえないように。少年少女のようにとても慌ただしく。

そしてクロチルドは、ひらいた扉をまた閉じた。

背をむけ、シーツをくしゃくしゃにし、体を二つに折って。

フランクの興奮は波が引くように失せた。

クロチルドは彼の手をすり抜け、行ってしまった。

こうなることは、初めから決まっていたのだろうか？

彼は二十年近く前、共通の友人の家で行われた仮装パーティーで最初に出会ったときのことを思い返した。二人とも、つき合っていた相手と別れたばかりだった。クロチルドは『アダムス・ファミリー』のモーティシア、フランクはドラキュラの扮装《ふんそう》をしていた。そんな些《さ》細《さい》な共通点がなければ、クロチルドは彼のことを覚えてもいなかっただろう。何が人生を決めるかわからないものだ。たまたまかぶっていた仮面、かぶっていなかった仮面？　パーティーの前日まで、彼はピーター・パンの衣装を探していたのだから。もし、あのかっこうをしていたら……

フランクの性器はもう、湿って柔らかい、なさけないしろものにすぎなかった。できれば、取り去ってしまいたいくらいだった。彼はまだ考え続けていた。出会いは偶然から、賽《さい》のひとふりから生まれる。偶然が二人を結びつけたあとも、夫婦がこんなふうにずっと続くのならば、運命の決定次第で、別の相手とでも同じようにうまくいったのかもしれない。愛の物語なんて、どれも変わりがないということだ。ほかにも何千という人生があり得ただろう。もっといい人生が、もっと悪い人生が。結局、とフランクは四角い窓に区切られた星のない夜空を眺めながら思った。結局、本当の愛の物語とは、初めにたまたままとった仮装、かぶった仮面を、ひとりが何年ものあいだずっと身につけ続けることにあるのではないか。もうひとりがそれに慣れて、相手をすっかり受け入れるようになるまで。

「で、イタリア美人とやらは？」フランクは背中にむかって優しくたずねた。

「今でもきれいだったわ」

フランクは気が気でなかった。クロチルドは不安なだけ、混乱しているだけだ。ぼくたちは夫婦で、ここを乗り切らねば。ぼくがイニシアチブを取って。彼は妻の背骨に沿って指をうえに這わせた。

「美人だったわよ」とクロチルドは続けた。「でもおかしなことに、ニコラを覚えていないって言うの」

指は少しジグザグを描いた。

「二十七年前のことだろ？　そんなにおかしいかな。きみは覚えているかい？　十五歳のころ、ここで知り合った友達のことを？」

クロチルドはためらった。

「そう、覚えてないわ。あなたの言うとおりね」

フランクはクロチルドのうなじの少し手前で、指の動きを止めた。彼はがっかりしていた。クロチルドは嘘をついていると、わかっていたから。

23

一九八九年八月十九日土曜日　バカンス十三日目　あなたの目のような、青いインク色の空

親愛なる未来の読者さん。

コルシカから葉書を送ります。短い葉書だけど。だって思いきって打ち明けると、このところ忙しくて、あなたに手紙を書く暇もあまりないんだ。

ほんとうにもう、大忙し。

なにもしないで、ただ夢見てるだけで。

だから二日間、あなたにご無沙汰しちゃったけど、がんばって近況を伝えるね。前に一度だけ、ヴェルコールへ林間学校に行ったときみたいに。あのときはママが切手を貼った封筒を荷物に入れ、お祖母ちゃんやお祖父ちゃん、いとこたちに手紙を書かされたの……

だから、どうしてもっていうなら……

みなさんへ、
わたしはまだコルシカにいます。

こちらでは、万事快調です。わたしも楽しんでます。友達もたくさんできました。それに好きな人も、おといから。

イルカ好きの漁師です。わたしはいつもずっと、彼のことを考えてます。

彼はそれを知りません。これからもずっと、知らないままでしょう。

たぶん彼はわたしでなく、わたしの母を好きになるでしょう。

わたしの人生は、大いなる誤解にほかなりません。

それを除けば、すべてはうまくいってます。

キスを送ります。

クロ

そう、わかってる。短い葉書だよね……ごめんなさい。

二日前、ナタルが目の前にあらわれて、わたしの心が彼の船のように揺れ始めてから、わたしは若者グループや彼らのいざこざから、少し距離を置くようになった。マリア＝クジャーラが歩くのを遠くから眺めてたけど、とっても奇妙だった。だって彼女、お尻から太腿まで青いジーンズの色に塗ってるの。ポケットやファスナー、フリンジまで描きこんで。これがとっても上手で、本物かと思うくらい。でも、そんなはずない。だってあんなにピチピチの、第二の皮膚みたいなショートパンツに、彼女のかわいいお尻が入るわけないもん……男たちが野良犬よろしく彼女のあとについていて、鼻をくんくんさせていた……まだ乾ききっていない絵具の匂いを、嗅がずにはいられないのね。マリア＝クジャーラはちっちゃな手鏡でそれを確かめながら、ブラジャーやらキュロットやらを森に撒いていく親指小僧ごっこに興じてた。言いよってくる男たち、飢えた人喰《ひとく》い鬼たちのために、宝探しゲームをしてるんだ。

マリア＝クジャーラはまだヴァージンだけど、こう公言している。八月二十五日に乗るバリ行きの飛行機が離陸するまでに、処女を捨てるって。つまり、六日後までに。おかげでもう大変。思春期真っ盛りでのぼせあがった男たちの頭が、さらにヒートアップしちゃって。

わたしの意見が聞きたい？　本命は誰かって？　いちばんリードしているのは、いちばんゆっくり走る者、ほかのみんなを疲れさせる者。つまり、兄のニコラね。賭けてもいいよ。時が来たら、マリア＝クジャーラが選ぶのはニコラ。それは彼女もわかってる。彼もわかってる。おかげでわが兄は、ちょっといい気になっている。それが日ごろ偉そうにしてるやつの限界、愚か者の限界ね。

でもわたしの意見は、客観的といえないかも。

だって、恋しているから。

ナタルにまた会いたい。彼の船に乗せて欲しい。彼に注目して欲しい。

こんなことってあり得るのかな。ほんの十五分眺めていただけで、ほんの二言、三言、言葉を交わしただけで、もうそのひとのこと以外、昼も夜も考えられなくなるなんてことが。

教えて。これが恋なのね。

ひとりの男を想って死ぬほど胸が苦しいのに、むこうはまるで知らんぷり。きっとわたしのことなんか、もう忘れてしまったんだ。わたしに声をかけたのだって、どうせママに近づくためなんでしょ。

そういうこと？

ところでママは、どうやらパパを一歩リードしているみたい。二十三日の晩について、昨日二人で話していたけれど、交渉は難しくてパパが折れたの。ということで、その日はアルカニュ牧場の祖父母の家でまず一杯やり、そのあと両親はレストラン《カーサ・ディ・ステラ》へ行って出会いの記念日を祝うことになった。

いとこたちはみんな、《ア・フィレッタ》のコンサートに行くけれど……わたしたちは別。ママが勝って、聖女ローザを讃える野バラの花束を手にすることになった。ママもちょっといい気になってる。愚か者の限界ってこと。ともかく、多声合唱コンサートには行かないことが、今や確実になった。

続きはまた、あとでね。でもその前に、八月十九日のことをあなたに話さなくちゃ。

今日、一九八九年八月十九日に何が起きたのかを。

ここから遠く、とても遠くで。

ママの心の近く、とても近くで。

それはとんでもない出来事だった。

＊＊＊

一九八九年八月十九日か……と彼は思った。

その日以来、この世のいたるところで、すべてが変わってしまった。なにひとつ、昔と同じものはない。その日が持つ影響力を、本当に理解する者は誰もいないとしても。人類を一変させる、もっとも大きな変革は、姿を隠して近づいてくる。

みんな、なにも気づかず、バカンスを楽しんでいた。

誰ひとり、その日のことを気にかけていなかった。誰ひとり……パルマを除いては。

24

二〇一六年八月十七日　午前十時

「待ってたよ、クロチルド。もっと早く来るだろうと思ってたから。真っ先に会いたいのは、きっとぼくだろうって」

クロチルドはピュンタ・ロサ荘の大きなガラス窓から、海を眺めていた。ここから見ると、なんだか目がくらむようだ。この家は断崖絶壁の際に建っていて、フランス窓をあければそのまま地中海に飛びこめるのではないか。そんな気さえしてくる。体を半回転させ、反対側のガラス窓に目をむければ、バラーニュ地方の山脈《やまなみ》が続いている。前景にはノートルダム・ド・ラ・セラ礼拝堂、そのうしろにカピュ・ディ・ア・ヴェタ山、背景にはチントト山。

永遠不変の絶景だ。

ナタルだけが歳を取っていた。

とても老けこんだ感じだ。

クロチルドは、ピュンタ・ロサの岩場に張り出したテラスのうえを数歩歩いた。灯台の近くにいる数人の観光客から見られないよう、気をつけていたけれど。フランクには、カルヴィの憲兵隊へ行くと言ってあった。紛失した財布の件で、なにかわかったかどうか、カドナ大尉に問い合わせてみると。憲兵隊の話は、まるっきり無関係なわけではない。ガルシア軍曹の娘が、ここで暮らしているのだから。今はバラーニュの救急医療センターで、勤務中だけれども。オーレリア・ガルシアはカルヴィ医療本部の看護師になって、朝早くから働いている。昼前には戻らないだろう。

コーヒーでもどう？　とナタルはたずねた。いただくわ、とクロチルドは答えた。

ナタルは部屋を行ったり来たりした。

氷が砕けるには時間がかかる。

クロチルドは髪が風に乱されるがままにした。テラスは気持ちがよかった。家のなかに戻りたくなかった。たいていどこの家も外見は月並みだけど、と彼女は思った。画一化された分譲地に並ぶ、よく似た建売りの家、同じようなアパルトマン。高級住宅街でもそうだ。でも、無愛想な顔《ファサード》の裏には親密な雰囲気が隠されている。どの部屋も、置かれている家具、掛けてある額縁、並んでいる本が、住人の人となりをあらわしている。そのひとの好みや、心持ちを。

ピュンタ・ロサ荘はそれとは正反対だった。

赤岩のうえに木とガラスだけで建てられた奇妙な山荘。それはナタルがまだ二十歳になるかならないころ、木の板やガラスの板を一枚一枚手ずからつなぎあわせて作ったものだ。あそこに住んでいるのは、さぞかし個性的な人物だろう。少なくとも、〝関税吏の小道〟から山荘を眺めたハイカーたちはそう思ったに違いない。細部の発想は独創性に満ちていた。柱には貝殻がはめこまれ、梁にはイルカが彫られている。ピュンタ・ロサ荘は幾度となく写真に撮られ、グーグルで検索され、フェイスブックで紹介された。クロチルドにも、それは確認できた。彼女はここ数年、よく検索エンジンにピュンタ・ロサと打ちこんでは、すばらしい建築物とその作者のことをぼんやりと空想した。けれども山荘内部のインテリアが、これほど俗悪で凡庸なつまらないものだとは、どんなハイカーにも想像できなかっただろう。イケアの四角いカラックスがさまざまな形に並べられ、本棚、テレビ台、サイドボード、スツール、ローテーブル代わりをしている。そのうえに貼られたポスターが、白い家具に色を添えていた。クリムトの『接吻《せっぷん》』、ルノワールの『ピアノを弾く少女たち』、モネの『睡蓮《すいれん》』。

「はい、コーヒーだよ」

あまり時間がないんだ、とナタルは言っていた。十一時から仕事が始まる。彼はリュミオのスーパーで魚売り場の主任をしていた。

「そんなふうに見ないでくれよ、クロチルド」

「そんなふうって？」

「幻滅したようにさ……この家すべてに、このぼくに」

「どうして？　どうしてわたしが幻滅するっていうの？」

「いや、もういい」

ナタルは奥に引っこみ、すぐにグラスを持って戻ってきた。指先にはめるキャップほどの小さなグラスで、ピンク色の液体がいっぱいに入っている。

リキュール？　それとも薬？

ナタルは五十を少し超えているはずだ。でも、まだハンサムだわ、とクロチルドは思った。二十五歳のころよりすてきなくらいだ。醒《さ》めて、メランコリックで、皮肉っぽくって。クロチルドはテラスを離れ、家のなかに戻った。オーレリアの写真が、ガラスの引き戸がついたサイドボードのうえに掛かっている。サイドボードにはエッグスタンドやナプキンリング、茶筒のコレクションが飾ってあった。クロチルドはじろじろと写真を眺めた。オーレリアは微笑んでいる。デザイナーズドレス。日焼けした肌。整えた眉毛。

「幻滅なんかしていないわ、ナタル。ただ、こんなふうだとは、思ってもみなかったから」

「ぼくもさ」

彼はふり返った。空っぽのグラスがすぐに満たされた。今度はクロチルドからもボトルが見えた。薬の棚にあるボトルではなかった。

ミルト・リキュール。四十度、カーヴ・ダミアニ。

こんな中途半端な終わりかたはしたくないわ、とクロチルドは思った。二十七年ぶりなのに。

「ナタル……」

もうあとには引けない。彼女はオーレリアの写真から目をそらした。

「ナタル、今だから、はっきり言えるわ。もう時効ってことで。あれから何年間もずっと、お互い手紙も書かなければ電話もしなかった、まったく連絡は取らなかったけれど、あなたはずっとわたしといた。わたしが十五歳だった、八九年の夏の話じゃないわ。船で沖に出たり、ルヴェラタ湾をまわったりしたことじゃない。わたしが言ってるのはそのあと、そのあとの人生のこと。可能性はいくらでもあるってことを、あなたは証明していたわ。どう言ったらいいのか……羅針盤みたいなものだったのよ。第五の方位を示してくれる、どこか星のかなたを示してくれる羅針盤」

答えはきっぱりしていた。

「そんなふうに考えちゃいけないよ、クロチルド。ぼくはそれほどの人間じゃない……これが人生なんだ。青春のアイドルが、自分より先に老いていくのを見ることが。アイドルに幻滅させられ、アイドルが先に死んでいくのを目のあたりにすることが」

ここまで来たらもう、古いおもちゃ箱をすっかり空にしたも同然だわ。

「それでも、わたしはあなたが好きだったわ……」

ナタルはまたグラスを空けた。

「わかってる……でも、きみは十五歳だった」

「ええ。おまけにわたしはドクロのグッズを集め、ゾンビみたいなかっこうをして、幽霊が大好きだった」

ナタルはうなずいただけだった。クロチルドは続けた。

「あなたはわたしの母が好きだった。それが腹立たしかったわ。父だってかわいそうだし」

ナタルはクロチルドに近づいた。肩に手を置こうか、ためらっているようだった。

「きみはお母さんを、とても嫌っていたね。お父さんのことは好きだったけれど。本当なら、その逆であるべきだったんだ。でも十五歳のきみには、わからないこともあった」

クロチルドは、ほとんどテラスのあたりまであとずさりした。ほのめかすようなナタルの口ぶりが、気にかかった。

きみにはわからないこともあった。

「何が言いたいの？」

「いや、気にしないでくれ、クロチルド。過去の闇を掘り返しても意味がない。ご両親は安らかに眠らせておこう」

ナタルの視線は地中海から離れて山のほうへむかい、カピュ・ディ・ア・ヴェタ山のかなたに消えた。

「母が嫌いだったわけじゃないわ」とクロチルドは続けた。「嫉妬していただけ。よく考えたら、馬鹿げたことだけど。とっても馬鹿げてる。だって、あんなことになってしまったんだから」

ナタルの目が、一瞬燃えあがった。クロチルドは再び十五歳に戻ったような気がした。ナタルは目を背けて答えた。

「きみはなんにもわかってなかったんだな。ぼくはきみが好きだった。黒ずくめの服装、反抗的な若者らしいファッション、いつも手にしていたノートや本が。ひとの命令には、断固として従わない。その点はぼくも同じだった。反抗の仕方や方向が違っていただけさ」

クロチルドの脳裏に、別の言葉が浮かびあがった。かつてナタルがオセリュクシア海岸で口にした言葉。彼女はそれを、けっして忘れなかった。

ぼくたちは同じ種類の人間だ、クロチルド。この世には二種類の人間しかいない。夢を追う漁師か、それ以外かだ。

ナタルは再びグラスを満たし、ナスのような色をした悪趣味な肘掛け椅子にすわり、言葉を続けた。

「あれから、『ビートルジュース』を観たよ。『シザーハンズ』も観なおした。そのたびに、きみのことを考えた。幽霊と話せるリディア・ディーツに夢中だった女の子のことをね。きみはあの役を演じたウィノナ・ライダーが、今でも好きなのかい？」

ええ、少なからず。

「もちろんよ。『ブラック・スワン』も観たわ。五年前、娘のヴァランティーヌといっしょに。娘はあの映画も、出ていた女優たちも気に入らなかったみたい。でも、わたしはいい映画だと思ったわ」

また、グラスが満たされた。もう、それくらいにしたほうがいいわ。ボトルの中身は、あまり減っているように見えないけれど。クロチルドは言葉を続けた。二人だけの思い出が、甦ってくる。

「ウィノナ・ライダーはジョニー・デップと恋に落ちたとき、まだ十八にもなっていなかったのよね。ジョニー・デップのほうは、三十近かったけれど。二人は四年間、いっしょに暮らし、婚約した。ジョニー・デップは彼女に夢中で、腕に《ウィノナ・フォーエヴァー》ってタトゥーを入れたくらい。信じられる？」

ナタルはなにも言わなかった。それも答えのうちだろう。だって話の続きはわかっている、結局、ウィノナとジョニーは破局したのだから。ジョニーはタトゥーをうまく消すことができず、《ワイノー・フォーエヴァー》と変えた。

《酔っ払いよ《ワイノー・》、永遠に《フォーエヴァー》》

青春の神話。

それを信じ、失望し、やがて衰える。

ミルト・リキュールのなかで溺れた神話。


ナタルはもう、なにも言うべきことがなかった。

けれどもクロチルドは、まだ言い足りなかった。そうやすやすと、試合をあきらめるつもりはない。彼女は、低すぎる肘掛け椅子にすわったナタルを見つめた。ナタルは立ちあがれるかどうか、自信がなかった。スーパーで冷凍した巻貝や生鱈《なまだら》を売りになんか、行けるだろうか。

「昨晩《ゆうべ》、マリア＝クジャーラに会ったわ。彼女、オセリュクシア海岸で歌ったのよ」

「知っている。嫌でもポスターが目につくからね」

「歌はけっこうよかったわよ。アリオン号にも再会したわ」

「そうだろうな。まだあそこにつないであるから。あいつもあそこにしがみついてるのさ」

ナタルは空になった小さなグラスを手にしていた。もう注ぎ足す気力が残っていないようだ。

「それにセルヴォーヌにも。実を言えば、毎日のように顔を見かけるわ。ユープロクト・キャンプ場に滞在しているから。オルシュにも会ったけれど、まさかあの赤ん坊があんな大男になるとは。もちろん、カサニュお祖父ちゃんとリザベッタお祖母ちゃんの家も訪ねたし。スペランザのことは覚えていなかったけれど……」

「何がしたいんだ、クロ？」

あなたを挑発してるのよ。あなたを反発させたい。ミルト・リキュールのボトルを壁に叩《たた》きつけたい、あなたの酔いを醒ますため、地中海に飛びこませたい。胸にわだかまる謎をすべて話し、助けを求めたい。あなたに、信頼するたったひとりのひとに。

「真実を知りたいって言えば、納得する？　真実を！　あなたが望むなら、すべて打ち明けるわ。ルヴェラタに戻ってきて以来、おかしなことが続いてるの。オーレリアのお父さんのガルシア軍曹が教えてくれたけど、両親が乗っていたフエゴのステアリングには、細工がしてあったらしいの。バンガローの金庫から、わたしの身分証がなくなった。こじあけた形跡もないのに。あり得ないことが起きたのよ。でも、もっと信じられないようなことがあったわ。手紙が届いたの。きっとあなたも、わたしはおかしくなったんだって思うでしょうね。無理もないわ。だってあの世からのメッセージを受け取ったんだもの。ママからのメッセージを」

ナタルは震えながら、手にしたグラスを近くのテーブルに置いた。熱すぎて、持っていられないかのように。

「もう一回言ってくれ」

「手紙よ。C29番バンガローに、手紙が来てたの。ママでなければ書けないような手紙が(クロチルドは作り笑いを浮かべた)。幽霊の存在を信じさせようとする悪戯かしら。そう思う？ ナタル。それともわたしに、まだリディアと同じ能力があるってこと？」

ナタルは立ちあがり、急に酔いが醒めたみたいにしっかりとした足どりでクロチルドに近づいた。

「彼らは実在するんだ、リディア……」

「リディア？」

「いや、クロチルド。彼らは実在する」

「誰のこと？」

「幽霊さ」

いや、どうやら酔いは醒めてなかったようね。

「ぼくもひとつ、打ち明け話をしよう。これは今まで誰にも話したことがない。オーレリアにも、彼女のお父さんにも。ぼくがこの家で囚人みたいな暮らしをしているのは、幽霊のせいなんだ。オーレリアと結婚したのも、昔の計画をひとつひとつあきらめていったのも、あるひとりの幽霊がもとなのさ。だからきみの言うとおりなんだ、クロチルド。なんならリディアと呼んでもいいさ。幽霊は実在する。やつらはぼくたちの人生をぼろぼろにしてしまう。わかってる、おかしいのはぼくかもしれないって。きみにそう思われてもかまわない。さあ、そろそろ帰ったほうがいい。昼にはオーレリアが戻ってくるから。ここにきみがいたら、彼女も嫌な気がするだろう」

話にならないわ。

わたしのことを馬鹿にしてるのね。

「オーレリアが何だっていうの？　幽霊の話はもうやめにしましょう」

ナタルは目をあげ、カピュ・ディ・ア・ヴェタ山の頂にある十字架をガラス窓越しに見つめた。

「不思議だよな、クロチルド。結局きみのほうが、ぼくより歳を取ってしまったんだ。今ではもう、きみは奇妙なこと、非合理的なことを信じてないんだから。幽霊の話はやめだっていうなら、別の話をしよう。オーレリアの求婚を受け入れたのには、ぼくなりの理由がある。れっきとした理由がね」

一瞬、彼の目のなかに燃えあがった炎は、すっかり消え去っていた。

「いいかい」と彼は続けた「打算的な結婚をした夫婦、初めは愛情も幻想も抱かずに結婚した夫婦のほうが、長続きするものなんだ。理由は簡単さ、クロチルド。簡単で、否定のしようがない。つまり彼らは幻滅しないから。最後には、期待以上の結果になるから。恋物語では、そうはいかない。熱愛では、そうはいかない。始まりより最後がすばらしいなんて、あり得るかい？」

クロチルドの頭のなかに、叫び声が響いた。やめて！　あなたが、そんなこと言わないで、ナタル。そんな御託、誰が並べようともかまわない。ほかのどんなろくでなしが……でも、あなたの口からだけは聞きたくなかった。

何年ものあいだ、いろんなことがうまくいかないとき、クロチルドは彼のことを考えた。ナタル・アンジェリ、人魚を追う漁師。イルカを飼いならす男。星を信じ、海よりも大きな夢を信じる者。彼はそんな信念を、少女に伝えることができた。人生は捨てたもんじゃない、常に可能性はあるのだと、彼女に教えてくれた。

ナタル・アンジェリ。

その彼が今、幻想を葬ったグラスを置き、スーパーマーケットへ仕事に出ようとしている。あいかわらず怯えたような目で、こっちのガラス窓、あっちのガラス窓ときょろきょろ見まわしながら。飼育槽《ヴィヴァリウム》のなかで、海《マーレ》と山《モンティ》にはさまれた山椒魚《ユープロクト》さながらに。いつなんどき幽霊があらわれて、連れ去られてしまうかと恐れているみたいに。

「それで、クロチルド。きみはしあわせな結婚生活を送っているのかい？」

そうよね、わたしは何を信じているのだろう？
偉そうに説教をたれるなんて、愚か者の限界だわ。
反抗的な少女。ドクロ。真っ黒な髪。
わたしは何を信じているのだろう？
ナタルも幻滅はしていないってことを？

25

一九八九年八月十九日土曜日　バカンス十三日目　プルシアン・ブルーの空

おかしいな。

もう午後だっていうのに、テレビの前に人だかりができている。何人もの人たちが、集まってる。

なにか大事件でもあったみたいに、張りついてる。わたしは通路を抜けながら、トレーラーハウスの窓越しになかを覗いた。持ち主のイタリア人は、大きなテレビを備えつけていた。ドアの前にはコンクリートの階段を作ったり、タイル張りの小道や、敷地のまわりにパンジーやゼラニウムを飾る低い塀も作っている。一年のうち九か月は、ここで暮らしているみたい。

テレビには、なにも特別なものは映っていなかった。

ありふれた画像だけで、テロ事件が起きたとか、戦争が勃発したとかではなさそうだ。きっと信じられないだろうけど、起伏に富んだ丘に囲まれた野原に布のテーブルクロスを広げ、ピクニックのお弁当を食べている人たちがいるだけ。

これをみんなして眺めているってわけ？　ほかの人たちが食事をしているところを？　レポーターがあらわれて、話し出した。声は聞こえなかったけれど、下に出た字幕を読むことができた。

《ショプロンから、ライブ中継でお伝えします》

ショプロン？

そう聞いてもあなたは別に驚かないだろうけど、わたしはびっくりして飛びあがった……その地名をここで目にするなんて。ショプロンっていうのはハンガリーの小さな町で、人口は六万、オーストリア国境のすぐ近くに位置している、っていうのがわたしの知っているところ。わたしが特別に地理に詳しいってわけじゃない。覚えているでしょうけど、そこは母方の祖母の出身地だから。

びっくりでしょ。さっき、そう言ったよね。

いったい全体どうして、世界中のテレビカメラがショプロンに集まったってわけ？

わたしは全力ダッシュで、C29番バンガローまで飛んで帰った。

みんなは少し離れたA31番にいた。ヘルマンの両親、ヤコプ・シュライバーさんとアンケさん夫妻のトレーラーハウスだ。

A31番にはテレビがあるけれど、うちにはないから。

「何があったの、ママ……」

パルマ・ママは唇に指をあて、シッと言った。誰もふり返らず、プラスチックの椅子に腰かけたまま、テレビを見つめている。映っているのはあいかわらず、ジョギングウェア姿で鶏のもも肉に齧りつき、ビールを飲んでいる家族連れだった。どういうこと？　ハンガリーで何が起きてるの？

シシィことフランツ・ヨーゼフ一世妃が甦ったとか？

世界の終わり？

ピクニックのテーブルクロスのうえに空飛ぶ円盤が墜落して、なかから蟻んこくらいのミニ・エイリアンがあらわれた？

どうしてお昼を食べている田舎もんに世界中が注目しているのか、そのわけがわかるまでに何分もかかった。彼らは、ハンガリーへ遊びに来ているドイツ人だった。正確に言えば、東ドイツ人ね。そして、すぐむこうに見える丘はオーストリア。

もうわかったでしょ？

よくわからない？　じゃあ、事情を説明するね。

一九八九年八月十九日、ハンガリー当局はオーストリアとの国境を開放することにした。鉄のカーテンの境を。数週間前から、ハンガリー人にはそれが許されていた。彼らはたいてい西側を一巡りすると、国に戻っていたけれど。ところが今回、国籍の区別なく誰でも国境を越えていいということになった。鉄柵開放作戦ってこと。午後三時から六時まで、きっかり三時間だけ。そのあいだに、大規模なピクニックが催された。汎ヨーロッパ・ピクニック、と彼らは言っていた。軍隊も手出しはしなかった。

噂はいっきに広まり、東ドイツもこれを受け入れた。

こうしてハンガリーの片田舎に集まった東ドイツ国民のうち六百人以上が、門が再び閉まる前に国境を越えた。彼らは戻るつもりはないのだと、ジャーナリストたちは言っていた。

これは歴史的な出来事だ、とジャーナリストたちは強調した。東西の壁にあいた、最初の裂け目だと。ソ連がどう反応するかを見るための、テストでもあったけれど。

済んだことはしかたない。

反応はなにもなかった。

ゴルバチョフは気にしていなかった。

テレビの報道によれば、苛立っているのは東ドイツの指導者たちだけだった。東ドイツの最高指導者ホーネッカーの映像が、何度もテレビで流された。たしかに彼は、とても怒っていた。東ベルリンをライブ中継しているカメラの前で、わめき続けていたから。手を胸にあて、ぴんと背筋を伸ばし、帽子のつばを親指と人さし指でつまんで。秘密警察《シュタージ》の隊員たちは、そのうしろでうなずいていた。

ベルリンの壁は、少なくともあと百年は続く。

ディー・マウアー・ブライプト・ノッホ・アインフンダート・ヤーレ。

彼はそれを繰り返した。

ディー・マウアー・ブライプト・ノッホ・アインフンダート・ヤーレ。

まるで歴史的な真実であるかのように。
記憶し、暗唱し、刻みつけるべき真実であるかのように。
ディー・マゥアー・ブライプト・ノッホ・アインフンダート・ヤーレ。
歴史の大いなる愚行として、銘記すべきものとして。

＊　＊　＊

彼はほとんど愉快そうに、頭のなかでもう一度それを繰り返した。
ディー・マゥアー・ブライプト・ノッホ・アインフンダート・ヤーレ。

26

二〇一六年八月十九日　午前九時

バンガローのなかは、すでに息苦しいほどの暑さだった。オリーブの枝越しに照りつける陽光に熱せられ、四角い金属製のバンガローはまるで日なたに忘れられた缶詰のようだった。クロチルドはこんなうだるような暑さが好きだった。まるで茹《ゆ》だったカネロニみたいだわ。ベッドにいつまでもひとりで寝そべり、気温が耐えがたいほどあがって、体が汗まみれになる感じが好きだった。寝ぼけまなこでシャワーを浴びるか、できればプールに飛びこみたいところだけれど、それができないのだけは残念だ。

フランクはもうジョギングに行ってしまった。ヴァルはまだ眠っている。優しいパパが、昼まで日陰になっている部屋を用意したから。かわいい娘のために……

けれどもむしろクロチルドのほうが、ティーンエージャーみたいにそわそわしていた。彼女は携帯電話の画面をもう一度タップし、夜中のうちに届いたメッセージを読み返した。午前四時〇五分。

再会できて嬉しいよ。

きみはとてもきれいになっていたね、クロチルド。ぼくはリディア・ディーツ風のきみのほうが好きだけど。

きっとあのときから、ぼくは幽霊とともに生きる術を身につけたんだろう。

ナタル

クロチルドはこの三行を何度もじっくり読み返し、ひとつひとつの言葉に返事をつけた。


再会できて嬉しいわ。

あなたはあいわらずすてきでした、ナタル。わたしはイルカを追うあなたのほうが好きだけど。

あのときから、わたしは幽霊なしで生きる術を身につけたんでしょう。

クロ

甘美な幸福感に、彼女は包まれていた。今のナタルは、思い出のなかで大事に取っていた男とは別人のようだった。けれども奇妙なことに、失望感は静かに薄れ、消え去った。青春時代のアイドルも、同じようなものかもしれない。ポスターに写る姿は完璧でも、生身の人間は欠点だらけだろう。けれどもそのせいで、いっそう魅力的に見えることがある。より人間的で、いっそう愛すべき人間に思えることが。

かつて夢中になったナタルを、思い出してみた。十五歳のクロチルドには手の届かなかった幻の存在を。彼はもう、ひとりのか弱い男にすぎない。夢破れた男。理解にも愛情にも結婚にも恵まれない男。

つまり、まだ自由な男。

まだ自由な男！　逆説的な表現ね、とクロチルドはベッドのなかで思った。ナタルはまだ自由だ……なぜならひとりの女が、彼の自由を奪ったから。クロチルドはひとりで、ぷっと吹き出した。結局、恋する女は皆、自由の略奪者だ。すてきな王子様との出会いを夢見ている。彼を地下に閉じこめるために。

彼女はナイトテーブルに携帯電話を置くと、共同浴場《ハンマーム》でタオルを巻くみたいに湿った熱いシーツにくるまり、またうとうとし始めた。


どれくらい時間がたっただろうか、彼女はフランクの声ではっと目覚めた。

「ありがとう。朝食を用意してくれたんだね」

三十分以上もすぎている。

クロチルドはいっきに目が覚めた。フランクが彼女の額にキスをした。汗と汗が混ざり合う。フランクはノートルダム・ド・ラ・セラ礼拝堂まで、小走りに駆け登った努力の汗。クロチルドは猛暑のなかでぐずぐず寝ていた汗。

こんなふうにキスすることなんかめったにないのに、どういう風の吹きまわしかしら。

ありがとう。朝食を用意してくれたんだね、ですって？

彼女はびっくりして起きあがった。

食卓の準備ができている。

焼きたてのバゲット、クロワッサン、コーヒー、紅茶、蜂蜜、フルーツジュース、ジャム。

フランクが？　わたしをびっくりさせようと、フランクが準備したのね。《ありがとう。朝食を用意してくれたんだね》っていうのは、早く起きろっていう意味の皮肉なんだわ、きっと。がんばり屋のスポーツマンが、ぐうたらな怠け者にガツンと言ってやろうってこと？

クロチルドはちょっと罪悪感を抱きながら、ナイトテーブルのうえの携帯電話に目をやった。

せっかくの気づかいを、台なしにしてはいけないわ。

今度はクロチルドのほうから、フランクの首にキスをした。

「ありがとう」

フランクは驚いたような顔をした。

「何のこと？」

「豪華な朝食よ。足りないのはバラの一輪挿しだけね」

フランクは心底呆気に取られているらしい。

「きみじゃないのか？」

「いいえ……だって寝てたもの」

「ぼくは、今戻ったところだ」

二人は信じられないといった目で、娘の部屋のカーテンを同時に見やった。

じゃあ、ヴァルが？

あの子が両親のためにそんなことをするなんて、とても思えないわ。親切な妖精がそっと手を貸してくれたのだというほうが、まだあり得るくらいだ。フランクが娘の部屋のカーテンをあけると、墓のかなたから響くような声で、わたしじゃないわという答えが返ってきた。ヴァルでも、フランクでもない。もちろん、わたしでもない。

だとしたら、誰が？

クロチルドはシャツを着て、テーブルをじっくり検分した。最初は気づかなかった細かなことが気になりだした。キャンプ用の小さなテーブルに並んだボウルやナイフ、フォーク、ナプキンは、それぞれ三つではなく四つずつある。しかしそれも、もっとほかの符合に比べれば、ものの数ではなかった。

フランクがヴァルの部屋から出てくると、クロチルドは赤オレンジ色のフルーツジュースが入ったグラスと、脇に置かれた白いボウルを指さした。

「ニコラはいつもテーブルの端のこの席にすわって、朝食には必ずグレープフルーツジュースとボウル一杯のミルクを飲んでたわ」

フランクはなにも答えなかった。クロチルドはコーヒーカップと、まだ湯気を立てているコーヒーサーバーを示した。

「パパは正面のこの席で、ブラックコーヒーを飲んでた」

電気ポットとティーバッグが二つ。

「ママとわたしは紅茶を。ママはスタレゾ港の市場でジャムも買った。イチジクやヤマモモのジャムを」

彼女はパンの籠の脇に置かれた瓶をゆっくりとまわした。

イチジクとヤマモモのジャムだった。

クロチルドはめまいがして、テーブルに片手を置いた。

「すべてあるわ、フランク。すべてそろってる。まるで……」

フランクは天を仰いだ。

「まるで二十七年前のようにっていうのか、クロチルド？　二十七年前に朝食で食べたジャムの香りを、どうして覚えているっていうんだ？　紅茶のブランドも？　それに……」

クロチルドはほとんど機械的に、彼を見つめた。

「どうして、ですって？　それが家族ですごした最後のひとときだったからよ。みんなでいっしょにとった最後の食事だったわ。あれ以来、その記憶がわたしの夜にとり憑《つ》いてる。何千という夜に、何千という昼に。ママとパパとニコラの亡霊が、わたしの脇にすわっているの。あなたが仕事で遠くに行ってしまい、毎朝ひとりで朝食をとっているときに。ええ、だから覚えているのよ。細かなところまですべて」

フランクはとりあえず、そこは譲ることにした。戦略的撤退というやつだ。別の角度から、もっとうまい攻撃を加えるために。

「オーケー、クロチルド、わかった。でも、単なる偶然の一致だってことは認めろ。紅茶、コーヒー、フルーツジュース、地元産のジャム。どこの家だって十中八九、朝食に同じものを食べるさ」

「じゃあ、食事は？　食事は誰が用意したの？」

「知るもんか。たぶんヴァルが、ぼくたちを驚かせようとしたんだ。さもなきゃきみか、ぼくか？　これも質《たち》の悪い悪戯かもしれない。もしかしたら、友達のセルヴォーヌか忠実な部下のハグリッドが気を利かしたんじゃないか。やつはきみを崇めているようだし」

クロチルドはオルシュのあだ名を聞いて、飛びあがりそうになった。アルミ製の四本脚を蹴飛ばし、冷えたコーヒーと溶けたバターの山のなかに、すべてをぶちまけたいのをじっとこらえた。

フランクの落ち着き払った態度が、彼女はいっそう我慢ならなかった。

「誰かがきみに、過去を思い出させようとしているんだろう、クロ。だったら、その手に乗るんじゃない。そいつが誰かも、知ろうとしないほうがいい……」

クロチルドはもう、夫の話を聞いていなかった。椅子のうえに、二つにたたんだ新聞があるのに気づいたのだ。

《ル・モンド》。今日の日付だ。

彼女は新聞を見つめた。今にもそれが燃えあがるかのように。

「この新聞……」

「同じことさ」とフランクは続けた。「これも演出のひとつさ。思うにきみの両親は、毎朝、新聞を読んでいたんだろ。みんながバカンスでそうするように」

「いいえ、違うわ」

「だったら、朝食を準備した謎の人物は、ミスをしたってわけだ。だからこそ……」

「違うのよ」とクロチルドは遮った。「両親はバカンス中、決して新聞を読まなかったけれど、一度だけ、たった一度だけ、パパはカルヴィの新聞販売店まで行って、《ル・モンド》を買ってきたの。そしてママが目を覚ます前に、買ってきた新聞を椅子のうえに置いておいた」

フランクはわけがわからないまま、肘掛け椅子のうえに置いた新聞を見つめた。

「一九八九年八月十九日、ハンガリー人が初めて鉄のカーテンを引きちぎった。舞台となったショプロンはオーストリア国境の近くにあって、母方の祖母が生まれた町だった。だからママは初めて、バカンス中に新聞を読んだの。パパが買ってきた新聞を。だから、偶然の一致だなんてあり得ないわ。でも……」

「でも、何なんだ？」

フランクは芝居をしてるんじゃないか。クロチルドは一瞬、そんな気がした。彼はすべてを知っている、わたしが眠っているうちに朝食の支度をするなんて、彼にしかできないことだ。けれども彼女は、そんな馬鹿な考えをすぐに頭からふり払い、夫の言葉が聞こえなかったかのように続けた。

「でも、それを知っている者は誰もいないはずだわ。ニコラとママとパパとわたし以外は。家族のなかの、些細な出来事のひとつにすぎないのだもの。パパは誰かと示し合わせたわけでもなく、ひとりで新聞を買いに行った。ママは五分くらいで半ページほどの記事を読むと、すぐに新聞をバーベキューセットの下に入れ、昼には燃やしてしまった。だからこれは、誰にも知り得ないことなのよ。わたしたち四人以外、誰にも。わかってるの、フランク？　ママの席のうえにこの新聞を置いたのは、わたしたち四人のほかにはあり得ない。誰かもうひとり、生きているんだわ」

「違う。ここはお母さんの席じゃない……」

違わないわ、とクロチルドは答えようとした。違わないわよ、と叫びかけた。

けれどもヴァルが先に言った。

「怒鳴り合うのはやめて」

ヴァルはベティ・ブープのバスローブを着て立っていた。髪はぼさぼさで、顔はげっそりしている。彼女はニコラの幽霊に代わって席につくと、腕を伸ばして新聞をつかみ、もう片方の手でコーヒーを口もとに運んで顔をしかめた。

「何よ、これ。冷めちゃってるわ」

クロチルドは打ちひしがれたように、娘を見つめた。

「指紋を確かめなくては、フランク」

フランクはため息をついて娘を眺め、それから妻に目をやった。まるで正気を失った人間を見るかのように。まるで娘が母親に入れ替わり、その若さや美しさ、生きる喜び……理性までも、奪い取ってしまったかのように。

ヴァルはジャムの瓶を力強くあけ、パンに齧りついた。口いっぱいに人生を頬ばり、旺盛な食欲で今日一日に食らいつこうとしている。濃密な朝と、太陽が降り注ぐ朝食のテーブルに。金色に輝くバカンスと、夢見た人生に。けれども今、娘は触れるものを端から汚しているのだという考えを、クロチルドは頭からふり払うことができなかった。ああやって次々に、秘められた神聖な秩序を破壊しているのだと、思わずにはいられなかった。

フランクの言うとおりだ。わたしはおかしくなりかけてる。

*

「ご主人はいらっしゃらないんですか?」

「ええ、ガレリア湾へダイビングをしに行きました」

カドナ大尉が来るまでに、三時間以上かかった。フランクは一時間と待っていられず、出かけてしまった。憲兵は朝食の件について電話で話を聞き、わけのわからない出来事だと答えたけれど、とりあえず来てくれることになった。ついでに盗まれた財布のことも、終わりにしたかった。ざっと捜査はしたものの、成果なしだった。手がかりのかけらもつかめない。彼はさっきから二分近く、バンガローのまわりを調べている。

「それで、娘さんは？」

「もう出かけました。急流下りツアーに参加することになっていたので」

脇に立っているセルヴォーヌ・スピネロがうなずいた。ここに来ている若者の半数が、マイクロバスでゾイキュ峡谷にむかいました、とキャンプ場の支配人は言った。

「これ以上、できることはありません、バロンさん」

何言ってんの、指紋を調べたらいいじゃない！　それをキャンプ場の客全員の指紋と比べればいいのよ。客のうちの誰かが、こんな悪戯をしたんだから。目撃者がいないか、捜しなさいよ。今朝、バンガローの前を通った人たちみんなから、話を聞いたらどう？　わたしがどうかしてしまったみたいな態度は、やめて欲しいわね。

麗しの島に流されたラグビーのスリークォーターバックは、腕をぶらぶらさせながら彼女を見つめた。今回もセルヴォーヌから、前もって話を聞いていた。二十七年前の事故、甦る記憶。生き残った彼女は、少し取り乱しているんでしょうと。

セルヴォーヌは憲兵の肩に手を置いた。男同士の激励。試合のあとで選手たちが、健闘を称《たた》え合うようなものだ。

「お帰りになる前に、一杯いかがですか？」

元ラガーマンの憲兵は断らなかった。

二人が遠ざかるのを見ながら、クロチルドは思った。警察をあてにはできないわ。他人は誰もあてにできない。自分ひとりで、なんとかしなければ。会わねばならない人間がたくさんいる。会って質問し、話を聞くべき人間が。それをひとりでやらねばならないんだ。まずはマリア＝クジャーラ。あの女、まるで幽霊と出会ったみたいに、わたしの鼻先で楽屋のドアをぴしゃりと閉めてくれた。

祖父のカサニュにも。彼は事故のあった車に細工がされていたことを、初めから知っていたんだ。

それから、ナタル。ナタルにもひとり、幽霊を紹介してもらわねばいけないわ。

謎が深まれば深まるほど、答えは自分の記憶のなかにあるはずだという確信が強まった。一九八九年夏の記憶のなかに。けれどもクロチルドには、その断片しか残っていなかった。微かな印象、悪夢の底からあらわれ出る一瞬のイメージしか。そんなものに、頼れるだろうか？　今、必要なのは具体的な記憶、明白な事実、信頼に足る証人だ。あの夏の出来事をすべて書き留めた日記。あれが手もとに残っていればよかったのにと、思わずにはいられなかった。結局、二度と目にすることのなかった日記が。

どうして？

出発点に戻らねばならない。糸の端に戻って、絡まりをほどいていかなくては。映画の発端から始めて、順に場面を追っていくのだ。それがどこにあるのか、クロチルドにはわかっていた。

クロチルドはもう一度、朝食のテーブルを見つめた。通路の少し先で、オルシュが熊手とシャベルを手に、こっちを見ている。テーブルを片づけるのを待っているかのように。なにもかも見て、知っているけれど、話すわけにはいかないとでもいうように。

そっちはあとまわしでいい。証拠を握っているのはオルシュではない。マリア＝クジャーラでも、カサニュでもない。

彼らもあとまわしだ。

もっと早く思いつくべきだったわ。ここからほんの百歩のところ、通路を二本抜けたところ、トレーラーハウス三台分のところに、ユープロクト・キャンプ場の記憶がすべて保管されている。あらゆる出来事、すべてのひとの一挙一動が。すべての顔、すべての目が。

五十年間の歴史が。

あとは博物館の管理人に、魔法の書をひらくよう説得するだけだ。

27

一九八九年八月十九日土曜日　バカンス十三日目　熱気に満ちた青空

まあまあ、気にしないでね、目に見えない告白相手さん、あなたに書くのは今日、これで三回目だからって。ショプロンの騒ぎは収まったみたい。鉄柵の扉はまた閉ざされた。西側に留《とど》まった人たちは、これでひと安心ってとこね。オーストリアとハンガリーの丘陵地帯の中継が終わり、地政学者を集めたスタジオにテレビ画面が切り替わると、パルマ・ママはさっさとビーチへ日光浴に出かけた。わたしは海豹洞窟に降りて、日が沈むのを待つことにした。まだあなたに、ちゃんと説明してなかったね。このあたりに生息していたのはチチュウカイモンクアザラシっていう種類なんだけど、寒がりで、水温は二十五度くらいが好み。岩のうえでひなたぼっこするのもね。でも、何年も前に、みんな殺されちゃった。そしてわたしは今、彼らの棲み処を不法占拠している。岩をいくつかよじ登るだけで、この洞窟までたどり着ける。ちょっとおしっこや灰や、乾いた海藻の匂いがするけれど。波が押し寄せ、足を洗う。ここからなら、姿を隠してすべてを見渡せる。エビやシャコ、ウニを獲《と》りに来る漁師は別だけど。

わたしはむしろそっちの仲間。

ウニみたいなもの。

こんな言葉の断片を、思いつくままに投げ出したかっただけ。文にする気力もなく。それはほかの人にまかせればいい。なにか言うべきことを、きちんと持っている人たちに。世界の果てで裂けた鉄のカーテンについて語る《ル・モンド》の記者とか、ニースの実業家ドラゴ・ビアンキの事件を報じる《コルス＝マタン》の記者とか。そういやビアンキの遺体が、ようやく見つかったんだって。少なくとも、彼の服を着た遺体が。アジャクシオ湾に泊まっていたフェリーの下に、入りこんでいたらしいんだ。

「どうしたんだ、クロチルド？」

まず目に入ったのは、突き出た釣り竿の先だった。それから、竿を握ったバジル・スピネロが見えた。キャンプ場の主で、お祖父ちゃんの友達だ。

彼に話してしまいたい。そのあと、あなたにも話したい。

「悩みでもあるのか？」

「……」

「きみらしくないぞ。そんな浮かない顔をして。いつもなら、ひとには見せないのに」

バジルさんが発したのは、魔法の言葉だったのかもしれない。なぜかわたしは、彼に打ち明けていた。

「恋してるの」

「そうだろうね、きみの年頃なら」

「でも相手は、同じ年頃のお馬鹿さんじゃないから」

「同じ年頃のお馬鹿さんっていうのは、誰のことなんだろうな？」

「……」

「わたしの息子、セルヴォーヌとか？」

「違うわ」

バジルさんは大笑いした。洞窟の鍾乳石《しょうにゅう》が落っこちるような、彼の豪快な笑いがわたしは好きだ。

「まあいいさ」と言ってバジルさんはウィンクした。「コルシカ人の欠点はただひとつ。家族愛が強いってことだ。こればかりは譲れない……」

彼はそこで言葉を切ったけど、あえて言わなかった続きは想像がついた。

コルシカ人は家族愛が強い。こればかりは譲れない。それでも馬鹿息子は馬鹿息子だ。

バジルさんは話を変えた。

「で、誰に恋しているんだね？」

わたしの意思に反して、名前が口を衝《つ》いて出ていた。

「ナタル・アンジェリ」

「なるほど」

「彼を知ってるの？」

「ああ……悪くない相手だとも。ナタルは怠け者じゃないし、頭も家柄も悪くない。見てくれもだ。彼の父親のアントニは長いこと、カルヴィでクリニックを経営していた。その後、離婚し、リヴィエラ海岸に移って別のクリニックをひらいた。きみの曽祖父パンクラス・イドリッシが、ピュンタ・ロサの土地千平方メートルを彼にあげたんだ。大動脈冠動脈間バイパス手術をしてもらう代わりにな。おかげでパンクラスは、五年長生きできた。ナタルは両親が離婚したとき、父親に反発したらしい。だがここでは、家族は家族だ。アントニはイタリアに発つ前、ピュンタ・ロサの土地を息子に譲った。ここらの者たちはナタルのことを、いささか狂信的じゃないかと思ってる。灯台の下に建てたピュンタ・ロサ荘や、イルカの話で。ちょっとばかり口のたつ理想家というふうにもね。だが、わたしの意見を言わせてもらえば、ナタルは手の内を見せていないのだろう。みんなの警戒心を解くために、夢想家を演じているんだ。イルカの保護区作りという彼の計画は、うまくいくかもしれん。船でイルカを近くから見るというのも悪くない。ナタルは真剣だ。みんなもそれを感じ取って、資金を出そうとしている。真剣だし、本気だと思って。ああ、ナタルは金の鉱脈を掘りあてたんだ。けれど何事もなかったかのように、口笛を吹いている。ひとがわっと押し寄せてこないように。だがナタルは、きみよりだいぶ年上じゃないか、クロ」

バジルさんはとても思いやりのある、優しい顔でそう言った。

「わかってる……わかってるって。でもわたしは、彼みたいなひとを求めていたんだ」

「見つかるとも。根気強く探せば。待つことができれば。じっと期待を持ち続ければ」

「明日の朝、ルヴェラタの沖へイルカを見に行こうって、ナタルに誘われたの」

「だったら、行くといい。尻込みすることはない。彼にもきみが必要なんだ」

「わたしが必要？　どうして？」

「よく考えてごらん。きみは馬鹿じゃないんだから。どうしてナタルにはきみが必要なのか？　それに、きみのお母さんもね」

じゃあ、ナタルとママがいい感じだってことも、バジルさんの耳に入ってるの？　わたしはそこまで馬鹿だったってこと？　目の前で何が起きてるか、まわりはみんな知ってるのに、わたしはまったく気づかなかったなんて。

「考えてごらん、クロチルド。ナタルには遠大な計画がある。イルカの生息地を守り、クジラ類全般の保護と研究のための水族館も作りたいと思っている。海の環境に合わせ、エコロジーを重視した建物をね。ところで、きみのお母さんの仕事は？」

「建築家……」

「保護区を作るための土地は、誰のものだろう？」

「お祖父ちゃんの」

「そのとおり。わが友カサニュのものだ。彼がどういう男かは、わたしもよく知っている。ナタル・アンジェリの計画はしっかりしたものかもしれないが、カサニュは慎重で、用心深い。彼を説得するのは、容易でないだろう。そもそも彼は、変化を好まない人間だ」

つまりナタルはわたしとママを利用して、お祖父ちゃんを懐柔しようとしてるってこと？

あるいはバジルさんがでまかせを言ってるのか……

「お祖父ちゃんが慎重になるのももっともだね。バジルさんだってそう思うでしょ。わたしは年に一回しかここへ来ないけど、このあたり一帯が大好きよ。ユープロクト、オセリュクシア海岸にルヴェラタ岬。毎年夏、ここへ来るときは、なにも変わってなければいいなって思ってる。わたしがいない十一か月のあいだ、ここに手を触れる権利は誰にもないんだってね。『眠れる森の美女』のお話みたいに、わたしが九月前にここを去るなり、魔法の杖でみんなを眠らせちゃって、翌年の八月になったら初めて目を覚まさせるみたいな」

「でも、クロチルド、すべては変わる。きみだって変わるだろう。景色よりもすばやくね」

「そうとは限らないでしょ。バジルさん、あなたは変わってないわ」

バジルはうなずいた。

「たしかにな。でも、変わらないのは長所というより欠点だ。コルシカ人の大きな欠点は、変われないことなんだ。そこのところは、わたしもきみのお祖父さんもおんなじだ。敬意や名誉、伝統を重んじている。それでも、われわれの意思とは関係なくすべては動いていく。ひとは永遠に生きられないからね、彼もわたしも。わたしが死んだあと、すべては一変するだろう（バジルさんは周囲の景色をぐるりと見まわした。キャンプ場のテントは、支柱まではっきりとわかった）。正直な気持ちを言えば、長生きしてまでそれを目にしたくはないしね」

でも、彼はまだ生きている。

そしてすでにそれを見ていた。

洞窟のうえから海まで下る小道を、若者たちが並んで歩いていく。日没までに着こうと、急いでいるようだ。先頭は白いレースの服をまとったマリア＝クジャーラ。そのうしろを、ひとつ目巨人《キュクロプス》のヘルマンがついて行く。肩に担いだラジオからは、《モダン・トーキング》の『愛はロマネスク』が大音量で流れていた。マリア＝クジャーラが小道をくねくねと下るのに合わせ、ラジオは右肩、左肩と位置を変えた。セルヴォーヌとエステファンは箱詰めのビールを積んだ小さなカートを引き、ニコラは少し離れて歩いていた。兄からさらに数メートル離れてオーレリアがあらわれ、それからテス、ステフ、ラルス、フィリプ、キャンディ、リュドと続いた……

アルガ海岸にむかって、群れは移動を始めたらしい。

＊　＊　＊

彼はノートを閉じて、洞窟の冷たい石に手のひらをあてた。

バジルは大腸癌《がん》にかかったとき、賢明にも死を受け入れた。

そのあと楽園は、愚か者どもに奪われてしまった。

28

二〇一六年八月十九日　午後三時
万事快調よ
ヴァル

メールにはヴァランティーヌの写真が添付されていた。ヘルメットをかぶり、安全ベルトを装着して、ほかの若者たちとともに目もくらむような滝のうえにいる。心配する理由はなにもなかった。急流下りには熟練したインストラクターがついているし、ヴァランティーヌは運動神経がいい。それでもクロチルドは、嫌な予感がしてならなかった。不可解な出来事が次々に起きているせいだわ、と彼女は思った。なにか奇妙な緊張感がのしかかっているからだ。フランクはガレリア沖へ、ダイビングをしに出かけた。彼の意見も、まんざら間違いではないのかもしれない。くよくよ考えていないで、前に進まねば。

彼女はピンク色の砂利道を歩いて、A31番トレーラーハウスにむかった。そこはキャンプ場でも、もっとも手入れがいいと評判だった。敷地の所有者は、屋根にソーラーパネルまで設置していた。浄水器や小さな風力タービンもある。風力タービンは、ドイツ国旗のすぐ脇の旗竿に取りつけてあった。

A31番トレーラーハウスの主ヤコプ・シュライバーは、ユープロクト・キャンプ場の最古参の客だった。初めて彼が妻とここを訪れたのは、六〇年代の初頭だった。それぞれリュックサックを背負い、バイクに二人乗りしてやって来た。七〇年代になると、アウディ100に三人用カナディアンテントを積んで再びあらわれた。息子のヘルマンは、まだ生後三か月にもなっていなかった。やがて一家は毎年来るようになった。一九七七年に初めてトレーラーハウス用の敷地A31番を借り、八一年にそこを買い取った。思えばそれが最良の時期だった。ヤコプはわずかな土地に庭を作り、ベランダを設えた。九〇年代からは、歴史を逆方向にたどっていくことになる。十九歳になったヘルマンがレーヴァークーゼンのアパルトマンに留まって夏の二か月間はバイエル社で研修をするようになると、ヤコプとアンケは再び二人でバカンスをすごすことになった。アンケが亡くなってからも、ヤコプはひとりでユープロクトに来続け、年に三か月以上をすごすようになった。

村の歴史に精通した古老や、企業の資料室を管理する整理係のように、彼はキャンプ場の昔の写真をきちんと保管していた。

一九六一年から、六十回近い夏の写真を。

ヤコプはとりわけよく撮れた写真を、キャンプ場の経営者に提供した。それらの写真は受付やバー、つる棚の下などに貼り出してある。多くはモノクロだった。昔風のビキニ、ビーチで踊るベルボトムのズボン姿の若者、一九六二年から二〇一四年までのサッカー仏独戦、子供の笑顔、巨大なバーベキューセット……ヤコプ・シュライバーはカメラ好きで、とても凝り性だった。時とともに、彼はほとんど無言の証人となった。

ヤコプ・シュライバーはやけに馬鹿丁寧に、クロチルドをなかに入れた。トレーラーハウスの壁は、何百枚もの写真でごちゃごちゃに埋め尽くされていた。きちんと整理もされていないようだ。クロチルドはさっそく見てまわり、目ざす年の写真を探したいのをぐっとこらえた。礼儀はわきまえねば。

「シュライバーさん、写真を見たいんですけど。一九八九年夏の写真をすべて」

「あなたのご両親とお兄さんが、事故で亡くなった年ですね」

ヤコプはドイツ語訛りで話した。ラジオの声に負けないくらいの大声だった。かかっているのは、ドイツの局の番組だった。音楽はまったく流れず、司会者の単調な話だけが続いている。

「なるほど、わかりました」

彼はそう言いながら携帯電話に飛びつき、画面をタップした。それが三十秒以上も続くものだから、クロチルドは無礼を承知で、目あての写真を自分で壁から探そうかと思った。彼女が立ちあがりかけたとき、ヤコプが言った。

「すみません、イドリッシさん、わたしは妻を亡くし、仕事もやめた老人にすぎないが、いまだ子供じみた趣味がありましてね。《クイズ　自宅でミリオネア》というのをご存じですか?」

クロチルドは首を横にふった。

「テレビのクイズ番組と同じようなものですが、そのラジオ版でしてね。まずは電話で登録して、アプリケーションをダウンロードします。そして司会者が出した問題に、三秒以内で答えるんです。それなら、ネットで解答を検索する暇はありません。A、B、C、Dどれかを選択し、正解ならば次にすすめます。最後の三問だけは、選択問題ではありません」

「全問正解すると、本当に大金がもらえるんですか?」

「ええ、まあ。スポンサーから出るんです。ドイツでは大人気の番組で、何十万人という登録者がいます。わたしは第十問までしか進んだことはありませんが、ドイツ人の大半がそんなもんでしょう」

「今回は?」

「今、九問目です。十二問目までが、第二ステージです。でも、時間はありますよ。次の問題が出るのは、十五分後ですから。それまではずっと、コマーシャルが続くんです。そうそう、一九八九年の夏でしたよね?」

ヤコプは立ちあがった。七十を超えているはずだが、まだ足は達者らしい。彼は隣の部屋に入った。

「ヘルマンの部屋でしたが、九〇年代からは写真スタジオに改装しました」

番号をふった何十個もの資料ケースが、棚に整然と並んでいた。

六一年夏。

六二年夏。

そんな具合に、二〇一五年まで続いている。最後の数年分は、複数のファイルに保存されていた。

「年間、数百枚の写真を撮りますからね」とヤコプは説明した。「とりわけ、デジタルカメラになってからは。以前も、毎年ひと夏でフィルムを数十個、使い切っていましたよ。さて、八九年はと……」

ヤコプはスツールにのぼって資料ケースを引っ張り出し、クロチルドをふり返った。

「もしご両親が事故死ではなく殺されたのだったら、犯人の顔が写っている写真があるかもしれないですな」

本気で言ってるんだわ、とクロチルドは初め思ったが、老ドイツ人は笑ってこう続けた。

「だとしたらわたしは、邪魔な証人として消されるかも……でもあなたは、単なるノスタルジーからいらしたんでしょう。ときおりいるんですよ、昔ここに来たことがあるんだけれど、古い写真を見せてくれって言うひとが。結婚式だか誕生祝いだかに使いたいからと」

ヤコプは再び携帯電話に目をやった。強迫観念に追い立てられているかのように。というのもラジオからは、まだジングルとドイツ語のアナウンスが流れ続けているのだから。やがて彼はダンボール箱をあけた。

ヤコプは死ぬんじゃないか、とクロチルドは一瞬思った。わたしの目の前で、心臓発作に襲われて。

＊

ヴァランティーヌは虚空に身を投げる順番を待っていた。難しいことはなさそうだ。まずは最初の七メートル、懸垂下降をし、滝の途中にある小さい平らな張り出し部分で宙づりになったまま、大きく息を吸って鼻をつまみ飛びこむ。下の滝つぼはゾイキュ峡谷最大の天然のプールで、インストラクターの話では深さ三メートルだという。

ニルスとクララはもう飛びこんだ。ヴァランティーヌの前に残っているのは、タイールだけだ。

ヴァランティーヌは知る由もなかった。知らなくてよかったのかもしれない。

ヴァランティーヌは知る由もなかった。体を支えるザイルにつないだハーネスを留めるカラビナが、今にもはずれそうなのを。少しでも無理な動きをしたら、カラビナがはずれて安全装具が機能しないということを。

ヴァランティーヌはぞくぞくしながら虚空を見つめた。興奮のあまり、不安を感じる余地はなかった。張り出し部分から、タイールが滝つぼめがけて飛びこんだところだった。彼の叫び声は、獣の咆哮《ほうこう》のようだった。だから彼が水面に顔を出したとき、みんな大声でどっと笑った。

ヴァランティーヌは幸福感に包まれ、いっきにアドレナリンが分泌された。

ヴァランティーヌは知る由もなかった。出発の数分前に渡された装具に、細工がされていたことを。

彼女の番が来た。

急流下りのインストラクター、ジェロームがヴァランティーヌの手を取り、彼女の体にザイルをかけながら虚空へと誘《いざな》った。

*

資料ケースは空っぽだった。

八九年夏の資料ケースは。

ファイルはぺちゃんこだ。

一枚の写真も、ネガもない。

「こっ、これはどうしたことだ」ヤコプは口ごもった。

彼はダンボール箱のなかをまさぐり、二重底になっていないか確かめた。そのさまはほとんど滑稽だった。もう一度スツールにのぼり、両隣の資料ボックスを引き出して、うしろに落ちていないか調べたけれど、やはりなにも見つからない。

それでもヤコブはあきらめず、糞《シヤイセ》とか畜生《フエアダムテ》とか言いながら隣の箱をあけた。八九年のファイルが空だっただけで、彼にはきれいに並べられた人生すべてが引っ掻きまわされたも同じだった。ほかの資料ケースもすべて、今にも中身が飛んでいってしまうのではないか？　ドミノ倒しが続いていくように。クロチルドは何と声をかけたものか、困ってしまった。もういいじゃないですか。あなたの整理が悪かったせいじゃないわ。何者かがここから、盗んでいったのよ。幽霊がここに忍びこんだんだわ。

金庫に入っていた財布が消えたのも、母親から届いた手紙も、朝食の支度も、みんな幽霊のしわざなんだわ。

「わけがわからん」とヤコブは何度も繰り返した。

ラジオのジングルが、ようやく彼を隘路《あいろ》から引っ張り出した。《クイズ　自宅でミリオネア》の司会者がしゃべり出した。

第十問、
ヤコブは突然、凍りついた。司会者が現実離れした声で何やら問題を出し、それから素早く選択肢を並べた。
A　ゲーテ、B　マン、C　カフカ、D　ムージル。
1《アイン》、2《ツヴァイ》、3《ドライ》……

ヤコブの携帯電話が電子音を発した。

「そう《ヤー》、答え《アントヴォルト》はB。ダヴォスのサナトリウムにいたのは、トーマス・マンだけだ。間違いない」

彼はひととき、幸福感に包まれたが、足もとのダンボール箱を見て悲しい現実に引き戻された。

「イドリッシさん、わたしはおかしくなったのかもしれん。わたしは日々、これらの資料を整理して、なかの一枚を見せて欲しいと頼まれたら……」

「お気になさらないでください、シュライバーさん。あなたがおっしゃったように、ただのノスタルジーですから」

「きっとどうかしてしまったんだ。でも、ごらんのとおり、わたしはちゃんと取ってあるんです、このいまいましい《フェアダムテ》写真の山を」

ラジオから、答え《アントヴォルト》はB、トーマス・マンと告げる司会者の声がして、えんえんと続くコマーシャルのトンネルにまた入った。

クロチルドは立ちあがった。

またしても袋小路にはまってしまった。あとはマリア＝クジャーラとカサニュお祖父ちゃんから話を聞くだけだ。もう一度セザルー・ガルシア軍曹のところにも行って、いろいろたずねたほうがいいかもしれない。彼の娘のオーレリアとも話してみようか。

ピッピ！

今度はクロチルドの携帯電話が電子音を発した。

ナタルだ。

彼女は恋人と話しているところを見られた少女みたいに耳まで真っ赤になりながら、携帯電話の電源を切った。あとにしよう。メッセージを読むのはあとだ。海豹洞窟に隠れて、そっと読むのも悪くないわ。

「本当に、お気になさらないでください、シュライバーさん」

ドイツ人の老人は、薄くなった白髪頭を掻いた。

「お急ぎでなければ、お探しの写真をクラウドから見つけることもできますが」

「クラウド?」

「ええ、言うなれば、ネット上の命綱ですね。一九六一年から撮りためた写真を何年もかけてスキャンし、ヴァーチャルなトーチカに保管してあるんです。想像してみてください。この別荘《ラントハウス》が火事で焼けるか、嵐で吹き飛ばされるかしたら、どうなるでしょう? でもクラウド上のファイルに保管しておけば、永遠に無事です。永代供養墓地みたいにね。Wi-Fiに接続できる環境と、USBメモリーが要りますが、なんとかなると思いますよ」

クロチルドはパソコンに詳しくなかったが、キャンプ場をうろつく姿なき幽霊が雲《クラウド》のなかにまで忍びこんで、天使たちが守っているファイルを盗み出すのは難しいらしい。

希望が湧いてきたわ。

「わたしのノートパソコンを、受付に持っていかねばなりませんがね」とヤコブは続けた。

「接続状態がいちばんいいのは、あそこですから。今夜、使わせてもらえるよう、セルヴォーヌ・スピネロに頼んでみます。プリンターはここにあります。順調に行けば、明日の朝に写真をお渡しできるでしょう。それでよろしいですか？」

　クロチルドは彼の首に飛びつきたいくらいだった。

けれどもじっとこらえたのは、ラジオがおかしなジングルを流し続けていたからだった。司会者がそろそろ次の出題にかかるころだわ。それを口実に、お暇《いとま》すればいい。

そうしたら急いで携帯電話の電源を入れ、洞窟まで走ってメッセージを読もう。

　ラジオから、初めて音楽が流れた。

「お茶でもどうですか、イドリッシさん」

＊

　インストラクターのジェロームは、ヴァランティーヌが降りていくのを見守っていた。彼女の体に懸垂下降用のザイルを巻きつけ、十センチごとに小さく引っぱってたるみを直した。いつもどおりの安全確認だ。ヴァランティーヌ、問題なし。

　きれいな女の子だ。怖がっているようすはない。

　彼女が下降するのを、ジェロームは目で追った。あと五メートルで張り出し部分に着く。そうしたらザイルをはずし、滝つぼに飛びこむ。習ったとおり、体を棒のようにまっすぐ硬くさせ、まず足の先から水のなかに入っていく。衝撃で背中やうなじを痛めないように。

　ヴァランティーヌはほんとうにきれいだ。

ジェロームはほんの一瞬、注意がそれてしまった。それがもっと長かったとしても、なにも違いはなかっただろうけれど。

最初、彼はザイルが緩んだような気がした。ザイルの先から、重みが消えてしまったようなｏと同時に、ザイルが虚空に垂れ下がるのが見えた。逃げ出した大きな蛇のように。

ヴァランティーヌの体が落ちるのが見える。

棒のようにではなく、体を丸めて頭を下にし、転がる石のように。

29

一九八九年八月十九日土曜日　バカンス十三日目　悪戯好きの妖精《スマーフ》のような青空

時刻　午前零時きっかり
場所　ユープロクト・キャンプ場、アルガ海岸、両親の目が届かないところ
議題　一九八九年八月二十三日の陰謀計画
参加者　首謀者に指名されたもの全員

気をつけて、見えない告白相手さん。これは極秘計画なんだから。あなたのことは信頼しているから、なにもかも打ち明けるね。でも、ほかの誰にも知られないように。

誓ってくれた？

ならいいわ。あなたがこの日記を読むのは、どうせ一九八九年八月二十三日よりあとでしょうけど。でも二十一世紀になってたら、タイムマシンができてるかも。あなたが一九八九年八月、陰謀の数日前にやって来て、邪魔をしないとも限らないし……

安心して。これは生死に関わる計画じゃないから。

一味のボスはニコラ。そう、わたしの兄。ポーカーフェイスのニコ。両親やほかの大人たち、女の子たちの前でいつも優しくふるまってるけど、小細工を考え出すのはいつも彼。黒幕、策謀家、実行者。みんな彼。

要するに、ニコラは聖女ローザの晩にむけて計画を練ってるってこと。とても難しいけれど、完璧な作戦。ラス・ヴェガスでもっとも大きなカジノを襲撃するリハーサルみたいに、タイミングを計算しつくして。

午後七時から……

アルカニュ牧場のカサニュお祖父ちゃん、リザベッタお祖母ちゃんの家で、両親、いとこたち、近所のひとたちと食前酒《アペリテイフ》。

午後八時から九時まで……

両親はレストラン《カーサ・ディ・ステラ》へ夕食に出かけ、泊まってくる。愛の一夜をすごして、翌朝は遅くまで目覚めないはず。

午後九時から……

ルヴェラタ湾に暮らすほとんどすべてのコルシカ人、とりわけアルカニュ牧場で飲み食いしていた者たちは、雑木林《マキ》のなかのサンタ・リュシア礼拝堂で行われる多声合唱コンサートへ出かける。礼拝堂の大きさからして、椅子に腰かけ《ア・フィレッタ》の歌声を聴きたければ、遅れずに出発したほうがいい。

午後九時のあとは、ひと言で言うと自由
フリーダム！
フライハイト！
リベルタード！
リベルタ！

ここが親の監視なしにバカンスを楽しめる唯一の時間帯ってことだ、とニコはマフィアの一員みたいな口調で言った。このチャンスをふいにする手はないぞ。大人たちがむこうをむいたらすぐに、近くでいちばん大きなディスコ《ラ・カマルグ》に繰り出そうっていうのがニコの計画だった。カルヴィの先、松林にむかう街道沿いだ。そこでニコは、じっくりと計画を練った。あとは『ミッション：インポッシブル』よろしく、作戦部隊を編成するだけ。パパのフエゴに乗りこむほかのメンバーを選ぶだけ。

哀れな愚か者たちを。

ギャング映画だったら、お馴染みの展開が待っている。ボスの狙いは仲間を手玉に取ること。秘密作戦の裏には、もうひとつ別の秘密作戦が隠されているんだって、みんな気づいていない。ニコラの目的はニキビ面四人で《ラ・カマルグ》へ行き、ダンスフロアで体をくねらせることじゃない。ディスコにも、甘ったるいランバダ・パーティーにも興味がない。ニコが本当に追っているお宝、その晩盗もうとしているダイヤモンド、それはマリア＝クジャーラの超ビキニの下に秘められているもの。

八月二十三日、運命の夜。計画を実行に移す晩。大抽選会一等賞を勝ち得るとき。

彼にはわかっていた。

彼女にもわかっていた。

二人ともわかっていた。

それが彼らの秘密作戦だった。

聖女ローザの秘密。ニコラはいつだって、パパの真似ばかりしてる。

わたしはどうするのかって？

お気づかい、ありがとう、未来の読者さん……あなただけだよ。

わたしは？　わたしは、わたしは？

いつもどおり……

無言の証人役に甘んじる。ひと晩じゅう、黙ってただ反芻するだけの女の子に。でも明日は夜明けとともに起き、口達者な男についていこう。イルカといっしょに泳げると彼は言っていた。その言葉を信じて。すべてを知っているのに、なにも言わない目撃者っていうのが、映画のなかにも出てくるじゃない。好奇心が強すぎて、殺されてしまうような。

わたしは十五歳。

まだちびだから、いっしょに連れていってもらえない。ニコにきっぱりそう言われた。

まったく嫌なやつ……

いっそ二十三日の晩になる直前に、捕まっちまえばいい。

＊　＊　＊

彼はノートを閉じて立ちあがった。

注意をそらさないようにしなければ。少しずつ、クロチルドは真実に近づいている。

もう観察しているだけではすまない。行動しなければ。

行動だ。

黙らせるのだ。

30

二〇一六年八月十九日　午後六時

これでもう五回目、クロチルドはなかなかつながらない病院に電話した。

「出て。お願いだから出てちょうだい」

彼女は目に涙を溜め、オリーブの木に寄りかかっていた。背中はこすれて痛いし、心臓は今にも破裂しそうだ。自動応答アナウンスに毒づき、1、2、#、*と押し、別の課につながってわけのわからない看護師を怒鳴りつけ、受付にまわされる。そんなことが、もう十分以上も続いている。

ツルルル……ツルルル……

「娘はどうなってんの……」

オペレーターに待たされているあいだに、割り込み通話が入った。

フランクだ。やっとかけてきた。

「フランク？　今、どこなの？」

夫は高名な外科医がにきびの治療を頼まれたみたいに、蔑んだように答えた。

「カルヴィの病院だ。ヴァランティーヌといっしょにいる」

「ヴァルの具合は？」

さっさと答えなさいよ。

「セルヴォーヌ・スピネロもいっしょだ。彼がキャンプ場のトゥアレグ四駆で、ヴァルを病院まで運んでくれた。セルヴォーヌは一時間近くもきみに電話してたけど、何度かけても留守電のメッセージボックスにつながってしまったそうだ。クロ、どうして電源を切ってたんだ。無責任だぞ。ヴァランティーヌを放って、どこに行ってたんだ？」

あのあとヤコプ・シュライバーと一時間ほど話が続き、携帯電話の電源を切ったのを忘れていた。彼が息子の自慢話をえんえん続けるので、辞去するタイミングがつかめなかったのだ。ひとつ目巨人《キュクロプス》のヘルマンはバイエルンの子会社ヘルスケアAGの技術者となり、オペラ歌手の女性と結婚し、ブロンドの髪をした三人の子供がいる。金髪はヴィルヘルム二世時代以来の、シュライバー家の伝統なのだそうだ。クロチルドは帰る前に、ヘルマンの携帯番号も訊いておいた。彼も八九年の夏を知る証人のひとりだ。

「どこに行ってたんだ？」とフランクは繰り返した。

しっかりしなさい。ここでくじけちゃだめ。フランクだってずっと、電話がつながらなかったじゃないの。どこにいたのか、わかったもんじゃないわ。セルヴォーヌなんかに、面倒をかけることになって。クロチルドは静かな声でもう一度たずねた。

「ヴァランティーヌの具合は？」

こっちの声など、フランクの耳には入っていないらしい。けれども彼は、クロチルドの心の内を読んだかのように言った。

「よかったよ、セルヴォーヌがぼくに知らせてくれて。彼はまずダイビングクラブの電話番号にかけ、そこから船上のインストラクターに話が行って、ぼくは海底から引きあげられた。船はすぐさまガレリアに引き返した。ほかに十五人もいた客もいっしょにだぞ。みんなこのダイビングのために、大金を払っているのに。ぼくは大急ぎで病院に駆けつけた。ヴァランティーヌが転落したとき、ぼくは海底十メートルのところにいたんだ、クロ。きみはキャンプ場にいたのに、病院に行ったのはぼくのほうじゃないか」

あれこれ御託を並べなくていいから、ひとつだけ答えてちょうだい。こんどはクロチルドも声を荒らげた。

「それで、ヴァルの具合は？」

「今になって、ようやくあの子の心配か？」

皮肉っぽいフランクの口調は硫酸の滴のように、クロチルドの胸に滴り落ちた。

いいかげんにしてよ。ともかく、ヴァルの具合を教えて。

「フランク、お願い」クロチルドは懇願するように言った。

もう、いいでしょ。欲しいものは手に入れたんだから。わたしがすすり泣く声を聞いたんだから。だから、答えて。

「無事だよ」ようやくフランクは譲歩した。「肘と足の裏に打撲傷を負っただけだ。インストラクターのジェロームはべた褒めだったよ。ヴァルはあわてず、ほんの数秒で棒の姿勢に戻ることができたって。十メートルも落下したのに、ほとんどかすり傷ひとつなかった。才能があるそうだ。あんなにうまく対処できる女の子は、ほとんどいないだろう。男でも難しいってね。すばらしい娘だよ。美人で、気丈で、分別もある」

それくらいにしなさい、フランク。言いたいことは、わかったわ。あなたの愛娘《まなむすめ》は非の打ち所なし。だから母親も、あの子につべこべ言わないことっていうんでしょ。

「いつ戻ってくるの」

「すぐは無理そうだ。少し休ませたほうがいいって、医者は言っている。記入しなくちゃならない書類も、山ほどあるし。一歩間違えば一大事だったんだぞ、クロ。本当に大変なことになってたかもしれないんだ……わかってるのか」

まったく……嫌なやつ！

＊

シャワーから戻ったクロチルドは、バンガローの前にパサートが停まっているのに気づいた。もう午後八時近かった。彼女が歩を速めると、ヴァランティーヌは立ち止まった。クロチルドはなにも考えず、娘を腕に抱いた。彼女の顔は、背の高いヴァルのちょうど首くらいのところにあった。それでもクロチルドは、小さな娘に言うように繰り返した。

「かわいそうに、怖かったでしょ。よかったわ、大した怪我《けが》じゃなくて」

ヴァランティーヌのほうは、むしろ当惑気味だった。

「体がびしょ濡れじゃない、ママ」

クロチルドはようやく娘から離れた。体に巻いていたタオルが、ヴァルのアディダスのTシャツを濡らした。悪気はなにもないけれど。

「着替えてくるから」

ヴァランティーヌは二分もしないうちに戻ってきた。Tシャツを蛍光グリーンの上着に、膝のうえで切ったジョギングパンツをミニスカートに替えていた。髪を無造作にまとめ、唇と目に化粧をしている。

「友達のところへ行ってくる」

危うく死にかけたっていうのに、まるで気にしていないようだ。彼女にとって死とは、ただの老女にすぎないのだろう。すれ違ったら丁寧におじぎをして、二度と会わない老女。十五歳のとき、ひとは誰でも不死身だ。

「誰、友達って?」

「タイール、ニルス、それにジュスタン。身分証も必要?」

クロチルドはなにも答えなかった。なんだかまた、嫌な予感がした。まわりに危険がうろついているような気がしてならない。

フランクはピエトラ・ビールをあけた。病院ですごした数時間で、げっそりやつれてしまったようだ。けれどもクロチルドは、心から同情することができなかった。電話のことでちくちくと嫌味を言われたのが、まだ胸にわだかまっていた。よく考えれば、娘を心配するのはなにもフランクだけの専売特許じゃないわ。ヴァルの事故を知ったとき、わたしだって彼に劣らず心臓が飛び出しそうだったのよ。わたしだって同じくらい、心配でたまらなかった。クロチルドはまだ、気持ちが収まらなかった。フランクときたら、どういうつもりなんだろう？

フランクはスマホの《キャンディークラッシュ》ゲームで、緑、赤、青のキャンディを並べながら、気のないようすでクロチルドの質問に答えた。一日の仕事が終わって、もうくたくただとでもいうように。

そう、カラビナが緩んでたんだ。いや、どうしてかはわからない。たしかに装具は古かったけど、点検のときにはなにも気づかなかったようだ。急流下りのインストラクターが悪いんじゃない。そうじゃないと思うな。彼らは心底申しわけながっていたけど、あり得ないことじゃないさ。いや、あんまり騒ぎ立てないほうがいいだろう。訴えを起こしたりとかはね。ああ、すべて丸く収まったんだ。もうこの話はやめにして、いい夜をすごそう。

フランクに言われた言葉が、まだクロチルドの脳裏に響いていた。

無責任だぞ。ヴァランティーヌを放って、どこに行ってたんだ？

今夜のフランクは投げたナイフが刺さったままでも、おかまいなしだ。興奮が収まったあとも、謝罪の言葉はなかった。彼女は涙を抑えた。昔、なにかの本で読んだ言葉を思い出した。恋人の前で泣く女は、望むものをすべて得るだろう。けれども男の愛が冷めていたら、疎ましがられるだけだ。

クロチルドはしばらくためらっていたが、思いきってこう言った。

「事故だっていうのは、間違いないのかしら？」

フランクは三つ並んだキャンディが、いっきに飛び散るのを眺めた。そして顔をちらりとこちらにむけた。その一瞬で声から目つきから、彼の態度が一変した。疲れきっていたはずなのに、やけに攻撃的だ。

「何が言いたいんだ？」

「別に……ただ、偶然が重なるって思っただけ。ヴァルの転落、緩んでいたカラビナ。六日前には、わたしの身分証が盗まれたり……今朝の、朝食のこともあるわ」

「いいかげんにしろ」

フランクは携帯電話を力いっぱいキャンプテーブルに置いた。土にめりこんだプラスチックの脚が揺れて、砂埃が立つほどだった。

「いいかげんにしろ。娘が死にかけたんだぞ。しっかり現実を見ろ。昔の話を蒸し返して、たわごとを並べるのはよすんだ。過去を掘り返す手紙だとか、再会した昔の友達だとか。そんな馬鹿騒ぎ、もうやめだ。さもないと、こっちの身が持たない」

フランクが立ちあがったひょうしに、プラスチックの椅子が揺れた。

彼には珍しく、とても苛立っているようだ。神経が限界に来ているのだろう。娘が死んだかもしれない、一生寝たきりになるかもしれないと思ったのだから無理もない。

わたしも同じショック状態に陥っているべきだってこと？

わたしはひどい母親だって言いたいの？

フランクは携帯電話をつかんでポケットに入れると、立ち去りかけた。

「あともうひと言。シャワーに行くときは、携帯電話をベッドに忘れないほうがいいぞ」

なんてやつ！

クロチルドはすぐに、ナタルから来たメールのことを思った。ヴァランティーヌの無事を確認したあと、彼と何通かメッセージのやりとりをしてからシャワーへ行ったのだ。明日、ナタルと会うことになっていた。幽霊をお茶に誘ったんでね、と彼は送ってきた。でも幽霊は、リディア・ディーツとしか話をしたがらないだろ。メールの文面は、読まれて困るようなものではない。けれどもフランクは勘がいいので、ひとつひとつの文に言外の意味があるのを察したのだろう。

わたしだって、もう冷静ではいられないわ。神経がぶち切れそうよ。

「携帯電話をベッドに忘れたですって？　じゃあ、なかを覗いたの？」

「どうして？　見られて困ることでもあるのか？」

彼がそこまでするだろうか？

フランクは闇のなかに三歩踏み出した。

「バーでポーカーの会をするそうだ。何人か常連がいるらしい。セルヴォーヌに誘われたので、行ってくる」

暗闇のなかに姿を消す前に、フランクはふり返った。

「もう一度言うけれど、クロチルド、たのむから忘れろ。娘のこと、夫のことを考えてくれ。今日を大事にするんだ。ほかはすべて忘れて」

31

一九八九年八月二十日日曜日　バカンス十四日目　深海のような青空

口達者な男。男はみんな口達者だけど。

詐欺、出まかせよ。ただの思いつき。

わたしを罠にはめるための。

そしてアリオン号は揺れ続け、ナタルは話し続ける。イルカやその仲間のことになると、彼はとどまるところを知らなかった。シロイルカ、ネズミイルカ、イッカク。地中海のあらゆる鯨類について。彼らが棲む自然環境、決して伝説ではない知能や学習能力の高さについて。イルカをどうやって見つけるのか、ナタルは湧昇流《アップウエリング》なんていう耳慣れない言葉を使って説明してた。これは深海の水を海面に押しあげる流れのことで、いっしょに海底の養分がうえに運ばれるんだって。そういう場所に、イルカは集まってくるわけ。海流はしょっちゅう変わるけれど、イルカはとても賢くて、ちゃんと察知できるの。それはナタルも同じね。しかもうまいぐあいに、とりわけ大きなリグロ＝プロヴァンサル海流が、ルヴェラタ沖十キロ以内のところを流れていると、彼は言っていた。

こんな話、誰が鵜《う》のみにできる？

ともかく、わたしには無理。信じる女の子はいるでしょうよ。イルカの群れのなかに潜れるって、本気で思う子もきっといるはず。ハローキティの服を着て、ミニーマウスの帽子をかぶり、ビキニのバービー人形を抱えてるような女の子が。でも、わたしは違う。いくら彼が海賊の目、冒険家の肉体、略奪者の微笑みをしてるからって、わたしは騙されない。それに彼、服を着がえろって言ったのよ。せっかく馴れてきたイルカが、怖がるからって。でも、わたしがそう簡単にいつものスタイルを変えるような人間じゃないって、彼にもわかったはず。わたし、ブラックジーンズに『ジョーズ』のTシャツ、シャークのキャップというかっこうで行ってやったから。イルカより鮫《さめ》を引っかけるのにぴったりね。

こうして彼の聖域に到着した。頬にあたる風はいちだんと強く、縦揺れも激しかった。背後に見えるルヴェラタ灯台は、まるで浮島に立てた爪楊枝《つまようじ》だった。ナタルはアリオン号のエンジンを切り、祈りの文句を唱え始めた。というか、祈りらしきものを。わたしも知っている祈りだった。

ひとたびそこに、静寂のなかに入ったら、いつまでもい続けなくては。
人魚のために死のう
人魚のそばで永久にすごそうと決めたとき

彼女たちはきみのほうへとやって来て、その愛を確かめる。

わたしはその続きをすらすらと言った。ナタルは驚いた顔をした。

もしその愛が本物なら
もしそれが純粋なら
もし人魚たちがきみを気に入ったら

最後のひと言はナタルにまかせた。

人魚たちはきみを永遠に連れ去るだろう。（原注　リュック・ベッソン監督による映画『グラン・ブルー』のせりふの一節。）

あなたに想像できるかしら。でもすごいことじゃない、大海原の真ん中で、こんなふうに

『グラン・ブルー』のせりふを暗唱するなんて。

ナタルは煙草に火をつけたけど、わたしにはすすめなかった。彼にとってわたしは小さな女の子なんだって、またしても思い知らされた。

「それほど待たなくても大丈夫」と彼はぷかぷか煙を吐きながら言った。「『星の王子さま』の話は知ってるだろ？　キツネを飼いならすとき、いちばん大事なことは何だったか覚えて

いるかい？」

「………」

「毎日、同じ時間に来ることだ。心の準備ができるようにね。そういうことさ、王女様。飼いならそうとするなら、イルカもキツネとおんなじだ。彼らも心の準備をして、いつも同じ時間にやって来る。ほら……」

彼はそう言って、ゆっくりと左を指さした。

わたしはなにも見えなかった。適当なことを言って、騙そうっていうんでしょ。彼はわたしの手を取り、目指す方向にむけた。

「あそこだ……そのまま動かないで……」

いた……わたしにも見えた。

そう、今、あなたに話しているのと同じように、今、あなたにこの話をしている瞬間、ペンとノートのページが見えているのと同じように、見たの、見えたの！

四頭のイルカが。二頭は大きくて、二頭は小さめだった。見えたのはひれの先だけだったけど。泳いで、飛びあがって、潜って、またあらわれてはまた潜るのを。

そして、わたしは泣いた。

嘘じゃない。わたしは馬鹿みたいに、涙が止まらなかった。そのあいだにも、ナタルは彼らに話しかけ、魚を投げ与えている。わたしは涙を隠そうとするかのように目をこすり、落ちたマスカラで真っ黒になった指を見つめた。

「腹ペコかい、オロファン？　愛する奥さんと子供たちにも、残しておいてやれよ。さあ、イドリル、受け取れ。ガルドールとタティエ、もうちょっとむこうへ」

嘘じゃない。四頭のイルカが、ほんの三メートルのところにいたの。小さな鳴き声をあげながら。マリンランドだとかなんとか、そんなところに来てるんじゃない。ここは彼らの棲み処で、ほかには誰もいない。イルカたちがすぐ目の前で、冷凍した魚をバケツにもういっぱい欲しいとせがんでた。

「いっしょに泳いでみる？」

わたしは黒い染みに覆われた目で、呆気にとられて彼を見つめた。

「いいの？」

「もちろん。泳げるならね」

泳げるかだって？

わたしは暑苦しいブラックジーンズと、『ジョーズ』のTシャツをさっさと脱いだ。ナタルはビキニ姿のわたしを見て、思わずにっこりした。いやらしい感じは、ぜんぜんしなかったわ。むしろ、娘を見る父親のようだった。気づいたら、娘がパジャマの下にお姫様のかっこうをしてたとでもいうような。

インディゴブルーに輝くビキニは、サファイア色のスパンコールと、真珠で飾られた小さな花模様があしらってあった。でもナタルがそれに目を凝らす間もなく、わたしは海に飛びこんだ。

この手で触れたの。特に子供のほう、ガルドールとタティエに。信じられないって？　いいでしょう。でも、わたしはたしかに体験した。ひれに触れ、すべすべした皮膚に手のひらをあて、微かにたわむのを感じ取ろうとした。海の底を覗きこむと、彼らは十メートル下で尻尾をふりながら泳いでいた。そしてまた、いっきに浮かびあがってくるのも見えた。彼らはわたしの脇をかすめて飛びあがり、飛沫《しぶき》を掛け合った。夢じゃないから、未来の読者さん。それは夢以上のもの……あらゆる経験を越えたもの。

わたしはイルカと泳いだ。

「こっちへ」とナタルがエンジンをかけながら言った。「きみに見せたいものがある」

＊＊＊

太陽がC通路のバンガローのうしろに沈んだばかりだった。

彼はノートを閉じ、バーのうえに貼った六一年夏の写真を眺めた。そろそろ決着をつけるとき、きっぱり過去を黙らせるときだ。過去の足跡を集め、薪《まき》のように積みあげて燃やすとき、その灰を撒くときだ。

あたかも初めから、過去が存在しなかったかのように。

32

二〇一六年八月十九日　午後八時

「はい、ビールです、ヘル・シュライバー」

ユープロクト・キャンプ場のバーで若いウェイターのマルコは、そう言ってヤコプにビットブルガーを出した。いつも前もって、ビールの冷え具合は確認している。支配人はキャンプ場の最古参客のためだけに、毎夏、ビットブルガーを八パック注文した。まるでビスマルク時代にまで遡る、大事な特権であるかのように。

「ありがとう《ダンケ》」

　ドイツ人はパソコンから目もあげずに言った。シュライバーはマルコにとって、耐え難い客そのものだった。自分は一目置かれるべき人間だと思いこんでいる客、相手を少し見下したように笑い、いちいちなぜ、どのようにと説明せずにおれない客。そして、昔はよかったと言う客だ。昔のウェイター、昔のエスプレッソ、昔のバイク、昔の地中海……ヤコプ・シュライバーにもひとつだけ認めねばならない美点があるとすれば、それは七十を超えた今でも若者のようなエネルギーと好奇心を失っていないところだろう。そうして彼は滔々《とうとう》と語るのだった。ステンレスボールよりカーボン製ペタンクボールのほうが、デジタルカメラより銀板写真のほうが、量産ビールよりクラフトビールのほうが、いかにすぐれているかを。

彼がキャンプ場ですごす毎日は、サッカードイツ代表の４－４－２フォーメーションのように厳格に定められている。午前中はペタンクを一ゲーム、午後は写真を十枚から二十枚、夜はビールを三百三十ミリリットル。これが変わらぬ健康法。

きっと彼はうんざりするような夏を、あとまだ二十回は送るだろうと思うほどだ。

隣の部屋で客がしているポーカーのゲームに、加わるようなタイプではない。

けれどもその晩、ヤコプは、パソコンの画面を前に苛立っていた。彼の歳になると、不測の事態になかなか対応しきれない。**六十七パーセントのファイルがコピー完了**と書かれた灰色のバーが、ゆっくりと蛍光グリーンに変わっていった。パソコンの画面に、ファイルが高速で表示される。『デリック』（訳注　一九七四年から一九九八年まで続いたドイツのテレビドラマ・シリーズ）一回分と同じくらいの場面が、オープニングタイトルのところで次々に映し出される最近の連続ミステリドラマのように。それでもヤコプには、まだ遅いくらいだった。八九年夏の写真すべてだと、３００ｄｐｉで保存した約八百枚の写真をクラウドからダウンロードしなければならない計算だった。古いノートパソコンが力不足なのか、ユープロクト・キャンプ場のＷｉ－Ｆｉに問題があるのか、なかなか順調に進まない。

ダウンロード完了まで残り十一分、と画面に出ているが、そんなものインチキ広告か、ちっとも進まない行列や渋滞している車列の待ち時間表示みたいなものだ。けれども腕時計の秒針は、刻々と時を刻んでいく。

九時十二分。

《クイズ　自宅でミリオネア》、今日最後の出題まで、あと三十分もないだろう。

七十三パーセントのファイルがコピー完了。

彼はいらいらして待ちながら目をあげ、バーの壁に貼ってある五枚のポスターと、スピネロ父子に提供した五枚の写真を眺めた。写真の代わりに求めたのは、お気に入りのビールとブレッツェル、それにラインラントから直接取り寄せたクナックヴルスト・ソーセージを出してもらう特権だけだった。

一九六一年、七一年、八一年、九一年、二〇〇一年夏の写真。

われながらいい写真だと、彼は自画自賛していた。時の流れがひと目でわかる場面を切り取った五枚の写真。初期のカナディアンテントからポップアップ式のイグルーへ、海岸に並んだシュラフから自動的に膨らむマットレスへ、薪の火から自動点火式のバーベキューセットへ。こちらが待っていないときほど、なぜかダウンロードはスピードをあげ、ヤコプがビットブルガーを飲み干す間もなく、七十六パーセントから百パーセントになった。

やれやれ《シャイセ》！

ヤコプはいっきにビールを空け、ブレッツェルをひとつかみした。そして片方の腕にノートパソコンを抱え、もう片方の腕でペタンクボールの容器を抱えた。というのも彼は、プレスティージュ・カーボン125ドゥミ＝デュールを肌身離さず持ち歩いていたから。こいつは同じ重さの金に匹敵する価値がある、と本人は主張していた。きっとヘル・シュライバーはマットレスの下にペタンクのボールを入れて寝ていると、くちさがない連中は噂した。アンデルセン童話に出てくる、《エンドウ豆のうえに寝たお姫様》みたいに。

あたりは暗くなり始めていた。オリーブの木陰に隠れたコオロギが、ミナレットで祈る祈《き》禱《とう》係のように、一日の終わりを告げている。ヤコプ・シュライバーは虫の音と薄明のなかで、背後の足音に注意を払わなかった。彼はしっかりとした足どりで、すたすたと歩いた。

足もとはしっかり固めてある。履き心地のいい靴下に、軽い革のサンダル。これなら酔っていてもひとりでに、トレーラーハウスまでたどりつけるだろう。前にも一度、そんなことがあった。ありとあらゆる国々の客たちと、ビットブルガー八パックをいっぺんに飲み干した日のことだ。あれは一九九〇年七月八日、ドイツがワールドカップで優勝した晩だった。あのころはまだ、ヘルマンとアンケもいっしょだった。あの夏はそのあと、ピエトラの生を飲んですごさねばならなかった。もう二度と、あんな大盤ぶるまいはすまいと、心に誓ったものだ。二年前は、トレーラーハウスでひとり、ドイツの優勝を眺めていた。マリオ・ゲッツェのゴールを祝福して、ビールをひと瓶あけることもなかった。

ヘルマンもアンケも、もういっしょではなかった。

ヤコプはトレーラーハウスのドアをあけるなり、ペタンクのボールをテーブルの足もとに置き、トランジスタラジオのスイッチを入れた。準備の時間はある。ラジオはまだコマーシャルを流していた。第十二問目が出題されるまでには、まだあと十分近くあるだろう。彼は居間のテーブルの前にすわってノートパソコンの電源を入れ、《八九年夏》というファイルをクリックした。けれども、第九、十、十一問のことを考えて、心ここにあらずだった。その三問を易々《やすやす》と正解したのは、自分でも予想外だった。この番組を聴き始めて七年になるが、第十問より先に進んだことはなかった……クロチルド・イドリッシが、幸運をもたらしたのだろうか？　第十問でブロックハウス百科事典全二十四巻を獲得したけれど、すでに三セット七十二巻が自宅に無理やり詰めこまれている。二十八平方メートルのこの別荘に一セット持ってこようかと、彼は真剣に考えた。

第十二問に正解すると第三ステージで、番組の公式サイトに載っていた統計によると、ここまで来るのは百万人にひとり以下の割合だという。ここでの賞品はお金ではなく、美術館《ピナコテーク》のＶＩＰ入場パスだった。これがあればミュンヘンの美術館すべてに入れるうえ、一般の観光客は立ち入りが禁じられている一角を見ることも、修復のアトリエに参加することもできる。そしてなにより嬉しいのは、彫刻家に胸像を作ってもらい、特別室に展示されることだろう。今までのところ、後世に残る栄誉を勝ち得たもの知りのドイツ人は、たった十七人だった。

ヤコブはあと一問で、十八人目になるのだ。

彼は八九年夏の写真を、ぼんやりとつぎつぎ画面に映し出した。どの顔も、驚くほど鮮明に覚えていた。まだ小さなクロチルド、ニコラ・イドリッシ、マリア＝クジャーラ・ジョルダーノ、オーレリア・ガルシア、セルヴォーヌ・スピネロはひと目でわかった。あの夏だけしか来なかった者たちは、あまりよく覚えていなかったが、いくつか名前が記憶に甦った。エステファン、マグニュス、フィリプ。風景写真や大人の写真、日常生活の写真は飛ばして、若者の写真だけに集中した。

写真のファイルが空っぽだったのは――それはつまり、盗まれたということなのだが――クロチルド・イドリッシが再び島にやって来たことと無関係ではない。そこがヤコプは気がかりだった。どう結びつくかは、いずれわかるだろうが、今はクイズに集中しなくては。写真の検討はそれからだ。

彼はかつてないほど、集中力を高めた。

トレーラーハウスの前で、砂利を踏みしめる音がしたのも耳に入らないほど。

ラジオの司会者が、いよいよ十二問目があと一分以内に出題されますと告げた。ヤコプは右手で携帯電話を握った。左手は微かに震えている。あまり怖気《おじけ》づくまいと、彼は左手をマウスにかけてスライドショーを続けた。

八九年の夏が、次々に映し出される。日没のアルガ海岸、早朝の海豹洞窟、ペタンクの試合、踊る若者たち、キャンプ場の受付、パーキング。

あと三十秒《ノッホ・ドライスイヒ・ゼクンデン》、とトランジスタラジオが言った。

ヤコプは目を細めた。写真になにか引っかかるものがある。
バンガローのドアがそっとあく音は、耳に入っていなかった。

あと十五秒《ノッホ・フユンフツェーン・ゼクンデン》。

ヤコプは催眠術にかけられたかのように写真を見つめた。ユープロクト・キャンプ場のパーキングに、数台の車が停まっている。なかでも、イドリッシ家の赤いフエゴが目立っていた。それから二十四時間もしないうちに、ペトラ・コーダ断崖の岩に激突することになる車だ。写真には一九八九年八月二十三日と、撮影の日付が示されている。けれども老ドイツ人が気になったのは車ではなく、それを見つめている若者だった。その目つきはまるで……

あと五秒《ノッホ・フユンフ・ゼクンデン》。

……その目つきはまるで、このあと何が起きるのかを察しているかのようだった。

あと一秒《ノッホ・アイネ・ゼクンデ》。

ヤコプは親指をほんの少し立てて目を閉じ、司会者がMG08重機関銃並みの勢いで発する問題にひたすら注意を集中させた。答えは三秒以内。

答え《アントヴォルト》　A　メンヒェングラートバッハ、B　カイザースラウテルン、C　ハンブルク、D　ケルン。

アイン

ヤコプには正解がわかった！

ツヴァイ

彼は生来、用心深い性格だとはいえ、すでに確信していた。指が携帯電話の画面をタップし、正解を送信するさまが、夢で見るように頭に浮かんだ。新聞記者から連絡が入り、地元紙に三段抜きででかでかと名前が載るさまも。

新絵画館《ノイエ・ピナコテーク》の大回廊に、彼のブロンズ胸像が展示されるのだ。

ドライ

それがヤコプの脳裏に浮かんだ、最後から二番目の場面だった。

彼が第三ステージへ進むことはないだろう。

親指がタッチスクリーンの数ミリ手前で止まった。ちょうどそのとき、プレスティージュ・カーボン125ドゥミ＝デュールの容器が彼の右こめかみを直撃したのだ。ヤコプは崩れ落ちた。テーブル、ノートパソコン、携帯電話とともに。

A31トレーラーハウスの狭い廊下に、血まみれになった彼の体が横たわった。

額から噴き出る鮮血に濡れたヤコブの目は閉じる直前、顔から数センチのところに落ちたパソコンの画面を見つめた。そこにはまだ、最後の写真が映っていた。

さっきと同じ写真。パーキングに停まったフエゴと、それを見つめる若者。その晩、車が制御不能に陥ると感づいているかのようだ。ヤコブが知っている男。今夜も顔を合わせ、握手を交わし、どうしてこんな遅い時間にＷｉ－Ｆｉに接続したのかとたずねた男。

セルヴォーヌ・スピネロ。

＊

彼は何分もためらった。長すぎるくらい。

写真を始末するのは造作もないことだ。消去してからパソコンを運び出し、どこかの廃物コンテナに放りこめばいい。手がかりも証拠も残らない。ペタンクのボールを始末するのも簡単だ。凶器は見つからないままだろう。

だが、ヤコブの死体はどうやって隠す？

夜の闇と静寂に紛れて運び出すか？

いや、もう遅い。遅すぎる。

そとのＡ通路を、にぎやかな一団が歩いていく。ポーカーをやっていた連中がゲームをおひらきにして、ブラフや強運、大負けの話で盛りあがりながら帰途についたのだろう。ほかの客たちも、次々帰っていくようだ。

しかたない、別の手を考えよう。ともかくこれで一段落した。ひと息つくのが先決だ。

33

彼は手やペタンクのボールについた血を拭い、トレーラーハウスの床に広がる真っ赤な染みを拭きとると、しばらく歩いて遠くの街灯の下まで行き、日記を取り出した。

なにもかも、赤く染まっている。

ただ、この日記だけを除いては。青い言葉、深い青の言葉を除いては。

＊＊＊

一九八九年八月二十日日曜日　バカンス十四日目　デルフィニジン色の空

デルフィニジンっていうのはね、未来の読者さん、花の青い色素のことをさす専門用語なの。信じられる？　バラにはこの色素がないんだって。だから本物のバラは、決して青くならないの。

わたしはバラじゃない。

わたしはオセリュクシア海岸の岩で、日光浴をした。まだ水着のままだった。素朴な水の精《ナイアド》のようなビキニ姿を、ナタルが好きなだけ眺められるように。ドクロも骸骨も、黒い染みさえひとつもなし。ただ、ありとあらゆる青に彩られて。

アリオン号は岩に撃ちこんだ鉄輪につないで、横づけされていた。オセリュクシア海岸は、海からしか近づけない秘密の入江ってわけじゃない。ユープロクト・キャンプ場から直接浜へ通じる小道があるけれど、とても急な坂道なので、ビーチサンダル履いてパラソル抱えて降りるのはちょっと大変。だからアルガ海岸に比べると、あんまり人がいないの。

今は、とりあえず二人きり。

ナタル・アンジェリは饒舌《じょうぜつ》に話し続けた。今度はわたしも耳を傾けた。

「ほら、クロチルド、ここはイルカの保護区に理想的な場所なんだ。まずは浮橋を設置して船が停泊できるようにし、カウンターや軽食コーナーを作ればそれで充分だ。モーリシャス島のタマラン湾が、手本になるかな。たぶん、聞いたことあると思うけど」

わたしは首を横にふって、目を閉じた。思う存分、話して……

「その湾には、数十頭のイルカが棲みついているんだ。毎日午前中に周遊が催され、大人気らしい。船の数を抑えなければならないほどさ。そうなると、観光産業って感じだな。でも、ここではそうならないよう、サファリは制限しようと思う。そのぶん、値段は高くなる。いわば選ばれた者だけの特権さ。がっかりする人たちも、たくさんいるだろうけど。計画が軌道に乗って、お金が入ってくるようになったら、もっと手を広げよう。ちゃんとした建物を建て、海水プールや療養施設を併設し、研究チームも組織して……」

彼がこっちをふり返ったのがわかった。近づいてくる。彼の影がわたしを包んだ。ひんやりした影だった。

「この計画のことを、お祖父さんに話してくれるかい？　ぼくのために、そうしてくれないかな」

　わたしは目をあけた。っていうか、ナタルがあけさせたって感じ。

彼はそこに立っていた。海パン姿で。日に焼けた肌、剃った頭に巻いたバンダナ。カッコいい。決して捕まらない海賊みたい。裸足の足が、砂に点々と跡を残していた。ナタルはイルカと話ができる。その彼が、わたしに助けを求めてる。小説か映画から、まっすぐ抜け出してきたみたいな彼が。ナタルはわたしの手を取り、ぐっとにじりよった。

「うん、いいけど……でも、どうしてお祖父ちゃんがだめって言うの？」

「だってイルカも観光客も、それにぼくのことも、ぜんぜん気にかけやしないから。でも、イルカ好きの孫娘が頼んだら……」

　こんなときはちょっともったいぶって、条件交渉に入るべきだよね、わかってる。でもわたしには、そんなことできなかった。手をたたいて、こう言っただけ。

「あなたの望みどおりやってみる。で、海洋博物館はどこに作るつもり？」

　ナタルはまた、とめどなく話し出した。わたしにはさっぱりわからない言葉を、端々にちりばめて。国際標準化機構《ISO》の環境基準だとか、複合材料だとか、リサイクル・システムだとか。ついには予算がどうのなんて言い出したけど、専門的すぎてちんぷんかんぷんだった。

だから適当に聞き流してたけど、数千フランに及ぶ減価償却プランを列挙している最中に出てきたひと言に、わたしは飛びあがった。**ママだって！**

わたしは急にぞんざいな口調で、訊き返していた。

「この話、ママにもした？」

「もちろんさ。きみのお母さんは建築家だからね。しかもエコ・ビルディングの専門家だ。さすが、実践的な感覚に長《た》けてるって思ったよ。お母さんの話では、あそことあそこにソーラーパネルを設置すれば、エネルギーの自給自足を達成できるそうだ」

彼は低めの岩を指さした。

信じられない！

「ママをここに連れてきたの？」

彼はハタだかなんだか、真ん丸の目をした魚みたいな顔をした。

「ああ、きみのお母さんはとても有能で、センスがある。この計画が具体化したら、ぜひプラン作りに加わって欲しいな……」

わたしは彼を遮った。

「そんなにママが優秀だっていうなら、お祖父ちゃんを説得する役も頼めばいいじゃない」

ナタルはわたしの傍らに、ロビンソン・クルーソーみたいに腰かけた。彼が体を丸めるしぐさはクールでとてもすてきだった。力強さと子供っぽさが交ざり合っている。自信たっぷりの男と、幼い少年みたいなところが、動作のひとつひとつから感じられた。

あんなひと、この世にたったひとりしかいない。わたしはそれを見つけたんだ。十年、生まれるのが遅すぎたけど。

「どう説明したらいいのか、つまりきみのお母さんは、イドリッシ家の嫁としてあんまり歓迎されていないんだ。まずはコルシカ生まれじゃないってことがすでに、ハンディキャップだからね。たしかに、乗り越えられないハンディじゃないさ。でも、さらにまずいことに、きみのお母さんはお父さんを本土に連れていってしまった。エクス＝アン＝プロヴァンスやマルセイユならまだしも、パリより北にだからね。コルシカ人にとっちゃ、北極みたいなもんさ。コルシカに住んでるイドリッシ家の人間は、お母さんがお父さんを奪い取ったって思っているんだ」

「わたしだって、パリより北に住んでるよ」

「ああ、でもきみにはコルシカの血が流れている。きみはイドリッシ家の一員だ。直系のね。きみはいつか、すべてを受け継ぐんだ。八十ヘクタールの土地を。それだけで、お祖父さんを説得するには充分だろうな」

あなたがまだわからないって言うなら、はっきり告白するけれど、わたしは本気で恋に落ちていた。ひとりの男に、すべてを捧げたいという気持ちを抱いていた。すべてを犠牲にできる。あらゆる価値、プライド、自立した女でいようという誓いも。ああ、恋するってこういうものなんだ。でもわたしは、まだ頑《かたく》なだった。それが進化の過程で、女が身につけた反応であるかのように。何千年ものあいだ生きのびてこられたのは、疑り深い女だけ。無邪気で衝動的で率直な女は、淘汰《とうた》されてきた。連綿と続く進化の果てに、女たちはすっかり慎重になった。それが生きのびるための、第二の天性であるかのように。

「どうしてわたしが、あなたの手助けをしなくちゃいけないの？　あなたはママのことを、そんなにほめちぎってるのに。ママにもイルカの話を聞かせたんでしょ。船に乗せて沖へ行き、海に潜らせ、この浜に連れてきたんでしょ。あなたが好きなのはママなのに、わたしのことなんか気にかけていないのに、どうしてわたしが手を貸すの？」

ナタルはわたしを見つめた。わたしはどう解釈したらいいのかわからないまま、その目を記憶に留めた。男の人からあんなふうに見つめられたいと、生涯ずっと思い続けるだろう。それだけはたしかだとでもいうように。びっくりしたような、不思議そうな目。不安そうだと同時に、魅せられたような目。ポーカーに興じる者の目。相手の手の内を推し量りながら賭け続ける賭博者の目だ。

そして彼はこう言った。

「クロチルド、率直に言わせてもらうよ。きみはまだ十五歳だ。そりゃまあ、同じ年頃の女の子たちよりは早熟だし、個性的で反抗的で想像力豊かだ。ぼくが好きなタイプの女の子だよ。でも、きみは十五歳だ。だから協力者になって欲しい、っていうのがぼくからの申し出だ。いいかな？　お互い、特別な協力関係を築こう。二人で同じ夢を追う、ただそれだけ。イルカを救い、この惑星を救い、世界を救うんだ。はっきり言うけれど、これはどんな女の子にでもできる申し出じゃない」

ナタルはドッジボールで勝った臨海学校の指導員みたいに、わたしに手を差し出した。わたしは彼とハイタッチをした。

本当は、彼の手を握っていたかった。

彼に唇と唇を重ねて欲しかった。

肌と肌を合わせたかった。

「ぼくたちは同じ種類の人間だ、クロチルド。この世には二種類の人間しかいない。夢を追う漁師か、それ以外かだ」


ナタルはママをここに連れてきた。

もしかして、キスをしたかも。

服を脱がせて、愛を交わしたかも。

彼はママの体に欲望を感じたかも。だって、感じない男なんていない。でも、ママを愛撫し、耳もとで愛をささやき、体を重ねたときも、彼が思っていたのはわたしのことだ。

彼が愛しているのはわたしだ。たとえ道徳心から、ためらっているとしても。

「それじゃあ、ナタル、契約して。三十年の契約。わたしはあなたの計画で得られた利益の三十パーセントを受け取る。将来、船にわたしの名前をつける。海中が見えるガラス張りの船に。イルカの夫婦一組はわたしだけのものとする。わたしは好きな服装ができる。この条件にすべて同意するなら、カサニュお祖父ちゃんのところへ飛んでいって、あなたのものすごいアイディアについて交渉してあげる」

ナタルは大笑いした。

「それだけでいいのかい？」

「ええ……あともうひとつ、ほっぺたにキスして」

34

二〇一六年八月二十日　午前八時

波打ちぎわには空瓶や濡れた紙ふぶき、ちぎれた紙テープが散乱していた。それは夜通し踊って疲れ果てた人々が残した、夢の残滓《ざんし》だった。朝になると、波が色褪《あ》せた夢をまた運んでくる。

朝、早くに。

アリオン号はごみにまみれて浮いている。ナタルはそんなこと気にも留めず、もの思いにふけっていた。もうずっと昔に、希望は捨てたとでもいうように。何年も前に海に投げたボトルが、戻って来るかもしれないという希望を。

クロチルドは遅れていた。それでもオセリュクシア海岸に降りる手前で一瞬立ちどまり、しばらく時を遡った。二十七年前と同じ砂だ。同じ小石、同じ泡、同じ波しぶき。岩の窪《くぼ》みに咲く花の、胡椒《こしょう》にも似た強烈な香りが漂っているのも変わらない。《トロピ＝カリスト》の藁ぶき屋根と、マリーナ《ロック・エ・マール》の工事現場に目をやらなければ、なにひとつ変わっていなかった。クロチルドの心のなかで、再びなにかが揺れた。波に弄ばれるあのボートのように、縦揺れをしている。

ナタルは今でもすてきだ。

ただああして腰かけ、水平線を眺めているだけでいい。礁湖のような目。どんなサンゴ礁も吹き飛ばす視線。まるで小魚たちまでが、そわそわと動き出すかのようだ。やがて大洋が色づき、笑いだす。

ナタルはサーモンピンクのフード付きスウェットシャツに少しぶかぶかのジーンズ、革のサンダルというかっこうだった。クロチルドにはわかった。きっと彼はよくこんなふうに、ぼんやりたたずんでいるのだろう。破れた夢に、まだ魔法の力を託しているのだ。ほんのつかの間、頭のなかで、現実をなにかもっと美しいものに変える力を。彼はそれで満足しているのだ。スーパーの魚売り場を、侵しがたい海の聖域に変える力。車がひしめくアジャクシオのナポレオン大通りを、大西洋単独横断航路に変える力。毎日傍らで眠る妻と暗闇で交わす慌ただしい抱擁を、かつて出会った行きずりの女、かつてアリオン号に乗った女とすごす、星降る愛の夜に変える力。

ハンサムで、がっちりして、傷つきやすい男。

「ナタル？」

クロチルドは藤色のドレスを太腿のうえでなびかせ、まだ冷たい、濡れた砂のうえを裸足で軽やかに歩いた。

ナタルはふり返り、クロチルドの目を見つめた。

ハンサムで、がっちりして、傷つきやすい男。

そして危険な男。

礁湖のような目をした男ほど危険なものはない、とクロチルドは思った。サンゴ礁を吹き飛ばしたら、魚たちが安全にすごせる囲い地に、海の怪物が入りこむことになる。

クロチルドとナタルは互いに歩み寄った。しかし二人を隔てる最後の一メートルを越えることはなかった。

「ここで待ち合わせをしようなんて、危険なんじゃないか」とナタルは言った。「ぼくはこの浜に二度と足を踏み入れないと、心に誓ったんだが」

「あなたはほかにもたくさんのことを誓ったわ」

ナタルはなにも答えず、まだ岩につないであるアリオン号に目をやった。

「ちょうどよかったよ。ぼくは今日、あいていたからね。仕事は明日の朝までないんだ」

クロチルドは口をとがらせた。

「わたしは違う。夫はノートルダム・ド・ラ・セラ礼拝堂までジョギングに出かけたけど、三十分か、せいぜい一時間で戻ってくるわ。わたしもそれまでに、キャンプ場に戻ってないと。いろいろ……面倒なのよ。夫には、ここでイヤリングを失くしたからって言ってある。大きな銀の環《わ》がついたイヤリングを。単なる口実じゃないわ。コンサートの夜に失くしたの」

ナタルの顔の小さな皺が、いっせいに動き始めた。こんな魅力的な笑みを返されたら、とても抗《あらが》いきれない。まるでそのために、何年間もリハーサルを繰り返したかのようだ。

「捜すのを手伝おうか？」

ナタルはクロチルドの手を取った。なにかとても自然なしぐさだった。二人は下をむいて、ゆっくりと歩いた。

「覚えてる？」

「もちろんさ。ぼくがしょっちゅう女の子をこの聖域に連れてきたと思ってるのかい？」

ええ、人魚を追うハンサムな漁師さん、あなたはあのころは、自由にそうできたんだし。

彼女は海を見つめた。

「まだイルカはいるの？」

ナタルは砂浜に目をむけたまま、答えなかった。クロチルドは言葉を続けた。話し終えたら、黙るわ。約束する。そうしたら、好きに話して。説明して。わたしは昔のように、ただ聞いているから。

「ガルドールとタティエは、まだ生きているでしょうね」と彼女は言った。「きっとオロファンとイドリルも元気だわ。イルカの寿命は五十年以上あるそうだから。なんでもよく覚えていることを、《象の記憶力を持つ》って言うけれど、象どころじゃない。愛の記憶にかけては、哺乳動物いちよ。二十年以上離れ離れになっていても、パートナーのことが鳴き声でわかるって、本で読んだことあるわ。そんなこと、人間にできる？」

ナタルの目は、まだ下をむいている。

どうしてイヤリングのことなんか、話したんだろう？

クロチルドは目の前にある《トロピ＝カリスト》の藁ぶき屋根を見つめた。ドアは閉まっている。傍らにはごみ箱が積みあげられ、灰色のキャンピングカーには南京錠がかかってい た。ポスターによると、マリア＝クジャーラはまだ島の西部でツアーを続けているようだ。昨晩はサルテーヌ、今夜はプロプリアノで公演し、二日後にはカルヴィに戻ってくる。

彼女はさらに強くナタルの手を握った。これから話すことを心して聞いてね、とでもいうように。

「何よ、これ。ひどいもんだわ。ちゃちなディスコなんか作って。汚らしい掘っ立て小屋じゃないの。ここにはあなたの浮橋、保護区、鯨類博物館ができるはずだったじゃないの。説明してちょうだい、ナタル。説明して。どうしてセルヴォーヌ・スピネロが勝ったの？　あなたの計画を押しのけて」

裂けたビニール袋が風に舞い、空瓶が転がっている。清掃班がすっかり片づけるには、何時間もかかるだろう。そして明後日には、またいちから始まるのだ。祖父のカサニュは、どうしてこんな冒瀆を許したのだろう？　ナタル・アンジェリのイルカ保護区より、こんなごみだらけの浜が広がるほうがいいと、どうして思えたのだろう？

「昔の話さ、クロチルド。もう終わったことだ」

オーケー、オーケー、急かさないわ。

「あなたはわたしの母も、ここに連れてきたのよね」

何言ってるの！　クロチルドはすぐに後悔した。これって、急かしているじゃない。ところが今度は、ナタルも反応した。イヤリングが見つかるかもしれないと、まだ思っているかのように、足で砂浜を掘り返している。

「ああ……きみはお母さんにとても嫉妬していた。今にも爪を立て、牙をむきそうな勢いだったな。ちっちゃなハリネズミみたいに、体を硬くし棘を突き立てて」

「嫉妬する理由なんか、なかったっていうの？」

「なかったさ」

二人は立ち止まり、くるりとふり返った。目の前にアリオン号があった。

「わたしはまだ十五歳だったけど、けっこう勘は鋭かったのよ。あなたが母を見る目は、なんて言うか……欲望に満ちていた。母も同じようにあなたを眺めてたわ。母があんなふうに男性を見ることなんて、決してなかったのに。父のことでさえも」

ナタルの親指が、そっと彼女の手のひらを撫でた。蝶の羽ばたきが、世界の反対側で津波を起こすという話がある。それと同じように、肌をほんの少し触れられただけで、体の芯まで興奮の波が伝わった。

愛の津波《ツナムール》。そんなものがあるの？

「いいだろう、クロチルド」とナタルは、突然声を高めて言った。「取り繕うのはやめにしよう。ぼくらの顔に皺がよったように、みせかけの仮面も使い古されているからね。一九八九年の夏、ぼくは二十五歳で、きみのお母さんは四十すぎだった。たしかに、ぼくたちは惹《ひ》かれ合った。はっきり言えば、それは肉体的な欲望だったろう。でも、ぼくたちのあいだにはなにもなかった。きみのお母さんは、浮気なんかしなかった。嘘じゃない。お母さんも、その誘惑に駆られたとしても」

「最後は理性が勝《まさ》ったっていうのね」クロチルドは皮肉っぽく言った。

ナタルはそれを聞き流して続けた。

「きみのお母さんがお父さんを裏切る誘惑に駆られたのは、なにもぼくに恋したからじゃない。お父さんに対する愛が冷めたからでもない（そこでナタルは、悲しげな笑みを浮かべた）。むしろ、その逆なんだ」

「逆ですって？　どういうことなの、ナタル？」

「きみのお母さんはぼくに近づいてきた。ぼくに気を持たせ、心に火をつけた。わざと目立つように公衆の面前でぼくと歩き、このあたり一帯の噂になるようしむけた……でも、彼女が愛していたのは、きみのお父さんだった。もう、わかっただろ？」

「ごめんなさい、まだわからないわ」

「お母さんはお父さんを嫉妬させようとしていた。一目瞭然じゃないか、クロチルド。彼女はぼくの聖域なんか、どうでもよかった。ぼくのイルカや、魚臭い手なんかね。ただお父さんを挑発していたんだ」

クロチルドはナタルの手を離した。風が顔に吹きつけ、脚を撫でる。こんなに優しい愛撫はないだろうというほど。

「ちょっと込み入っていたのさ、きみのお父さんとお母さんは」

クロチルドはそれ以上、聞きたくなかった。今、ここでは。

「大昔からある話じゃないか。ほら、『危険な関係』みたいにね。アリオン号の前で、スタレゾ港のベンチに腰かけて読んでただろ。きみのお母さんはぼくを弄び、利用した。愛している相手は、ほかにいたから……ぼくはただの道化さ。なにも気づかず、騙されていたんだ。パルマは魅力的で、才能にあふれ、ぼくの計画に興味を持っている。建築家として具体的なプランも考えている。そう思っていた。いっしょに計画を実現できるって信じていた。ぼくたち二人のあいだには、暗黙の同意があると感じていた。でも、本当は……」

今度はクロチルドが、一心に砂浜を見つめた。イヤリングはどこにもない。煙草の吸い殻やビール瓶の蓋が落ちているだけ。砂を少しのければ、きっとコンドームも出てくるだろう。

「本当は」とナタルは続けた。「きみとぼくとのあいだに、暗黙の了解が生まれてたのに。パルマじゃなく……きみとのあいだに。それも重要なことだったと思うな」

クロチルドは虚空にナタルの手を見つけ、すばやくとらえて引き寄せた。彼がこちらをむくように。結局カーニバルは終わり、仮面は海に投げ捨てるのだから……

「あなたは母親に幻想を抱き、その娘はあなたに幻想を抱いてる。それってちょっとねじれた関係だと思わない？」

「そうじゃないさ、クロチルド。違うんだ。十五歳のきみは、とても魅力的だった。まだ十三歳くらいにしか、見えなかったけどね。でも、ぼくにはよくわかっていた。とっくに見抜いていたんだ」

「何を見抜いていたっていうの？」

ナタルは足で砂を掘り返した。気まずそうに。かわいげのあるしぐさで。

「きみがこれから、時とともに……とても個性的な女の子に成長するだろうってことを。生き生きとして、頭がよくて、きらきらと輝くような女の子。人生を謳歌《おうか》する、すばらしい女の子に。歳を取っても、ぼくと同じ目で人生を見られる女の子に」

クロチルドの脳裏で、遠い声がこだました。**ぼくたちは同じ種類の人間だ、クロチルド。この世には二種類の人間しかいない。夢を追う漁師か、それ以外かだ。**

「でもぼくは、きみより十歳年上だ。たしかに十歳なんて、なんでもないだろう。でも、ぼくらのカーブはもう交わっている。きみはこれからどんどん魅力的になっていき、ぼくはもう下り始めている」

「やめて」

ナタルは突然、身をかがめた。彼女の腕から逃れようとするかのように。

「やめて、ナタル。すべてを台なしにするのは。自分を痛めつけるのは。あなただって、よくわかっているはずよ……」

ナタルはクロチルドの言葉を遮るように、体を起こした。親指と人さし指で、銀のリングをつまんでいる。

「これ、きみのかい？」

信じられない！　魔法だわ！　魔法そのもの！

「ありがとう」

魔法に抗ってもしかたないわ、とクロチルドは思った。不幸をもたらすだけだ。彼女はすっと腑《ふ》に落ちた。ナタルの顔の皺が作り出す笑顔に、感心したように。

わかりきってるじゃない。彼にキスをしよう。

小さなキスをひとつ。二十七年来の契約を守るために。

小さなキスをひとつ。二十七年来の幻想を清算するために。

小さなキスをひとつ。それでおしまい。

なにも知らずに死んでいかないために。これから何年、何十年と続く人生で、体が衰え始めたときにも、後悔しないように。

彼の唇の感触を、少しだけ味わうために……

クロチルドはナタルの唇に、そっと唇を重ねた。

一瞬。ほんの一瞬だけ。

そして二人の唇は離れた。それでいい、それがいいというように。

一瞬。ほんの一瞬だけ。

やがて十本の指は、銀のリングをあいだにして絡み合った。クロチルドの手がナタルのうなじをとらえ、ナタルの手がクロチルドの腰をとらえる。二人の唇はひとつに溶け合い、舌は失われた時を取り返した。二人の体は、ずっと前からこうなると決まっていたかのように重なり合った。

この世界には、もう彼ら二人しかいないかのように。

こうして二人は何分もずっと、口づけを交わしていた。胸と胸を押しつけ合って。どうにかして時の流れをとめたいと、虚《むな》しく思いを巡らせながら。クロチルドはナタルの肩に頭をもたせかけ、もやい綱につながれているアリオン号を見つめていた。彼女の背中を撫でるナタルの指は、歩き始めた赤ん坊のように性急で、たどたどしく、疲れを知らなかった。

「また船を出したらどう、ナタル。船に乗って、イルカを連れて帰りましょう。映画の続きを撮るのよ。『ジョーズ』には続編が少なくとも三作あるんだから、『グラン・ブルー2』を作ったっていいじゃない……」

ナタルは悲しげな笑みを浮かべた。

「無理だよ、クロチルド」

「どうして？」

彼女はもう一度、息が詰まるほど激しいキスをした。生きている実感がした。

「無理なんだ。どうして無理なのかも言えない」

「なぜなの？　どうしてアリオン号をつなぎっぱなしにしているの？　どうしてオーレリアと結婚したの？　今になって、どうしてあなたが幽霊を怖がるの？」

「なぜって、ぼくは見たからさ。簡単な話じゃないか」

「何言ってるのよ。幽霊なんて実在しないわ。十五歳のときだって、リディアのかっこうしていたからって、わたしにもそれくらいわかってたわ。あれはゲームみたいなもの。幽霊は、吸血鬼の反対ね。キスをすると消え去る」

そう言って彼女は、またナタルにキスをした。

「ぼくは見たんだよ、クロチルド」

「何を、誰を見たっていうの？」

彼女はさらに唇を近づけた。けれどもナタルは顔をそむけ、ウェストのくびれに手をあてて、自分の体に押しつけただけだった。

「話したって、正気じゃないと思われるだけだ」

「そんなこと言っても、もう話してるじゃない」

「冗談じゃないんだ。この話は、まだ誰にもしたことがない。オーレリアにもね。でも、あれ以来、ぼくの人生にとり憑いて離れないんだ」

「あれ以来って？」

「一九八九年八月二十三日さ」

クロチルドは彼の肩にしがみついた。

「話して、ナタル。話してちょうだい」

「ぼくはピュンタ・ロサの家にいた。ひとりで、一杯やってたんだ。今ほどではないけれど、あのころからときたま飲んでいたから。ともかく、あの晩はそうだった。あの日はパルマに会えないとわかっていた。もちろん、なぜかはわかるだろ。きみの両親が初めて出会った記念日だからね。二人にとって、大切な日だ。だからぼくは、哀れな嫉妬心をミルト・リキュールで紛らわしていたんだ。カピュ・ディ・ア・ヴェタ山の頂上を眺めながら。幽霊は午後九時二分、丘のうえにあらわれた。時刻に間違いはない。テレビをつけていたから。ちょうど『タラッサ』が始まったばかりで、画面に二十一時二分って表示されていた。幽霊は、家から百メートルほどのところに立っていた。〝税関吏の小道〟に、じっと動かずに」

一九八九年八月二十三日……午後九時二分。

クロチルドはぶるっと震えて、ナタルの熱い体に抱きついた。そして彼のスウェットのフードに、頬をうずめた。

フエゴが虚空に飛び出したのは、午後九時二分きっかりだった。憲兵隊や救急隊の報告書にも、はっきりそう書かれている。

「信じられないのはわかってるさ、クロチルド。正気じゃないって、思われることもね。でも、きみの両親の車がペトラ・コーダ断崖の岩に激突したちょうどそのとき、ぼくは窓から見たんだ。きみのお兄さん、お父さん、お母さんが亡くなったちょうどそのとき、ぼくは窓から見たんだ。きみのお母さんを。今、きみを見ているようにはっきりと。彼女はぼくをじっと見つめてた。まるでどこかへ飛び去る前に、最後にもう一度ぼくに会いたかったとでもいうように。彼女はそうやって、しばらくそこに立っていた。彼女とぼくとを隔てる最後の百メートルを、あえて越えまいとするかのように。でもグラスを置いてドアをあけ、彼女がいたほうへ走り出すあいだに、もうその姿は消えていた」

ナタルの指が、クロチルドの背中を強く押さえた。さっきまでとは打って変わった激しい力だった。

「それから数時間して、ようやくぼくはきみたち一家の事故について知った」とナタルは続けた。そのとき初めて、わかったんだ。あれはきみのお母さんのはずないって。その女が姿をあらわしたちょうどそのとき、きみのお母さんは死にかけていたんだから。四キロも離れた場所で。あれは彼女の幽霊だとしか思えない……そんな話、誰が信じるだろう？」

「わたしは信じるわ」

わたしは信じる、とクロチルドは何度も頭のなかで繰り返した。迷いが生じないように。もちろん、わたしはあなたを信じる。だってその幽霊は、わたしに手紙をよこしたのだから。その幽霊は、アルカニュ牧場の柏の木の下にいるわたしを、眺めていたはずだから。その幽霊は昨日、朝食を用意し、新聞を読んだから。その幽霊は寂しさを紛らわすため、犬を飼ったから。

クロチルドはナタルの首に長い口づけをし、それからそっと腕をほどいた。

いやいやながら。

「もう行かなくちゃ……そろそろフランクが戻ってくるころだわ。あとで……面倒なことになるから。でも、また会いましょう」

彼女は作り笑いをしてこう続けた。

「どんな不倫マニュアルにも、真っ先に書いてあるわ。夫や娘とすごすバカンス中に愛人を作らないことって」

「あすの午前中は仕事だけど」とナタルは、クロチルドが戸惑うくらい自信たっぷりに言った。「でも、午後は空いているから、よかったら会おう」

「無理よ、ナタル」クロチルドは銀のリングを彼の目の前でふった。「もっともらしい口実が見つからないわ。フランクは疑り深いし……」

「マルコーヌ展望台で」とナタルは遮った。「午後一時に。あそこならひとりで行かせてもらえるんじゃないか」

マルコーヌ展望台。

ナタルの言うとおりだ。

フランクだって、まさかわたしが愛人と会うために、あそこに行くとは思わないだろう。

夫を裏切るのに、いちばんふさわしくない場所だもの。

マルコーヌ展望台はその墓地で有名だ。バラーニュ地方の裕福な名家の墓が並んでいる。

なかでもとりわけ立派なのが、イドリッシ家の墓だった。

つまり、クロチルドの両親の墓だ。

35

一九八九年八月二十一日月曜日　バカンス十五日目　火のないところに煙の青空

今朝は日記を書くんじゃなく、新聞記事を書き写すことにする。

そっくりそのまま。

今日の《コルス＝マタン》紙に載っていた記事。前にも話したことのある、水死したニースの実業家の事件とお祖父ちゃんとの関係。コンクリートだか金だかで、ポケットを膨らませていた男。新聞記者に言わせれば、やけにタイミングがよすぎる話なんだって。だからこの記事を書き写そうと思ったわけ。だって、どう考えたらいいのかわからないから。いろんな資料が掲載されてた。沿岸域保全整備機構による収用について、土地の所有計画に関する膨大な手続きについて、生物の多様性を保護する区域の正確な制定について。ともかく今朝の《コルス＝マタン》紙を読んだあと、お祖父ちゃんのことがわからなくなった。もっと好きになるべきか、ちょっと恐れるべきか。あなたも自分なりに考えてみて。

《コルス＝マタン》紙、一九八九年八月二十一日付記事の転記羊飼いの導きの星。カサニュ・イドリッシとは何者か？
聞き手アレクサンドル・パラッツォ

《カサニュ》というのは柏の木を指すもっとも古い名前で、ケルト語起源とも、オック語起源とも、古いコルシカ語起源とも言われている。一九二六年、故パンクラス・イドリッシはひとり息子にその名前をつけた。アルカニュ牧場の真ん中に立つ樹齢三百年の柏に敬意を表し、息子がその力と長寿と根強さを受け継ぐようにと。

六十三年後、イドリッシ一族の長老の願いは叶えられた。おそらく、彼の期待以上に。カサニュ・イドリッシ氏はバラーニュ地方を代表する人物のひとり、もっとも影響力のある人物のひとりとなった。たとえ彼がとらえどころのない、いわく言いがたい個性の持ち主であるとしても。アルカニュ牧場はどこの村の役場でもない。彼の一族からは戦後、ひとりの地方議員も代議士も出ていないし、彼はどんな団体も主宰していない。カサニュは自分がただの羊飼いだと言っている。彼が支配する八十ヘクタールの土地は、カルヴィの城門、キャンプ場、三棟のヴィラがあるだけの荒れ地だ。カサニュは隠者である。

彼はすでに第一線を退いているが、スポーツ選手のようにがっちりとした体格は昔と変わらない。そして穏やかな表情と細やかな心づかいでもって、あなたがたをアルカニュ牧場に迎えてくれる。控えめな夫人のリザベッタが、おいしいおやつの支度をしているあいだに、彼は家や庭を案内し、ここから見えるところはほとんどすべて自分の土地なのだと説明するだろう。

けれども次の瞬間、こうつけ加えるだろう。つまりはなにも持っていないのと同じだと……本当はなにひとつ、わたしのものではない。サハラ砂漠がトゥアレグ族のものでないのと同じように。ステップがモンゴル人のものでないのと同じようにと。わたしは管理人にすぎない。わたしはこれを受け継いだのではない。受け継いだのなら、誰かに譲ることも売ることもできる。細切れにすることもできる。けれども、わたしはそうではない、とカサニュ・イドリッシは、杖の先でカピュ・ディ・ア・ヴェタ山の頂を指し示しながら言うだろう。この土地は自分に託されたもので、その責任を担っているだけなんだと。やがてリザベッタがコルシカ名物の栗のお茶とフィアドン、アーモンドやレーズンの入ったカニストレリを運んでくると、カサニュはテーブルに古い地図や領地の権利書を広げる。なかにはパスカル・パオリやサンピエロ・コルソ、ナポレオン・ボナパルトの時代に遡るものもある。しかしこんなもの、さして重要ではないと彼は強調するだろう。彼が言うには、行政当局が嬉々《きき》として積みあげる新たな都市計画の書類も、正当性という点では五十歩百歩なのだそうだ。結局それは、人が大きな紙の地図に規則どおり引いた境界線にすぎない。よそからこの地にやって来た人間は、たとえ砂の一グラム、水の一滴、草の一本だろうと、ここからあの世へ持っていけはしない。奇跡的に天国が存在するとしても、スーツケース持参で入れやしないのだ。われわれが死んだあとまでも、この土地は存在し続けると。水や火、木の根や風の翼が巨大な城壁を破り、ジェノヴァの塔や急流にかかる橋を崩せるとしたら、ペンで紙に線を引いたとて何になるだろう？　人が守ろうとする遺産など、自然は歯牙にもかけないのだ。

カサニュが腕をふりあげ熱弁を振るい出すと、夫人はグラスやカップを避難させる。そら、好きなだけ境界線を引いて区切ればいい。海や流氷、空や星、山や川を分け合えばいい。小石やオリーブの種のひとつひとつ、花弁の一枚一枚まで、誰のものかを決めればいい。それが楽しいなら、重要なら、人生に意味を与えてくれることならば……だからって、唯一の真実はなんら変わることはないだろう。この土地は、わたしに託されているのだ。それを見つけたままの状態に返すのが、わたしの義務だ。人間のどんな法律によっても、わたしはその義務をあきらめることはない。

《コルス＝マタン》紙：それではイドリッシさん、あなたが人間の法律ということを持ち出したのでおうかがいしたいのですが。新聞各紙はこのところ、ニースの実業家ドラゴ・ビアンキ氏殺害のニュースで持ちきりです。彼はルヴェラタ岬に豪華ホテルを建てる計画を進めていました。一か月ほど前、本紙の記事でも、知事や地域圏、地域観光委員会の支持を取りつけたと語っています。そのビアンキ氏が殺されたことを、あなたはどうお感じですか？

——ここいらのコルシカ人がおおかた感じていることと、大差ないだろうな。彼が死んだと聞いても、泣きはしなかった。葬式に花輪も贈らなかった。それに、彼の友人らしい知事や地域圏議長、地域観光委員会の委員が参列したという話も、聞いた記憶がないがね。新聞に書かれていることには、用心しなくてはならん。誰それの支持を得たなんて本人が言う話もあてにはならない。これがわたしの答えだ。だがきみの質問は、なにかほのめかしていたんじゃないかね？　だとしたら、申しわけないが、うまい質問の仕方ではなかったな。それに無駄骨だ（笑い）。妻が用意したカニストレリを味わおうというときに、彼を殺したのはわたしですなんて告白するとは、きみだって思ってはいないだろう？

《コルス＝マタン》紙：もちろんですとも、イドリッシさん。あの事件のことは忘れて、原理、原則や価値観の話に絞りましょう。あなたは土地を守るためなら、どんなことでもするつもりですか？　ちょっと乱暴な言い方をすれば……殺人までも。

――別に乱暴ではないさ。だが質問の意図は、結局さっきと同じじゃないかね（再び笑い）。きみには悪いが、質問のしかたもやはりうまいとは言えん。わたしはもちろん、誰の死も望んではいない。海の真ん中で五百トンのフェリーに押しつぶされるとか、カフェのテラスで恋人を前にして銃撃されるとか、子供を学校に送っていった直後、車の下で爆弾が破裂するとか、どうしてそんなことを望むものか？　誰がそんな不幸を求めたり、命じたりするっていうんだ？　あり得んよ。わたしはただ、平穏に生きることだけを願っている老人にすぎん。わたしのまわりに悪事の影を探しても無駄だ。それだったら権力や金、女を手に入れようと必死になっている連中のところへ行くんだな。ここ、コルシカでは、権力も金も女も、持っている財産しだいだ。つまり土地とか石ころとか、生まれ持った財産だ。だからもし、人生に委ねられたものだけで満足できず、もっと欲しいと投機に手を出す者がいたら、わたしに何ができるだろう？　危険なスポーツに挑む連中みたいに、命の危険も顧みず、ひたすら利益を求める者たちに、わたしは何ができるだろう？　やつらは世の理《ことわり》に挑むことができると思いこんでいるんだ。たとえ波が無謀なサーファーを殺したとて、もろくなった石が不注意な登山家を裏切ったとて、誰が責められるだろう？　ヘアピンカーブが性急なドライバーを殺したとて。

《コルス＝マタン》紙：ありがとうございます、イドリッシさん、わたしのほうも、あなたのお話の行間は、しっかり読み取れたつもりです。あなたは莫大《ばくだい》な財産を持っている。いや、失礼、託されている。それをあなたから奪い取ろうという強欲な人々を前にしても、恐れてはいないとおっしゃるんですね。それでは率直にうかがいましょう。誰かに殺されるかもしれないと思ったら、恐ろしくはありませんか？

――いや、パラッツォさん、怖くはない（一瞬の沈黙）。それがなんであれ、失うものがあれば、恐れもするだろう。だが、わたしは管理人にすぎない。だから、もしわたしが倒れても、別の人間が代わりをしてくれる。別の男か、別の女が。友人、近親者。同じ価値観と同じ名誉を分かち持つ者ならば、どんな男、どんな女でもいい。わが一族の者たちだ。血がつながっていなくてもかまわない。わたしの身にもしものことがあったとき、何をすべきかを心得ている人間ならばね（長い沈黙）。わたしもちゃんと心得ているつもりだ。もし彼らの身に不幸があったら、どうすべきかを。

《コルス＝マタン》紙：復讐《ふくしゅう》？　そういうことですか？　あなたの答えを、このひと言で要約してもかまいませんか？

――復讐だって？　やれやれ、誰がそんな話をしてるんだ（ため息）？　今どき、復讐なんて言い出すやつはおらん。きみたち記者連中のほかにはな。きみたちがでかでかと記事にしている殺人は、ギャングやちんぴらやくざ、マフィアが金や麻薬、盗難車がらみで起こした事件だ。それがわたしとどんな関係がある？　牧場で隠遁《いんとん》生活を送るこの老人と、どんな関係があるというんだ？　棒状大麻だとかユーゴスラヴィア人売春婦だとか、アジャクシオ港のコンテナから落ちてきた電子機器の箱だとか言われても、何のことやら見当もつかないこの老人に？　復讐なんて、メリメの『コロンバ』を読んでコルシカに来る観光客には興味があるかもしれないがね（ここで微笑みが戻る）。だが、すべてはもっと単純だ。わたしの土地に手を出すな。わたしの一族に手を出すな。そうすれば、わたしはこの世でもっとも平和的で無害な羊飼いでいられるだろう。

《コルス＝マタン》紙：さもなければ？　もし誰かがあなたの土地、あなたの一族に手を出したら？

——さもなければ？　さもなければ、どうだって？　今度もまた、質問のしかたがうまくないな、パラッツォさん（笑い）。もし攻撃を受けたらどうするかと、総司令部の将軍にたずねるようなものだ。赤いボタンを押して核爆弾を破裂させ、いっしょに全世界を吹き飛ばすつもりかってね。将軍はなにも答えんだろう。なぜって、あり得ないことだからさ。いいかね、わたしの土地、わたしの一族に手を出すものなどいやしない。わたしはそう思っている。きみの新聞にできるのは、それを読者にしっかり伝えることだ。さあ、カニストレリを食べたまえ。せっかく妻がきみのために作ったんだ。

《コルス＝マタン》紙：（口いっぱいに頬ばりながら）あふぃがとうござぃまふ、イドリッシさん。

最後のせりふとその前のひと言は、わたしがつけ加えたの。新聞記者が本当にこんなこと書いたら、面白くない？　でもこの記者さん、最後の質問をしたら、お祖母ちゃんのお菓子を食べてないで、さっさと逃げ出したかったと思うけど。

彼はノートを閉じた。
無害な羊飼い……
笑わせるじゃないか。

＊
＊
＊

36

二〇一六年八月二十日　午前十一時

バンガローに戻ったクロチルドを、フランクは沈黙で迎えた。どれくらい前に帰ったのかわからないが、すでにシャワーを浴び、ランニングウェアを着替えてコーヒーを飲み終えていた。

「見つかったわ」クロチルドは銀のリングを見せて、ひと言そう言った。

夫の皮肉っぽい笑みの意味も、推し量りがたかった。

夫が殻に閉じこもって会話を拒むとき、使いすぎで急に動かなくなった家電みたいにむっつりしているとき、妻なら誰でもすることをクロチルドもした。沈黙を払いのけ、どうでもいいことをしゃべりまくるのだ。まるでなにも問題ない、すべてうまくいっているとでもいうように、彼女はヴァランティーヌのこと、料理のことを話した。

「マリネ？　そう言ったの？　だったら市場に行って、お昼に作ってみるわ。フライドポテトばっかりじゃ、飽きるわよね」

結局フランクも、これを待っていたのだろう。すべてがいつも通りに戻ることを。クロチルドが普通の妻になることを。普通の生活を送れることを。今日、少なくとも今日一日なら、お芝居を続けられるわ。

「いっしょに来る？　ヴァルは？　フランクは？」

返事はない。彼女はひとりで買い物に行くことにした。

目的達成。いつもと変わらない生活。

＊

手に一トンもありそうな買い物袋をぶらさげていたけれど、クロチルドは収穫品に大満足だった。ピペラードの材料にするピーマンとオリーブオイル、マリネした牛あばら肉、フルーツサラダ用のマンゴーとパイナップル。フランクにはバーベキューセットに火を起こしてもらおう。日が燦々と射す舞台で、バロン一家のバカンスというお芝居の役を、各自が最後まで演じるために。カルヴィのスーパー《アンテルマルシェ》のレジには、順番待ちの列が長々と続いていた。まあ、しかたないわ。夏の二か月間だけで、年間総売り上げの八十パーセントにもなるんでしょうから。クロチルドはそう思って買い物リストの裏に、答えのない疑問のリストを書き出した。

Pと署名された手紙を書いたのは誰か？

わたしの財布を盗んだのは誰か？

アルカニュ牧場の犬にパーシャという名前をつけたのは誰か？

昨日、朝食の支度をしたのは誰か？

オルシュにモップのかけかたを教えたのは誰か？

フエゴのステアリング・システムに細工をしたのは誰か？

ヴァランティーヌのカラビナに細工をしたのは誰か？

一九八九年八月二十三日午後九時二分、ピュンタ・ロサでナタルが目撃した幽霊は誰か？


すべてが同じ人間のはずはない。彼女の母親のはずはない。

少なくともリストの半分は、母親がするはずのないことだ。

フランクの言うとおりだ。しあわせでいたければ、答えのない疑問に頭を悩ませるより、買い物のリストを書き出しているほうがいい。毎日のささやかなことに目をむけ、リストの裏面は忘れたほうがいい。

人生の表面だけを読んでいればいい。

そしてときには、カートのなかに愛人をひとり放りこんでおけば。

そうするほうがいいとわかっていながら、クロチルドは少しだけ理性に逆らわずにはおれなかった。ほんの三十メートルほどまわり道をし、C通路ではなくA通路を通ってA31のトレーラーハウスへ行ってみよう。ヤコブ・シュライバーがいるかどうか、ちょっと覗いてみるだけだ。クラウドとやらから八九年夏の写真を回収できたかどうか、確かめてみよう。写真は見なくていいから、訊いてみるだけだ。

誰もいない。

「ヤコプさん？」

ドイツ人の老人は、耳が遠いのだろうか？　あのろくでもないラジオ番組を、まだ聴いているのかもしれない。第七十二問、賞品は月旅行なんてね。

「ヤコプさん？」

彼女はトレーラーハウスのドアを、力いっぱいたたいた。その勢いでドアがあいた。鍵はかかっていなかったらしい。

「ヤコプさん？」

ドアに鍵をかけないでどこかへ行くなんて、あの男らしくない。けれども彼が、コンクリートブロックに載せた二十八平方メートルの家のどこかに隠れているとは思えなかった。おかしいわ……今にもヘル・シュライバーがペタンクのボールを手に、あるいはカメラを首からさげて、ここに戻って来るかもしれない。そうなったらお終いだ。老ドイツ人は誰かが勝手に家に入るのを、許すような男ではない。しかもその誰かのために、ひと晩かけて古い写真を探してあげたのにと思うはずだ。

馬鹿なことをしたわ。さっさと退散してピーマンでも刻んでなさい。今日の午後か明日、また来ればいいわ……

クロチルドが外に出かけたとき、壁に貼ってある写真の一枚にふと目がとまった。兄のニコラだ。

クロチルドは近づいた。トレーラーハウスの壁に貼ってある何百枚もの写真から、彼女がここでバカンスをすごした七四年から八九年までの写真を見分けるのは、さほど難しいことではなかった。日焼けした体や風景は、どの写真も同じだ。海、砂浜、波。前景にはカルヴィの城塞、背景にはコルス岬。けれども人々の服装は、たとえ水着姿でも、その十数年をはっきりと示していた。ショートパンツの長さ、キャップのマーク、プリント地で覆われた胸やヒップの面積。服装の細部にこれほど変化があったなんて驚きだ。毎年、なにも変わっていないように感じていたのに。去年の九月にしまったのと同じ服を、また六月に引っぱり出していたと、クロチルドはずっと思っていた。

ほらほら、さっさと行きなさい。

彼女は買い物袋を置いた。A通路をキャンパーたちが通る足音がした。

写真のニコラは、五歳前だった。クロチルドはそれを見て心が揺れた。母親に抱かれた彼女自身の写真もあった。まだ一歳にも満たず、リンゴのような赤いほっぺをし、マリンブルーのおかしな帽子をかぶっている。あごにかけた帽子のゴムひもがうるさいらしいのが、顔つきでわかった。ぽってりした小さな足は、熱い砂のうえか冷たい水のなかを歩きたくてしょうがないというようすだった。写真にパパは写っていない。探してみると、ほかの写真に見つかった。ニコラは十一歳、クロチルドは八歳。八月十五日の花火大会で、キャンプ中の人々がオセリュクシア海岸に集まっている。当時はまだ、藁ぶき屋根などどこにもない。けれどもクロチルドは、群衆のなかにナタルの姿を見つけた。十八歳の彼は、信じられないほどハンサムだった。彼は鮮やかな金髪を腰のあたりまで伸ばした女の子と、手をつないでいた。クロチルドが一度も見たことのない女の子だった。バジル・スピネロ、セザルー・ガルシア軍曹、並んで立っているリザベッタとスペランザの姿もあった。

外で足音がした。すぐ近くのようだが大丈夫、ヤコプではなさそうだ。キャンプ場では、近所の人たちもいっしょに暮らしているような感覚に慣れなければいけない。彼女は壁の写真を、さらにじっくり眺めていった。ほかにも八九年夏の写真に気づいた。間違いないわ。ブノアの黒いドレスを着たママが写っている。カルヴィでパパがママに買ってあげた、赤いバラの模様が入ったドレスだ。事故の数日前に撮った写真だろう。

「美人でしたよね、きみのお母さんは」

クロチルドはさっとふり返った。

氷のように冷たい手が、剥き出しの肩に触れた。

「まあ、落ち着いて、クロチルド。美人だったと思いませんか、きみのお母さんは？」

キャンプ場の支配人、セルヴォーヌ・スピネロが目の前にいた。

まるで蛇が這い進むように、入ってきたらしい。そっと、音をたてずに。ここへ何をしに来たんだろう？　どうして何もたずねないのか？　わたしがここにいるのを見て、驚いたはずだ。なのにわたしにはまったく関心がないみたいに、トレーラーハウスのなかをやけに心配そうに見まわしている。

「ヤコブさんは？」とセルヴォーヌはたずねただけだった。

クロチルドは首を横にふった。

「困ったな。どうしたんだろう？　セルジュ、クリスティアン、モーリスがペタンク場で待っているのに。彼が遅れるなんて、この三十年間で一度もなかったのに」

セルヴォーヌは肩をすくめ、目を下にむけた。床がきれいかどうか、確かめているようなようすだった。

「雑木林《マキ》で行きずりの女性客を追いかけるような歳じゃないでしょうがね。でも警察を呼ぶのは、もう少しようすを見てからにしましょう」

セルヴォーヌは壁の写真を眺めた。

「いつも同じところばっかり撮るのに嫌気がさして、カメラ片手に少し遠出したのかもしれないし」

クロチルドは、あいかわらず黙ったままだった。セルヴォーヌがさらに続ける。

「あの老人はキャンプ場いち面倒な客だが、人物写真の腕はあると認めねばならないな。すべてを映画に収めるより、一枚の写真のほうがずっと記憶の喚起力がある。ほら、これを見て……」

セルヴォーヌはほかのさまざまな瞬間を指で追った。

若者のグループが、キャンプファイヤーを囲んでいる。クロチルドは覚えていた。これは事故の前日、オセリュクシア海岸で夜遅くに撮られた写真だ。ニコラはギターを弾き、マリア＝クジャーラがその肩に頭をもたせかけている。炎のまわりに、グループ全員の顔が見える。エステファンは太腿のあいだに挟んだジャンベ・パーカッションをたたき、ヘルマンはバイオリンを手にしている。オーレリアは太い眉の下にあるオリーブの実のような目でミュージシャンたち、とりわけニコラを見つめていた。

「あのころは楽しかったな」

セルヴォーヌは少年みたいにしあわせそうだった。けれどもクロチルドの厳しい表情に気づいてはっとした。

「すまない、クロチルド。ときどきこんな馬鹿をしでかしてしまうんだ」

ときどきね……

「楽しかったっていうのは……自分の青春時代のことを考えていたからで。女の子とか、パーティーとか。でもきみは……」

「気にしないで、セルヴォーヌ。あの話を聞きたくなければ、ユープロクト・キャンプ場に来なければよかったんだから」

「そして、真実を知らなくてもいいなら」

今度はクロチルドが、セルヴォーヌをまじまじと見つめた。

「あなた、なにか知っているの、真実について？」

セルヴォーヌは爪先でトレーラーハウスのドアを閉じた。手には半ば錆びたペタンクのボールが三つ入った容器を持っている。あれを武器にされたら、あばら肉とピーマン三つではとうてい太刀打ちできないわ。クロチルドは冗談めかしてそう思ったけれど、セルヴォーヌのようすは不気味だった。彼はここで何をしているんだろう？　わたしの跡をつけてきたとか？　鉄板と木の板で作ったこの掘っ立て小屋で、わたしになにかする気なら、大声で叫べばいい。誰かに聞こえるはずだ。真っ先に思い浮かんだのは、ナタルではなくフランクの顔だった。だって、フランクのほうが近くにいるもの。馬鹿みたい、そんなこと考えるなんて。

「これを見て」

薄暗がりに沈むトレーラーハウスのなかで、セルヴォーヌは一枚の写真を指さした。ユープロクト・キャンプ場のパーキングに並んだ車の前で、男たちがペタンクをしている。クロチルドには誰かわからなかったけれど、そのうしろにあるものははっきり見えた。彼女はショックでよろめいた。赤いフエゴ。

「ガルシア軍曹に会いに行ったんですよね。彼の推理を聞かされたのでは？」

セルヴォーヌの耳にも入ってたの？　ステアリング・システムに細工がされていたことも、知っているのだろうか？　ガルシア軍曹は内密に調査をした、結果はカサニュ・イドリッシにしか教えてないと断言していたのに。ほかには誰も、娘にさえ言ってないと。この一件で、セルヴォーヌ・スピネロはどんな役割を演じているのだろう？

ここは時間を稼いでようすを見よう。

「推理って?」とクロチルドは、なにも知らないふりをしてたずねた。

キャンプ場の支配人は、フエゴから目を離さずに笑った。

「この車のステアリング・システムは、壊れていたってことですよ。いや、壊されていたと言ってもいい。つまり、不幸な運命のしわざじゃないってことです」

やっぱり!

「ただ、軍曹もすべてを知っているわけじゃない」とセルヴォーヌは続けた。

彼の指が写真のうえをすっと動き、男たちのあいだにいるうしろ姿の脇で止まった。

「ほら見て、これはきみのお父さんだ。その奥に、彼が見えますよね……」

セルヴォーヌの言うとおりだ。うしろ姿はペタンクのボールを拾う父親だった。その少しむこう、ペタンクをする男たちのあいだに人影がある。体はほとんど隠れているけれど、間違いようがなかった。

ニコラだ。

兄は試合には無関心そうだ。けれども、停まっている車には違った。

セルヴォーヌは大喜びだった。

「いやはや、信じがたいですよ、これらの写真は。そう思いませんか? 時間をかけてじっくり調べたら、出来事の全体像が浮かびあがってくるでしょうよ。前景、背景、視線、態度とことごとく分析してみたら」

「それで、何が言いたいの、セルヴォーヌ」

セルヴォーヌは剝き出しになったクロチルドの肩に、またしても手をあてた。まるでドレスのストラップを、ずりさげようとしているかのように。まるでなにか交渉を始めようとしているかのように。もちろん、それは彼女の思い違いだった。

「いえ、別になにも。きみに嫌われているのはわかってます。父のことは好きだったようだが、そのぶんわたしを毛嫌いしていた。きっとわたしはきみにとって、後悔ばかりの人生を象徴しているんでしょう。幻滅と、失われた青春の約束を、わたしは体現しているんです。汚れた世界で権力を握った愚か者のひとりだ、と思っているはずだ。言いわけする気はありませんよ、クロチルド。自分がうまく順応できたからって、言いわけすることなんかない。だってわたしは、まったく幻滅はしてません。後悔もしていない（彼はキャンプファイヤーの写真を見つめていたが、またパーキングのペタンクの試合に目を戻した）。わたしは今のほうが、昔よりしあわせです。時とともに自信がつき、権力を手に入れ、見てくれだってよくなったはずだ。だから、言いわけなんかしません。ここまで来るのに、大変な苦労をしたんです。だから、たとえきみに嫌われようと、こっちはなんとも思ってません。わたしは誰も憎んだり、嫌ったりはしない。どんな人にも共感します。成功した人にも共感します。もちろん、きみにもね」

セルヴォーヌはペタンクのボールを置いた。もういっぽうの手が、反対側の肩に触れようとしている。セルヴォーヌの両手は競い合っているかのように、大胆になっていった。クロチルドは一歩あとずさりした。顔にピーマンを投げつけるのは、まんざら悪い考えじゃないかもしれない。

「わかったわ、セルヴォーヌ。そんな長広舌はけっこう。で、あなたは何を知っているの?」

「悪く取らないで欲しいんだが、クロチルド。まずはきみにひとつ、ひとつだけたずねたいことがある。きみは真実を知りたいんですね?」

「あなたは真実を知っているの?」

「ここは法廷じゃない。だから、あれこれ取り繕わず、質問に答えて。きみは真実を知りたいんですね?」

「事故の真実を?　あのボールジョイントに、誰が細工をしたのか知っているってこと?」

「そうです」

「本当に?」

「ええ……でも、きみはきっと聞かされたくない真実だ」

「あれからずっと、嘘も聞き飽きてるわ」

セルヴォーヌは笑って、最後にもう一度写真に目をやった。

「じゃあ、すわって、クロチルド、すわって。長い話になるから」

（下巻に続く）

集英社文庫

時《とき》は殺人者《さつじんしゃ》 上《じょう》

2021年10月25日　第1刷　　定価はカバーに表示してあります。

著　者　ミシェル・ビュッシ
訳　者　平岡《ひらおか》　敦《あつし》
編　集　株式会社 集英社クリエイティブ
東京都千代田区神田神保町2-23-1　〒101-0051
電話　03-3239-3811
発行者　徳永　真
発行所　株式会社 集英社
東京都千代田区一ツ橋2-5-10　〒101-8050
電話　【編集部】03-3230-6095
【読者係】03-3230-6080
【販売部】03-3230-6393（書店専用）
印　刷　中央精版印刷株式会社　株式会社美松堂
製　本　中央精版印刷株式会社

フォーマットデザイン　アリヤマデザインストア　　マークデザイン　居山浩二

ISBN978-4-08-760774-1 C0197